JAMES PATTERSON

Mauer des Schweigens

Buch

Alex Cross macht Schluss. Nach langen Jahren bei der Polizei von Washington D.C., in denen er dem Tod öfter von der Schippe gesprungen ist, als ihm lieb sein konnte, möchte er aufhören, bevor ihn seine Arbeit umbringt. Als ihn aber sein bester Freund John Samp-son um Hilfe bittet, kann er nicht nein sagen. Sampsons Freund, Sergeant Ellis Cooper, ist von einem Militärgericht wegen dreifachen Frauenmordes verurteilt worden. John Sampson ist sich sicher, dass Cooper das Opfer einer raffinierten Intrige wurde. Cross und Sampson fahren erst nach North Carolina, wo Cooper auf die Vollstreckung des Todesurteils wartet, dann nach Fort Bragg, Kalifornien, und West Point. Doch wo auch immer sie er-mitteln, sie stoßen auf eine undurchdringliche Mauer des Schwei-gens. Niemand scheint auch nur mit ihnen sprechen zu wollen. Selbst als sie auf eine ganze Reihe ähnlich gelagerter Fälle stoßen, in denen Militärangehörige für Verbrechen verurteilt wurden, die sie nicht begangen haben können, werden alle Fragen im Keim er-stickt. Dann aber geschieht der nächste Mord, und Cross kann die Killer identifizieren: drei altgediente und bestens ausgebildete Elitesoldaten. Noch allerdings hat der Fall kein Ende, denn hinter den drei Killern vermutet Cross einen weiteren Mann: den Regisseur des Todesspiels – den wahren Meister des Todes.

Autor

James Patterson, geboren 1949, war Kreativdirektor einer der größten amerikanischen Werbeagenturen, bevor er sich ganz dem Schreiben widmete. Inzwischen ist er ein international gefeierter Bestsellerautor von hoch spannenden Psychothrillern. »Mauer des Schweigens« ist der 8. Fall mit dem Kriminalpsychologen Alex Cross.

Von James Patterson ist bereits erschienen

Stunde der Rache. Ein Alex-Cross-Roman (35892)
Der 1. Mord. Roman (36075)
Die 2. Chance. Roman (Limes, geb., 2464)

James Patterson

Mauer des Schweigens

Roman

Aus dem Amerikanischen
von Edda Petri

BLANVALET

Die Originalausgabe erschien unter dem Titel
»Four Blind Mice«
bei Little, Brown and Company, New York.

Umwelthinweis:
Alle bedruckten Materialien dieses Taschenbuches
sind chlorfrei und umweltschonend.

Blanvalet Taschenbücher erscheinen im
Goldmann Verlag, einem Unternehmen der
Verlagsgruppe Random House.

Einmalige Sonderausgabe November 2004

Umschlaggestaltung: Design Team München
Umschlagfoto: Photonica/McCann
Satz: Uhl + Massopust, Aalen
Druck: GGP Media GmbH, Pößneck
Titelnummer: 36211
MD · Herstellung: wag
Made in Germany
ISBN 3-442-36211-3
www.blanvalet-verlag.de

Für das Manhattan College zur 150-Jahrfeier.
Bravo Jaspers!

Dank auch an Mary Jordan,
die alles zusammenhält,
und ich meine wirklich alles.

Haben Sie je zuvor im Leben
so etwas schon gesehen…

Prolog

Die »Blue-Lady« – Morde

1

Der Bezirksstaatsanwalt für Cumberland County, North Carolina, Marc Sherman, schob den alten hölzernen Armsessel vom Tisch der Staatsanwaltschaft zurück und verursachte dabei im nahezu stillen Gerichtssaal ein lautes scharrendes Geräusch.

Danach erhob sich Sherman und schritt langsam zu den Geschworenen. Neun Frauen und drei Männer saßen dort – sechs Weiße, sechs Afroamerikaner. Voll Spannung warteten sie darauf, was Sherman ihnen sagen würde. Sie mochten ihn. Das wusste er und rechnete damit. Ihm war außerdem bewusst, dass er diesen dramatischen Mordprozess auch ohne das mitreißende Plädoyer gewonnen hätte, das er jetzt halten würde.

Aber er spürte ein starkes Verlangen nach diesem Schlussauftritt, um Sergeant Ellis Cooper für seine Verbrechen zur Rechenschaft zu ziehen. Der Soldat hatte die gemeinsten und feigsten Morde in der Geschichte des Cumberland County begangen – die sogenannten »Blue-Lady«-Morde. Die Meschen in diesem Bezirk erwarteten, dass Sherman Ellis Cooper bestrafte. Cooper war ein Schwarzer, und Sherman würde sie nicht enttäuschen.

Der Bezirksstaatsanwalt begann: »Ich mache das schon eine Zeit lang – genauer gesagt sieben Jahre. Während der gesamten Zeit sind mir keine Morde untergekommmen wie die, welche im Dezember letzten Jahres von dem Angeklagten Sergeant Ellis Cooper begangen wurden. Was als Eifersuchtstat im Affekt begann und sich gegen ein Opfer richtete, gegen Tanya

Jackson, steigerte sich zu einem abscheulichen Massaker an drei Frauen. Alle waren verheiratet, und alle waren Mütter. Zusammengerechnet hatten diese Frauen elf Kinder und selbstverständlich drei vor Gram gebeugte Ehemänner und zahllose andere Familienmitglieder, Nachbarn und enge Freunde.

Die Tat ereignete sich an einem schicksalhaften Freitagabend. Tanya Jackson, Barbara Green und Maureen Bruno hatten ihr Damenkränzchen. Während ihre Männer wie üblich in Fort Bragg ihren Kartenabend genossen, trafen sich die Frauen, um zu lachen, zu klatschen und die wertvolle Freundschaft zu genießen, die die drei verband. Tanya, Barbara und Maureen waren wirklich eng befreundet. An jenem Freitag traf man sich abends im Haus der Jacksons, wo Tanya und Abraham vier Kinder großzogen.

Gegen zweiundzwanzig Uhr, nachdem Sergeant Cooper in der Kaserne mindestens ein halbes Dutzend harte Drinks gekippt hatte, ging er zum Haus der Jacksons. Wie Sie in der eidesstattlichen Zeugenaussage gehört haben, wurde er von zwei Nachbarn an der Vordertür der Jacksons gesehen. Er schrie und forderte Mrs. Jackson auf, herauszukommen.

Dann stürmte Sergeant Cooper ins Haus. Mit einem Spezialmesser, das bei den Spezialtruppen der United States Army beliebt ist, griff er die Frau an, die seine Annäherungsversuche abgelehnt hatte. Er tötete Tanya Jackson mit einem einzigen Messerstich. Sie war sofort tot.

Dann setzte Sergeant Ellis Cooper das Messer gegen die einunddreißigjährige Barbara Green ein und letztendlich noch gegen Maureen Bruno, die dem Blutbad um Haaresbreite entronnen wäre, hätte Cooper sie nicht an der Eingangstür erwischt. Alle drei Frauen wurden durch kraftvolle Stöße eines Hünen ermordet, der im John-F.-Kennedy-Spezialtrainingszentrum, dem Hauptquartier der Sondereinheiten, den Nahkampf erlernt hatte.

Das Überlebensmesser wurde als persönliches Eigentum

Sergeant Coopers identifiziert, eine tödliche Waffe, die er nach seiner Rückkehr aus Vietnam Anfang 1970 aufbewahrt hatte. Sergeant Coopers Fingerabdrücke konnten überall auf dem Messer sichergestellt werden.

Seine Fingerabdrücke fanden sich auch an der Kleidung von Mrs. Jackson und Mrs. Green. Hautpartikel unter den Fingernägeln von Mrs. Jackson stimmten mit der DNA Sergeant Coopers überein. Haarsträhnen von ihm wurden ebenfalls am Tatort sichergestellt. Die Mordwaffe wurde auf dem Dachboden von Coopers Haus aufgefunden, ebenso die pathetischen Liebesbriefe, die er an Tanya Jackson geschrieben hat – allerdings *ungeöffnet*.

Sie haben die grauenhaften Fotos gesehen, die zeigten, was Sergeant Cooper den drei Frauen angetan hat. Sobald sie tot waren, bemalte er die Gesichter der Frauen mit einer gespenstischen blauen Farbe, ebenso ihre Brüste und Bäuche. Das ist grauenvoll und abartig. Wie ich bereits sagte – die schlimmsten Morde, mit denen ich es je zu tun hatte. Sie wissen, dass es nur ein Urteil geben kann. Und dieses Urteil lautet schuldig! Dieses Ungeheuer muss ausgelöscht werden!«

Unvermittelt erhob sich Sergeant Ellis Cooper auf der Anklagebank. Den Zuschauern im Gerichtssaal stockte der Atem. Er war eins neunzig groß und kräftig gebaut. Mit fünfundfünfzig Jahren betrug seine Taillenweite immer noch achtzig Zentimeter, wie zu der Zeit, als er achtzehn Jahre alt war und in die Armee eingezogen wurde. Er trug seine grüne Ausgehuniform, und unter den Orden an seiner Brust waren auch das Purpurne Verwundetenabzeichen, das Kreuz für besondere Verdienste und ein Silberstern. Er sah beeindruckend aus, selbst als mutmaßlicher Mörder in einem Gerichtssaal. Dann sprach er mit klarer, weithin hallender Stimme.

»Ich habe weder Tanya Jackson noch eine der beiden anderen armen Frauen umgebracht. Ich habe an jenem Abend das Haus nicht betreten. Ich habe nie Leichen blau angemalt.

Ich habe nie jemanden getötet, außer für mein Land. Ich habe diese Frauen nicht getötet. Ich bin unschuldig! Ich bin ein Kriegsheld, um Gottes willen.«

In Sekundenschnelle war Sergeant Cooper über das hölzerne Türchen vor ihm gesprungen, hatte sich auf Marc Sherman gestürzt, diesen zu Boden geworfen und ihm mit der Faust ins Gesicht und auf die Brust geschlagen.

»Du Lügner, du elender Lügner!«, schrie Cooper. »Warum willst du *mich umbringen*?«

Als die Marshals des Gerichts Cooper schließlich überwältigt hatten, waren das Hemd des Bezirksstaatsanwalts zerfetzt und sein Gesicht blutig.

Marc Sherman kam mühsam auf die Beine, dann drehte er sich zu den Geschworenen. »Muss ich noch mehr sagen? Das Urteil lautet schuldig. Dieses Ungeheuer muss ausgelöscht werden.«

2

Die wahren Mörder hatten das geringe Risiko auf sich genommen und waren als Zuschauer am letzten Prozesstag in North Carolina erschienen. Sie wollten die Urteilsverkündung auf keinen Fall verpassen.

Thomas Starkey war der Anführer. Der ehemalige Army Ranger Colonel war immer noch durch und durch Soldat. Er sah so aus, sprach so und ging so.

Brownley Harris war seine Nummer zwei und immer noch so untertänig dem Colonel gegenüber, wie er es bereits in Vietnam gewesen war und wie er es bis zum Jüngsten Tag bleiben würde – oder was wahrscheinlicher war, bis beide starben.

Warren Griffin war immer noch das »Kid«, was irgendwie komisch war, da er inzwischen neunundvierzig Lenze zählte.

Nachdem die Geschworenen zur Beratung hinausgeschickt worden waren, brauchten sie keine zweieinhalb Stunden bis zur Urteilsfindung. Sergeant Ellis Cooper würde vom Staat North Carolina wegen Mordes hingerichtet werden.

Der Bezirksstaatsanwalt hatte brillante Arbeit geleistet – und den falschen Mann verurteilen lassen.

Die drei Mörder stiegen in einen dunkelblauen Wagen, der in einer der engen Straßen vor dem Gerichtsgebäude parkte.

Thomas Starkey ließ den Motor des schweren Wagens an. »Hat jemand Hunger?«, fragte er.

»Durst«, erklärte Harris.

»Geil auf Weiber«, sagte Griffin und stieß sein verrücktes Lachen aus.

»Jetzt essen und trinken wir erst mal – und danach halsen wir uns vielleicht ein bisschen Ärger mit den Weibern auf. Was meint ihr? Um unseren großen Sieg zu feiern. *Auf uns*!«, schrie Colonel Starkey, als er die Straße entlangfuhr, die vom Gericht fortführte. »*Auf die drei blinden Mäuse*!«

Teil Eins

Der letzte Fall

3

An jenem Morgen kam ich gegen sieben Uhr zum Frühstück hinunter und gesellte mich zu Nana und den Kindern, die bereits am Tisch saßen. Da Klein-Alex angefangen hatte zu gehen, war alles in der Küche »kindersicher« gemacht worden. Plastiksicherheitsschlösser, Riegel und überall Steckdosenabdeckungen. Durch das Kindergeplauder, die klirrenden Löffel in den Müslischüsseln und Damon, der seinem kleinen Bruder beizubringen versuchte, wie man Himbeeren spuckte, war die Küche beinahe so laut wie die Polizeistation an einem Samstagabend.

Die Kinder aßen aufgeblasene, nach Schokolade schmeckende Cerealien und tranken dazu Schokoladenmilch. Bei dem Gedanken an so viel Schokolade morgens um sieben schüttelte ich mich. Nana und ich aßen Spiegeleier und Mehrkorntoast und tranken Kaffee.

»Heute ist ein so schöner Tag«, sagte ich, als ich mich zu ihr setzte, »dass ich ihn nicht durch Bemerkungen über das schokoholische Frühstück vermiesen will, das meine beiden lieben Kinder als Morgenstärkung einnehmen.«

»Gerade hast du eine Bemerkung gemacht«, sagte Jannie schlagfertig.

Ich zwinkerte ihr zu. Sie konnte mir heute die gute Laune nicht verderben. Der Mörder, das Superhirn genannt, war gefangen und verbrachte den Rest seiner Tage in einem Hochsicherheitsgefängnis in Colorado. Mein zwölfjähriger Damon machte weiterhin große Fortschritte – in der Schule und als Sänger im Washingtoner Knabenchor. Jannie hatte angefangen, Ölbilder zu malen. Sie führte ein Tagebuch mit für ein Mädchen ihres Alters erstaunlich hübschen Zeichnungen und Bildern. Auch bei Klein-Alex wurde langsam seine Persönlichkeit erkennbar – er war ein süßer Junge und fing mit dreizehn Monaten an zu gehen.

Vor kurzem hatte ich eine Kollegin, Jamilla Hughes, kennen gelernt, mit der ich mehr Zeit verbringen wollte. Das Problem war, dass sie in Kalifornien lebte und ich in Washington D.C. Doch das war meiner Meinung nach keineswegs ein unüberwindliches Hindernis.

Ich würde Zeit haben, herauszufinden, wie Jamilla und ich zueinander standen. Heute wollte ich den Polizeichef George Pittman treffen und aus dem Polizeidienst ausscheiden. Danach wollte ich mir ein paar Monate freinehmen.

Später würde ich vielleicht wieder eine Privatpraxis als Psychologe eröffnen oder beim FBI eintreten. Das Büro hatte mir ein Angebot gemacht, das sowohl schmeichelhaft als auch verlockend war.

Lautes Klopfen an der Küchentür. Dann öffnete sie sich, und John Sampson stand da. Er wusste, was ich heute vorhatte, und wollte mir wohl seine Unterstützung zukommen lassen.

Manchmal bin ich so einfältig, dass ich kotzen könnte.

4

»Hallo, Onkel John«, sagten Damon und Jannie wie aus einem Mund und grinsten dämlich. Angesichts von wahrer Größe benehmen sie sich meist albern, und so fühlten sie sich dann auch bei John Sampson.

Er ging zum Kühlschrank und betrachtete Jannies jüngstes Kunstwerk. Sie bemühte sich, die Figuren eines neuen Cartoon-Zeichners zu kopieren, Aaron McGruder, der früher an der Universität von Maryland gewesen war und jetzt in mehreren Zeitungen veröffentlicht wurde. Huey und Riley Freeman, Caesar und Jazmine DuBois klebten alle am Kühlschrank.

»Möchtest du ein paar Eier? Ich kann dir Rühreier mit Cheddar-Käse anbieten«, sagte Nana und war bereits aufgestanden. Für Sampson würde sie alles tun. So war es, seit wir zehn und Freunde geworden waren. Sampson ist wie ein zweiter Sohn für sie. Seine Eltern saßen den Großteil der Zeit, während er aufwuchs, im Gefängnis, und Nana erzog ihn sozusagen.

»Nein, nein«, lehnte er schnell ab und bat sie, sich wieder zu setzen. Aber als sie zum Herd ging, meinte er: »Ja, Nana, Rühreier. Und Roggentoast wäre nicht zu verachten. Ich bin halb verhungert, und niemand kann so ein Frühstück wie du machen.«

»Das ist die reine Wahrheit.« Sie lachte und schaltete den Herd ein. »Du hast Glück, dass ich eine Lady von der *alten* Schule bin. Ihr alle habt Glück.«

»Das wissen wir, Nana.« Sampson lächelte. Dann wandte er sich an die Kinder. »Ich muss mit eurem Vater sprechen.«

»Heute quittiert er den Polizeidienst«, sagte Jannie altklug.

»Das habe ich gehört«, meinte Sampson. »Alle Welt spricht darüber. Wahrscheinlich ist es die Schlagzeile auf der Titelseite der *Post* und kommt im Fernsehen in den Morgennachrichten.«

»Ihr habt gehört, was Onkel John gesagt hat. Verschwindet. Ich liebe euch. Raus!«, sagte ich.

Jannie und Damon verdrehten die Augen und warfen uns finstere Blicke zu, aber sie standen auf, packten die Bücher in die Schulranzen und machten sich auf den Weg zur Sojourner-Truth-Schule, die an der Fifth Street ungefähr fünf Blocks von unserem Haus entfernt liegt.

»Lasst euch ja nicht einfallen, so aus der Tür zu gehen. *Küssen*!«, sagte ich.

Sie kamen zu mir und küssten Nana und mich pflichtgemäß. Dann gaben sie auch Sampson einen Kuss. Es ist mir scheißegal, was in dieser kalten, unsentimentalen Welt vor sich geht – in unserem Haus halten wir es so! Wahrscheinlich wurde Bin Laden als Kind nicht oft genug geküsst.

»Ich habe ein Problem«, erklärte mir Sampson, nachdem die Kinder gegangen waren.

»Darf ich mithören?«, fragte Nana vom Herd her.

»Selbstverständlich«, antwortete Sampson. »Nana, Alex, ich habe euch doch von einem guten Freund aus den Zeiten in der Armee erzählt. Er heißt Ellis Cooper und ist nach all den Jahren immer noch in der Armee. Zumindest war er es. Man hat ihn schuldig gesprochen, drei Frauen außerhalb der Kaserne getötet zu haben. Ich hatte von alldem keine Ahnung, bis mich Freunde angerufen haben. Er hat mir nichts davon erzählt, weil es ihm peinlich war. Er wollte nicht, dass ich es erfuhr. Bis zur Hinrichtung hat er nur noch ungefähr drei Wochen, Alex.«

Ich schaute Sampson in die Augen und sah darin noch mehr Traurigkeit und Verzweiflung als sonst. »Was willst du, John?«

»Fahre mit mir runter nach North Carolina. Rede mit Cooper. Er ist kein Mörder. Ich kenne diesen Mann fast so gut wie dich. Ellis Cooper hat niemanden umgebracht.«

»Ja, du musst mit John hinfahren«, sagte Nana. »Aber mach es zu deinem letzten Fall. Das musst du mir versprechen.«

Ich versprach es ihr.

5

Um elf Uhr am selben Morgen waren Sampson und ich schon auf der I-95. Unser Wagen war eingezwängt zwischen Karawanen stinkender, Rauch spuckender, dahinrasender LKW-Gespanne. Aber die Fahrt war eine gute Gelegenheit für uns, mal wieder gründlich über alles zu sprechen. Im letzten Monat waren wie beide sehr beschäftigt gewesen, aber schon seit unseren Kindertagen in Washington, D.C., hatten wir immer lange Gespräche geführt. Getrennt waren wir nur, als Sampson zwei Dienstverpflichtungen in der Armee in Südostasien ableistete und ich in Georgetown und anschließend an der John-Hopkins-Universität studierte.

»Erzähl mir von deinem Freund aus der Armee«, sagte ich. Ich fuhr, und Sampson saß neben mir. Er hatte den Sitz so weit wie möglich zurückgeschoben und stemmte die Knie gegen das Armaturenbrett. Er sah aus, als fühle er sich beinahe wohl.

»Cooper war damals, als ich ihn kennen lernte, bereits Sergeant, und er wusste, dass er das immer bleiben würde. Ihm war das recht, er mochte die Armee. Wir waren beide in Fort Bragg. Damals war Cooper Ausbilder. Einmal hat er mir vier Wochenenden Ausgangssperre gegeben.«

Ich lachte kurz auf. »Und an den Wochenenden in der Kaserne seid ihr euch näher gekommen?«

»Ich habe ihn damals abgrundtief gehasst, weil ich glaubte, er wolle mich schikanieren. Du weißt schon, wegen meiner Größe. Dann trafen wir uns noch mal in Vietnam.«

»Und wurde er dann lockerer, als ihr euch in Nam wiedergesehen habt?«

»Nein, Cooper ist Cooper. Absolut gradlinig, und wenn man die Vorschriften befolgt, ist er fair. Das gefiel ihm in der Armee: Alles ist fast immer geordnet, konsequent, und wenn man sich richtig verhielt, ging es dir üblicherweise nicht schlecht. Vielleicht nicht ganz so gut, wie du gehofft hast, aber nicht schlecht. Er hat mir gesagt, dass es für einen Schwarzen klug ist, sich eine Leistungsgesellschaft wie die Armee zu suchen.«

»Oder die Polizei«, warf ich ein.

»Bis zu einem gewissen Punkt, ja.« Sampson nickte. »Ich erinnere mich, wie wir in Vietnam eine Einheit abgelöst haben, die in fünf Monaten an die zweihundert Menschen getötet hatte. Und es waren nicht alles Soldaten, Alex, die getötet wurden, obgleich sie alle angeblich Vietcongs waren.«

Ich hörte ihm zu. Sampsons Stimme klang immer entfernter.

»Diese Art Militäroperation hieß ›Aufwischen‹. Wir kamen in ein kleines Dorf, aber eine andere Einheit war bereits dort. Ein Infanterieoffizier ›verhörte‹ vor den Frauen und Kindern einen Mann. Er schnitt vom Bauch des Mannes Hautfetzen ab. Sergeant Cooper ging zu dem Offizier, hielt ihm das Gewehr an den Kopf und erklärte, wenn der Offizier nicht auf der Stelle damit aufhöre, sei er ein toter Mann. Und das meinte er ernst. Cooper scherte sich einen Dreck um die Konsequenzen. Er hat diese Frauen in North Carolina *nicht getötet*, Alex. Ellis Cooper ist kein Mörder.«

6

Ich war gern mit Sampson zusammen. Das war schon immer so und wird so bleiben. Auf unserer Fahrt durch Virginia und nach North Carolina wandte sich unser Gespräch auch anderen, hoffnungsvolleren Themen zu. Ich hatte ihm bereits alles, was es gab, über Jamilla Hughes erzählt, aber er wollte noch mehr Einzelheiten hören. Manchmal ist er eine größere Klatschtante als Nana-Mama.

»Da gibt's nicht mehr zu erzählen, Großer. Du weißt, dass ich sie bei dem großen Mordfall in San Francisco kennen gelernt habe. Wir haben einige Wochen zusammen verbracht. Aber *so* gut kenne ich sie nicht. Aber ich mag sie. Sie lässt sich von niemandem etwas gefallen.«

»Und du *möchtest* sie näher kennen lernen. Das ist klar.« Sampson lachte und klatschte in seine großen Hände.

Ich musste ebenfalls lachen. »Ja, stimmt, würde ich gern. Jamilla ist aber sehr zurückhaltend. Ich glaube, sie hat schlechte Erfahrungen gemacht. Vielleicht ihr erster Mann. Aber noch will sie darüber nicht reden.«

»Ich glaube, sie steht auf dich, Mann.«

»Möglich. Du wirst sie mögen. Alle werden sie mögen.«

Wieder fing John an zu lachen. »Eines muss ich dir lassen, du findest immer nette Damen.« Dann wechselte er das Thema. »Nana-Mama ist wirklich einzigartig, richtig?«

»Ja, das ist sie. Zweiundachtzig. Aber das glaubt keiner. Neulich hat sie auf einem Stück Wachstuch einen *Kühlschrank* über die Hintertreppe transportiert. Natürlich konnte sie nicht warten, bis ich nach Hause komme und ihr helfe.«

»Erinnerst du dich, wie man uns erwischt hat, als wir bei Spector's Vinyl-Schallplatten geklaut haben?«

»O ja, ich erinnere mich. Nana erzählt die Geschichte noch heute liebend gern.«

John lachte immer noch. »Ich sehe uns beide, wie wir in dem winzigen Büro des Managers sitzen. Er drohte uns mit allem außer der Todesstrafe, weil wir seine mickrigen fünfundvierziger Platten geklaut haben, aber wir sind ja so cool. Wir lachen ihm beinahe ins Gesicht.

Dann taucht Nana im Geschäft auf und fängt an, uns beide zu *schlagen*. Mir hat sie eine ins Gesicht geknallt, dass meine Lippe geblutet hat. Sie war wie eine Wahnsinnige auf einer blutigen Gottesmission.«

»Und sie hat uns gewarnt: *Legt euch nicht mit mir an. Legt euch nie und nimmer mit mir an*. Ich höre sie immer noch«, meinte ich.

»Und dann hat sie uns von der Polizei aufs Revier bringen lassen. Sie hat uns nicht nach Hause mitgenommen. Ich habe gesagt: ›Das waren doch nur *Schallplatten*, Nana.‹ Ich habe gedacht, sie bringt mich um. ›Ich blute schon!‹, habe ich gesagt. ›Du wirst noch viel mehr bluten!‹, hat sie mich angeschrien.«

Ich lächelte über diese Erinnerung aus längst vergangenen Zeiten. Interessant, wie manche Dinge, die keineswegs komisch waren, als sie sich ereigneten, einem später so erscheinen. »Vielleicht sind wir deshalb böse Bullen geworden. Dieser Nachmittag im Schallplattenladen. Nanas rachsüchtiger Zorn.«

Sampson wurde ernst und meinte: »Nein, das hat mich nicht auf die richtige Bahn gebracht. Bei mir war's die Armee. Zu Hause bekam ich nicht, was ich wirklich gebraucht hätte. Nana hat mir geholfen, aber die Armee hat mir den Kopf zurechtgerückt. Ich schulde der Armee was, und ich schulde Ellis Cooper etwas. *Hurra! Hurra! Hurra*!«

7

Wir fuhren auf das ernüchternde Gelände des Zentralgefängnisses in Raleigh, North Carolina. Die hohen Mauern wirkten wie ein böses Omen.

Der Sicherheitstrakt war wie ein Gefängnis innerhalb eines Gefängnisses, umgeben von rasierklingenscharfen Drahtzäunen und tödlicher elektrischer Absperrung. Auf sämtlichen Wachtürmen waren bewaffnete Wärter. Das Zentralgefängnis war das einzige Gefängnis in North Carolina mit Todeszellen. Zur Zeit saßen dort über tausend Gefangene ein, davon zweihundertzwanzig in Todeszellen.

»Schrecklicher Ort. Da läuft's einem kalt über den Rücken«, meinte Sampson, als wir ausstiegen. Noch nie hatte ich ihn so aufgewühlt und unglücklich gesehen. Mir gefiel es hier im Zentralgefängnis auch nicht.

Im Hauptgebäude war es so still wie in einem Kloster. Die extremen Sicherheitsvorkehrungen gab es auch hier. Sampson und ich mussten zwischen zwei Türen aus Stahlstäben warten, wurden von einem Metalldetektor durchsucht und mussten dann zu unserer Polizeimarke auch Ausweise mit Fotos vorzeigen. Der Sicherheitsbeamte, der uns kontrollierte, erzählte uns, dass viele der Autoschilder North Carolinas mit »Erster im Flug« hier im Gefängnis hergestellt wurden. Gut zu wissen, nehme ich an.

In dem Hochsicherheitstrakt gab es Hunderte von bewachten Stahltüren. Insassen durften sich außerhalb der Zellen nur mit Handschellen, Fußfesseln und in Begleitung von Sicherheitsbeamten bewegen. Schließlich gestattete man uns, den Todestrakt zu betreten. Man führte uns zu Sergeant Cooper. In diesem Bereich des Gefängnisses bestand jeder Block aus sechzehn Zellen, acht unten, acht oben, sowie einem Aufenthaltsraum für tagsüber. Alles war einheitlich blau gestrichen.

»John Sampson, du bist doch gekommen«, sagte Cooper, als er uns auf dem engen Korridor vor einem speziellen Sprechzimmer stehen sah. Zwei schwer bewaffnete Aufseher machten die Tür auf und ließen uns hinein.

Mir stockte der Atem, aber ich bemühte mich, es nicht zu zeigen. Cooper war an Hand- und Fußgelenken mit Ketten gefesselt. Er sah wie ein großer kraftvoller Sklave aus.

Sampson umarmte Cooper. Dieser trug – wie alle Insassen der Todeszellen – den orangeroten Overall. Immer wieder stieß er hervor. »Wie schön, dich zu sehen.«

Als sich die beiden Hünen schließlich voneinander lösten, waren Coopers Augen gerötet und seine Wangen nass. Sampsons Augen waren trocken geblieben. Ich habe John noch nie weinen sehen.

»Das ist das Beste, was mir seit langem passiert ist«, sagte Cooper. »Ich habe nicht geglaubt, dass jemand nach dem Prozess kommen würde. Für die meisten bin ich bereits tot.«

»Ich habe jemanden mitgebracht. Das ist Detective Alex Cross«, sagte Sampson und schaute mich an. »Er ist der Beste, den ich beim Morddezernat kenne.«

»Genau, was ich brauche«, sagte Cooper und nahm meine Hand. »Den Besten.«

»Und jetzt erzähl uns mal den ganzen Wahnsinn. Alles«, sagte Sampson, »von Anfang bis zum Ende. Alles. Deine Version, Coop.«

Sergeant Cooper nickte. »Gern. Es tut mir gut, es jemandem zu erzählen, der nicht schon überzeugt ist, dass ich die drei Frauen ermordet habe.«

»Es war Freitag und Zahltag«, fing Cooper an. »Ich hätte direkt zu meiner Freundin Marcia nach Hause gehen sollen, aber ich habe im Club noch ein paar gehoben. Gegen acht Uhr habe ich Marcia angerufen, aber sie war offensichtlich ausgegangen. Wahrscheinlich war sie sauer auf mich. Da habe ich noch einen getrunken und dann ein paar Kumpel getroffen.

Danach habe ich noch mal zu Hause angerufen – so gegen neun Uhr. Marcia war immer noch nicht da.

Also habe ich noch ein paar Highballs im Club getrunken. Dann beschloss ich, zu Fuß nach Hause zu gehen. Warum zu Fuß? Weil mir klar war, dass ich ziemlich einen sitzen hatte. Die Luft würde mir gut tun, und es war zu meinem Haus nur etwas mehr als eine Meile. Als ich zu Hause ankam, war es kurz nach zehn. Marcia war immer noch nicht da. Ich habe im Fernsehen ein Basketballspiel eingeschaltet – North Carolina Duke. Ich feuere zu gern gegen die Dukies und Trainer K. an. Gegen elf Uhr habe ich gehört, wie die Vordertür aufging. Ich habe Marcia zugerufen, wo sie so lang gesteckt hat.

Aber sie war nicht nach Hause gekommen, sondern ein halbes Dutzend Militärpolizisten und ein Kriminalbeamter vom CID, Jacobs. Kurz danach haben sie angeblich das Buschmesser auf meinem Dachboden gefunden, und Spuren der blauen Farbe, mit denen sie diese Ladys beschmiert haben. Sie haben mich wegen Mordes verhaftet.«

Ellis Cooper schaute erst Sampson an, dann blickte er mir durchdringend in die Augen. Er machte eine Pause, ehe er weitersprach. »Ich habe diese Frauen nicht umgebracht«, erklärte er. »Und ich kann es immer noch nicht glauben, aber jemand hat mir offensichtlich diese Morde in die Schuhe geschoben. Warum tut jemand so was? Es ergibt keinen Sinn. Ich habe nicht einen Feind auf der Welt, zumindest habe ich das bisher immer geglaubt.«

8

Thomas Starkey, Brownley Harris und Warren Griffin waren seit über dreißig Jahren dicke Freunde, seit sie zusammen in Vietnam gedient hatten. Alle paar Monate trafen sie sich auf Befehl Thomas Starkeys in einem einfachen Blockhaus auf dem Kennesaw Mountain in Georgia und verbrachten ein langes gemeinsames Wochenende. Es war ein Macho-Ritual und würde bestehen bleiben – das behauptete Starkey –, bis der Letzte von ihnen gestorben sei.

Sie taten alles, was sie daheim nicht durften: Musik aus den sechziger Jahren spielen – Doors, Cream, Hendrix, Blind Faith, Airplane –, *voll* aufgedreht. Sie tranken viel zu viel Bier und Bourbon, während sie riesige Porterhouse-Steaks grillten, dazu frischen Mais, Vidalia-Zwiebeln, Tomaten, Folienkartoffeln mit viel Butter und saurer Sahne. Sie rauchten teure kubanische Zigarren. Und bei allem hatten sie einen Heidenspaß.

»Wie hieß diese alte Bierreklame? Ihr wisst schon, wovon ich rede«, fragte Harris, als sie sich zum Abendessen auf die vordere Veranda setzten.

»Besser als so wird's nicht mehr«, antwortete Starkey und schnippte die dicke Asche von seiner Zigarre auf die Bodenplanken. »Aber das war ein selten beschissenes Bier, glaube ich. An den Namen kann ich mich nicht mehr erinnern. Aber ich bin auch leicht besoffen und total zugedröhnt.« Das glaubte ihm keiner. Thomas Starkey verlor nie ganz die Kontrolle, besonders nicht, wenn er einen Mord beging oder den Befehl zu einem gab.

»Wir haben unseren Obolus entrichtet, Gentlemen. Wir haben das hier verdient.« Er streckte seinen Freunden den Bierkrug entgegen. »Alles, was jetzt passiert, haben wir uns verdient.«

»Darauf kannst du deinen Arsch verwetten, dass wir das

verdient haben. Zwei oder drei Kriege im Ausland. Unsere anderen Unternehmungen in den letzten paar Jahren«, sagte Harris. »Familien, elf Kinder bei uns allen zusammengerechnet. Und in der großen bösen zivilen Welt haben wir uns auch wacker geschlagen. Ich hätte nie gedacht, mal hundertfünfzig pro Jahr einzusacken.«

Wieder stießen sie mit den schweren Biergläsern an. »Wir haben's gut gemacht und weit gebracht, Jungs. Und ihr könnt mir glauben, es kann nur noch besser werden«, sagte Starkey.

Wie immer schwelgten sie in alten Kriegserinnerungen – Grenada, Mogadischu, der Golfkrieg, aber hauptsächlich Vietnam.

Starkey erinnerte daran, als sie eine Vietnamesin zu einer »Fahrt im U-Boot« gezwungen hatten. Die Frau – selbstverständlich Vietcong-Sympathisantin – wurde nackt ausgezogen, dann mit dem Gesicht nach oben auf eine Planke gebunden. Harris hatte ihr ein Handtuch ums Gesicht gewickelt. Aus einem Eimer tröpfelten sie Wasser aufs Handtuch. Als das Handtuch schließlich durchtränkt war, musste die Frau Wasser einatmen, um Luft zu bekommen. Schon bald schwollen Lunge und Bauch vom Wasser an. Dann schlug Harris ihr auf die Brust, um das Wasser herauszupressen. Die Frau redete, aber selbstverständlich sagte sie ihnen nichts, was sie nicht ohnehin schon wussten. Deshalb schleppten sie die Frau zu einem Khakibaum, der süße Früchte trug und immer von Unmengen großer gelber Ameisen übersät war. Sie banden die Mama-San an den Baum, zündeten sich Marihuana-Zigaretten an und schauten genüsslich zu, wie ihr Körper unvorstellbar anschwoll. Kurz ehe sie platzte, »verdrahteten« sie die Frau mit dem Feldtelefon und töteten sie mit einem Stromstoß. Starkey behauptete immer, das sei die kreativste Tötungsart, die er kannte. »Und diese VC-Terroristenschlampe hat es verdient.«

Brownley Harris fing an, über die »irren Minuten« in Vietnam zu sprechen. Wenn aus einem Dorf zurückgeschossen wurde, selbst wenn es nur ein Schuss war, hatten sie eine »irre Minute«. Dann brach die Hölle los, weil diese Schüsse *bewiesen,* dass das gesamte Dorf ein VC-Nest war. Nach der »irren Minute« wurde das Dorf, zumindest das, was von ihm übrig war, niedergebrannt.

»Kommmt, Jungs, gehen wir rein«, sagte Starkey. »Ich bin in Stimmung für einen Film und weiß genau den richtigen.«

»Ist er scharf?«, fragte Brownley Harris grinsend.

»Heiß wie die Hölle, das kann ich dir sagen. Dagegen ist *Das Schweigen der Lämmer* ein Popcorn-Furzer. Der gruseligste Film, den ihr je gesehen habt.«

9

Die drei gingen ins Arbeitszimmer, ihr Lieblingsplatz im Blockhaus. Vor langer Zeit hatte man ihnen den Code-Namen »Drei blinde Mäuse« gegeben. Sie waren Profi-Killer einer Eliteeinheit – taten, was man von ihnen verlangte, stellten nie peinliche Fragen und führten ihre Befehle aus. Und sie waren absolute Spitze.

Starkey war der Anführer, wie damals in Vietnam. Er war der Gescheiteste und der Härteste der drei. Starkey hatte sich im Laufe der Jahre körperlich nicht sehr verändert. Er war eins dreiundachtzig groß, mit Taillenweite zweiundachtzig, ein wettergegerbtes Gesicht, was zu seinen fünfundfünfzig Jahren passte. Sein blondes Haar war mittlerweile von grauen Strähnen durchzogen. Er lachte nicht oft, doch wenn er es tat, lachten für gewöhnlich alle mit.

Brownley Harris war untersetzt, kräftig, eins siebzig, aber für einen Einundfünfzigjährigen verblüffend fit, wenn man berücksichtigte, wie viel Bier er trank. Er hatte buschige Brauen, die über der Nasenwurzel fast zusammengewachsen waren, und braune Augen unter schweren Lidern. Sein Haar war schwarz mit etlichen grauen Strähnen, er trug einen Militärhaarschnitt, allerdings nicht zu kurz geschoren.

Warren »the Kid« Griffin war der Jüngste der Gruppe und immer noch der Impulsivste. Er schaute zu den anderen beiden Männer auf, besonders zu Starkey. Griffin war eins fünfundachtzig, schlaksig und erinnerte die Leute, besonders die älteren, an den Folkrocksänger James Taylor. Sein rotblondes Haar war lang, lichtete sich oben jedoch.

»Ich mag Hannibal den Kannibalen«, erklärte Griffin, als sie das Arbeitszimmer betraten. »Besonders jetzt, wo Hollywood entschieden hat, dass er der gute Bursche ist. Er bringt nur Leute um, die keine guten Manieren oder kein Kunstverständnis haben. He, das ist doch voll in Ordnung, oder?«

»Bei mir allemal«, meinte Harris.

Starkey schloss die Tür des Arbeitszimmers und schob eine unbeschriftete schwarze Kassette in den Videorecorder. Er liebte diesen Raum, mit den schweren Ledersitzgelegenheiten, dem Neunzig-Zentimeter-Fernseher von Phillips und einem Schrank, in dem die Videobänder chronologisch geordnet standen. »Showtime«, sagte Starkey. »Licht aus.«

Der etwas verwackelte Amateurfilm zeigte als Erstes, wie jemand sich einem kleinen, ganz gewöhnlich aussehenden Haus aus rotem Backstein näherte. Dann kam ein zweiter Mann ins Bild. Der Fotograf ging näher und näher ans Haus, bis man durch ein schmieriges, mit Fliegendreck bedecktes Fenster in ein Wohnzimmer schauen konnte. Drei Frauen waren im Raum. Sie lachten und plauderten angeregt, ohne die geringste Ahnung zu haben, dass sie von drei Fremden beobachtet und sogar gefilmt wurden.

»Beachtet, dass die Eröffnungsszene eine lange Einstellung

ohne Schnitt ist«, sagte Harris. »Ich muss schon sagen, der Kameramann ist ein Genie.«

»Ja, schon gut, du bist ein echter Künstler«, meinte Griffin. »Wahrscheinlich bist du insgeheim auch schwul.«

Jetzt sah man die Frauen deutlich durchs Fenster. Sie waren Mitte dreißig, tranken Weißwein, lachten und scherzten und genossen sichtlich ihren »Damen-Abend«. Sie trugen Shorts und hatten Beine, die sich wirklich sehen lassen konnten. Barbara Green streckte ein Bein aus und berührte die Zehen, als würde sie extra für den Film posieren.

Die Kamera glitt etwas wackelig ums Backsteinhaus herum zur Hintertür und in die Küche. Ab jetzt gab es auch Ton. Einer der drei Eindringlinge hämmerte gegen die Fliegengittertür aus Aluminium.

Von drinnen ertönte eine Stimme: »Komme schon! Wer ist da? Ich hoffe, es ist Russell Crowe. Ich habe gerade *Beautiful Mind* gesehen. Also der Mann ist einfach himmlisch.«

»Es ist nicht Russell Crowe, Lady«, sagte Brownley Harris, der jetzt offensichtlich die Kamera betätigte.

Tanya Jackson öffnete die Tür und schaute einen Sekundenbruchteil verwirrt drein, ehe Thomas Starkey ihr mit dem Buschmesser die Kehle durchschnitt. Die Frau stöhnte, sank auf die Knie und fiel aufs Gesicht. Tanya war tot, ehe sie das schwarz-olivgrüne Schachbrettlinoleum in der Küche berührte.

»Da kann aber jemand verdammt gut mit dem Buschmesser umgehen. Du hast im Laufe der Jahre nichts von deinem Können verloren, ehrlich«, sagte Harris zu Starkey. Dann trank er einen Schluck Bier und schaute sich weiter den Film an.

Die Kamera glitt durch die Küche und verharrte kurz auf dem blutenden zuckenden Leichnam von Tanya Jackson. Dann weiter ins Wohnzimmer des Hauses. Aus dem Radio ertönte ein mitreißendes Lied von Destiny's Child, das jetzt Teil des Tons im Film wurde.

»*Was ist los*?«, schrie Barbara Green von der Couch und

krümmte sich zusammen, um sich zu schützen. »Wer sind Sie? Wo ist Tanya?«

Blitzschnell war Starkey mit dem Messer über ihr. Er schnitt eine lüsterne Grimasse in die Kamera und jagte Maureen Bruno zurück in die Küche, wo er ihr das Messer in den Rücken rammte. Sie riss beide Arme in die Höhe, als wollte sie sich ergeben.

Jetzt fuhr die Kamera zurück und zeigte Warren Griffin. Er brachte die Farbe und malte Gesichter und Oberkörper der drei Mordopfer blau an.

Die drei Freunde sahen sich den Film im Blockhaus noch zweimal an. Nachdem die dritte Vorführung vorbei war, holte Thomas Starkey die Videokassette heraus. »Wie ihr seht, werden wir nicht älter, sondern nur besser und immer besser«, erklärte er, und sie prosteten sich mit den Bierkrügen zu.

10

Hurra!

Morgens erreichten Sampson und ich Fort Bragg, North Carolina, um im Fall der »Blue-Lady«-Morde weiter zu ermitteln. C-130er und C-141er flogen ständig über unsere Köpfe hinweg. Ich fuhr auf etwas dahin, das sich der All American Freeway nannte, dann nahm ich die Reilly Road. Überraschenderweise hatte es bis zum elften September keinen Sicherheitskordon um die Kaserne gegeben, keinen Zaun, kein Haupttor. Die Armee hatte der einheimischen Bevölkerung erlaubt, die Straßen im Militärgelände zu benutzen, um von einer Seite Braggs auf die andere zu gelangen.

Der Standort maß von Ost nach West fünfundzwanzig Meilen, von Norden nach Süden zehn Meilen. Er war das Heim der Kampftruppe, die innerhalb von achtzehn Stunden an jeden Ort der Welt geschickt werden konnte. Hier gab es sämtliche Annehmlichkeiten: Kinos, Reitställe, ein Museum, zwei Golfplätze, sogar eine Schlittschuhbahn.

Als wir an einem Sicherheitsposten vorbeifuhren, sahen wir zwei Schilder. Auf einem stand: WILLKOMMEN IN FORT BRAGG, NORTH CAROLINA, HEIMAT VON AMERIKAS SPEZIALEINHEITEN ZU LUFT UND ZU LAND.

Das andere war bei jeder US-Kaserne in der ganzen Welt üblich: SIE BETRETEN JETZT MILITÄRGELÄNDE UND KÖNNEN JEDERZEIT OHNE RICHTERLICHE ANORDNUNG DURCHSUCHT WERDEN.

Das Gelände war staubig, und im Frühherbst war es noch ziemlich heiß. Überall sah ich schwitzende Soldaten im Laufschritt bei der Morgengymnastik, meist mit einem Marschlied auf den Lippen. Viele Marschlieder. Etliche Einheiten »sangen« im Sprechrhythmus.

»Hurra«, sagte ich zu Sampson.

»Es gibt nichts Schöneres«, meinte er grinsend. »Da kommt glatt der Wunsch auf, sich noch mal zu verpflichten.«

Den Rest des Tages sprachen Sampson und ich mit Männern in gesprenkelten Tarnuniformen und auf Hochglanz polierten Springerstiefeln. Meine FBI-Verbindungen hatten geholfen, uns ein paar Türen zu öffnen, die sonst wohl geschlossen geblieben wären. Ellis Cooper hatte viele Freunde, und die meisten waren geschockt gewesen, als sie von den Morden hörten. Selbst jetzt glaubten nicht viele von ihnen, dass er zu einem solch blutigen Gemetzel und zu derartigen Grausamkeiten fähig sei.

Ausnahmen waren einige einfache Soldaten, die unter ihm die Spezialausbildung gemacht hatten. Sie erklärten, Cooper habe sie körperlich eingeschüchtert. Ein Gefreiter namens Steve Hall, sagte uns unverblümt: »Der Sergeant kann verdammt grausam sein. Das war allgemein bekannt. Mehrmals hat er mich allein beiseite genommen und mich mit Ellbogen und Knien bearbeitet. Ich wusste, dass er hoffte, ich würde zurückschlagen, aber das habe ich nicht getan. Ich bin nicht überrascht, dass er jemanden umgebracht hat.«

»Alles nur Scheiß«, sagte Sampson über die Geschichten aus der Ausbildung. »Coop kann jähzornig sein und ein ausgesprochenes Arschloch, wenn man ihn provoziert. Das heißt aber noch lange nicht, dass er die drei Frauen umgebracht und blau angemalt hat.«

Ich spürte Sampsons Zuneigung und Achtung vor Ellis Cooper. Diese Seite zeigte er nicht oft. Sampson war mit einer Mutter aufgewachsen, die rauschgiftsüchtig und Dealerin war, und einem Vater, der abgehauen war, als Sampson drei Jahre alt gewesen war. Er war nie sehr gefühlsbetont, ausgenommen bei Nana, den Kindern und vielleicht bei mir.

»Was denkst du inzwischen über diese Sauerei?«, fragte er mich.

Ich zögerte, ehe ich antwortete. »Es ist noch zu früh, um ein Urteil abzugeben, John. Mir ist klar, dass das entsetzlich klingt, wenn dein Freund nur noch knapp drei Wochen zu leben hat. Ich glaube nicht, dass wir in Fort Bragg sehr willkommen sind. Die Armee löst die Probleme lieber auf ihre Art und Weise. Es wird verdammt schwierig werden, die Informationen zu bekommen, die Cooper wirklich helfen. Was Cooper betrifft, sagt mir mein Instinkt, dass ich ihm glaube. Aber wer macht sich so eine Mühe, um ihm die Tat in die Schuhe zu schieben? Das ergibt alles keinen Sinn.«

11

Langsam gewöhnte ich mich an die ständig über uns fliegenden C-130er und C-141er, ganz zu schweigen von dem Lärm des Artilleriefeuers auf dem Schießplatz in der Nähe von Fort Bragg. Mir kam der Kanonendonner wie das Totengeläut für Ellis Cooper vor.

Nach einem schnellen Lunch auf dem Bragg Boulevard hatten Sampson und ich einen Termin bei Captain Jacobs. Donald Jacobs gehörte zum CID, der Kriminalpolizei der Armee. Man hatte ihm von Anfang an den Mordfall übertragen, und er war beim Prozess ein überaus wichtiger Belastungszeuge gewesen.

Mir fiel auf, dass in Fort Bragg viele Zivilfahrzeuge auf den Straßen umherfuhren. *Selbst jetzt noch konnte jeder hier herein, ohne dass es aufgefallen wäre.* Ich fuhr zu dem Abschnitt der Basis, wo die Hauptverwaltungsgebäude standen. CID war ein roter Backsteinbau, der moderner und steriler wirkte als die hübscheren Gebäude aus den zwanziger und dreißiger Jahren.

Captain Jacobs empfing uns in seinem Büro. Er trug ein rot kariertes Sporthemd und Khakishorts, keine Uniform. Er war groß, kräftig, Ende vierzig und schien entspannt und herzlich zu sein. »Wie kann ich helfen?«, fragte er. »Ich weiß, dass Ellis Cooper Freunde hat, die an ihn glauben. Er hat als Ausbilder vielen Burschen geholfen. Ich weiß auch, dass Sie beide in Washington einen sehr guten Ruf als Kriminalbeamte genießen. Und was kann ich nun für Sie tun?«

»Sagen Sie uns einfach, was Sie über die Morde wissen«, sagte Sampson. Wir hatten es nicht abgesprochen, aber ich spürte, dass er hier auf der Basis die Führungsrolle brauchte.

Captain Jacobs nickte. »In Ordnung, ich werde unser Gespräch auf Band aufzeichnen, wenn Sie nichts dagegen haben. Meine Herren, ich fürchte, er hat die Tat begangen. Ich glaube, Sergeant Ellis Cooper hat diese drei Frauen ermordet. Ich habe allerdings keinen blassen Schimmer, weshalb. Ich verstehe vor allem die blaue Farbe nicht, mit der die Leichen beschmiert wurden. Vielleicht können Sie das herausfinden, Dr. Cross. Ich *weiß* aber, dass die meisten Menschen in Bragg über die Brutalität und Sinnlosigkeit dieser Morde noch nicht hinweggekommen sind.«

»Dann verursachen wir hier wohl ein paar Probleme«, meinte Sampson. »Ich bitte um Verzeihung, Captain.«

»Nicht nötig«, sagte Jacobs. »Wie ich bereits sagte, Sergeant Cooper hatte seine Bewunderer. Anfangs habe selbst ich ihm geglaubt. Die Geschichte über sein Alibi klang durchaus plausibel. Außerdem ist sein soldatischer Lebenslauf hervorragend.«

»Und weshalb haben Sie Ihre Meinung geändert?«, fragte Sampson.

»Ach, zum Teufel, eine Menge Dinge, Detective. DNA-Analysen, Beweise, die sich am Tatort und an anderen Stellen fanden. Die Tatsache, dass man Cooper beim Haus der Jacksons gesehen hat, obwohl er geschworen hat, nicht dort gewesen zu sein. Das Buschmesser, die Tatwaffe, wie sich später einwandfrei herausstellte, wurde auf seinem Dachboden gefunden. Und noch einige andere Dinge.«

»Könnten Sie das detaillierter erklären?«, fragte Sampson. »Welche anderen Dinge?«

Jacobs seufzte, stand auf und ging zu einem olivgrünen Aktenschrank. Er schloss die oberste Schublade auf, holte eine Akte heraus und brachte sie zu uns.

»Sehen Sie sich das an. Vielleicht ändern auch Sie danach Ihre Meinung«, sagte er und breitete ein halbes Dutzend Fotos vom Tatort aus. Ich habe schon viele derartige Fotos gesehen, aber das machte die Sache nicht leichter.

»So wurden die drei Frauen tatsächlich aufgefunden. Beim Prozess wurde dieses Foto weggelassen, um den betroffenen Familien nicht noch mehr wehzutun, als wir es ohnehin mussten. Der Distriktstaatsanwalt hatte mehr als genug Beweise, um Sergeant Cooper zu überführen. Er musste diese brutalen Bilder nicht einbringen.«

Diese Fotos gehörten zweifellos zu den scheußlichsten Beweisstücken, die ich gesehen hatte. Offenbar hatte man die Frauen im Wohnzimmer aufgefunden, nicht an den Stellen, wo sie ermordet worden waren. Der Mörder hatte die Leichen sorgfältig auf dem geblümten Sofa arrangiert. Wie ein Regisseur hatte er die Frauen angeordnet. Dieses Element erregte sogleich meine Aufmerksamkeit. Tanya Jacksons Gesicht lag oben zwischen den Schenkeln Barbara Greens. Mrs. Greens Gesicht ruhte zwischen Maureen Brunos Beinen. Nicht nur die Gesichter, sondern auch der Schambereich war blau bemalt.

»Offensichtlich glaubte Cooper, die drei Frauen wären lesbisch. Das mag der Fall gewesen sein. Wie auch immer, er glaubte, darin den Grund zu sehen, dass Tanya seine Annäherungsversuche zurückwies. Ich nehme an, das hat ihn zur Tat getrieben.«

Jetzt meldete ich mich zu Wort. »Diese Tatortfotos sind zwar scheußlich und obszön, aber sie beweisen nicht, dass Ellis Cooper der Mörder ist.«

Captain Jacobs schüttelte den Kopf. »Sie scheinen mich nicht zu verstehen. Das sind keine Kopien der Fotos, die die Polizei am Tatort gemacht hat. Das sind Kopien von Polaroidfotos, die Cooper selbst aufgenommen hat. Wir haben sie in seinem Haus zusammen mit dem Messer gefunden.«

Donald Jacobs schaute mich an, dann Sampson. »Ihr Freund hat diese drei Frauen ermordet. Und jetzt sollten Sie nach Hause fahren und den Menschen hier eine Chance geben, die Wunden verheilen zu lassen.«

12

Trotz Captain Jacobs' Rat verließen wir North Carolina nicht, sondern sprachen mit jedem, der mit uns reden wollte. Ein First Sergeant erzählte mir etwas Interessantes, auch wenn es nicht unseren Fall betraf. Er meinte, die Woge des Patriotismus, die seit dem elften September durchs Land ginge, sei in Fort Bragg kaum zu merken. »Wir waren nämlich schon immer so!«, sagte er. Davon konnte ich mich mit eigenen Augen überzeugen, und ich muss zugeben, ich war von vielem, was ich in der Kaserne sah, beeindruckt.

Am nächsten Morgen wachte ich schon um fünf Uhr auf. Das gab mir Zeit, über die Tatsache nachzudenken, dass das mein letzter Fall sein könnte. Und was für ein Fall! *Ein Mann, der wegen des grauenvollen Mordes an drei Frauen rechtskräftig verurteilt war, behauptete, unschuldig zu sein.* Aber welcher Mörder tat das nicht?

Und dann dachte ich an Ellis Cooper, der in Raleigh in der Todeszelle saß, und ich machte mich an die Arbeit.

Ich schaltete den Computer ein und stellte im Netz Nachforschungen an. Ein Gebiet war die blaue Farbe, mit der die Opfer bemalt worden waren. Ich suchte im VICAP und fand drei weitere Fälle, in denen Mordopfer bemalt worden waren. Doch leider schien es keine offensichtliche Verbindung zu unserem Fall zu geben.

Dann holte ich mir jede Menge Informationen über die Farbe Blau. Eine zog mein Interesse auf sich. Es ging um Performance-Künstler, die sich *Tubes* nannten, und in New York City eine Show aufgeführt hatten. Anschließend waren sie in Boston, Chicago und Las Vegas aufgetreten. Ihre Show enthielt Elemente aus der Musik, dem Theater, der Performance-Kunst, sogar von Vaudeville. Diese Künstler arbeiteten immer ganz in Blau, vom Scheitel bis zur Sohle. Vielleicht war das etwas, vielleicht auch nicht – es war zu früh, um das zu wissen.

Ich traf mich mit Sampson zum Frühstück im Holiday Inn, wo wir wohnten, genau gesagt war es das Holiday Inn Bordeaux. Wir aßen schnell und fuhren dann zu der Wohnsiedlung außerhalb des Militärgeländes, wo die drei Morde stattgefunden hatten. Es waren ganz normale Häuschen, jedes mit einem kleinen Vorgarten. In vielen Gärten standen Swimmingpools aus Plastik für die Kinder. Fast bei allen Häusern gab es Dreiräder und Kinderwagen.

Wir verbrachten den Vormittag und einen Teil des Nachmittags mit Klinkenputzen. Die Nachbarschaft, in der Tanya Jackson gewohnt hatte, war eine eingeschworene Gemeinschaft. Fast alle gehörten der Armee an oder arbeiteten für sie. In vielen Häusern war niemand da.

Ich sprach auf der vorderen Veranda mit einer Frau, Ende dreißig oder Anfang vierzig, als ich Sampson zu uns rennen sah. Irgendetwas war los.

»Alex, komm mit mir!«, rief er. »Ich brauche dich. Jetzt, sofort!«

13

Ich traf mich mit Sampson. »Und wie steht's? Was hast du herausgefunden?«

»Komische Sache. Vielleicht ein Durchbruch«, antwortete er. Ich folgte ihm zu einem kleinen Haus. Er klopfte an die Tür, und eine Frau erschien. Sie war knapp über eins fünfzig groß, wog aber bestimmt hundert bis hundertzwanzig Kilo.

»Das ist mein Partner, Detective Cross. Ich habe Ihnen von ihm erzählt. Das ist Mrs. Hodge«, sagte John.

»Ich bin Anita Hodge«, sagte die Frau und schüttelte mir

die Hand. »Ich freue mich, Sie kennen zu lernen.« Dann schaute sie zu Sampson auf und grinste. »Stimmt. Muhamed Ali, als er jünger war.«

Mrs. Hodge ging mit uns durch ein Wohnzimmer, wo zwei Jungs Nickelodeon im Fernsehen anschauten und sich gleichzeitig mit Videospielen vergnügten. Dann führte sie uns durch einen schmalen Korridor zu einem Schlafzimmer.

Ein etwa zehnjähriger Junge war im Zimmer. Er saß in einem Rollstuhl vor einem Gateway-Computer. Hinter ihm an der Wand hingen Hochglanzbilder von über einem Dutzend Baseballspielern.

Er schaute uns, verärgert über die Störung, missmutig an. »Was ist denn *jetzt* schon wieder?«, fragte er. Das hieß im Klartext: *Haut ab, lasst mich in Ruhe.* »Ich arbeite.«

»Das ist Ronald Hodge«, sagte Sampson. »Ronald, das ist Detective Cross. Ich habe dir von ihm erzählt, als wir uns vorhin unterhalten haben.«

Der Junge nickte, sagte aber nichts, sondern blickte mich nur mürrisch an.

»Ronald, würdest du uns deine Geschichte noch einmal erzählen?«, fragte Sampson. »Wir müssen sie hören.«

Der Junge verdrehte die Augen. »Ich habe sie schon den anderen Polizisten erzählt. Ich habe es echt satt. Außerdem ist es allen scheißegal, was ich denke.«

»Ronald«, sagte seine Mutter, »das stimmt nicht, das weißt du genau.«

»Bitte, erzähl sie mir«, sagte ich zu ihm. »Was du zu sagen hast, könnte wichtig sein. Ich möchte es in deinen Worten hören.«

Der Junge verzog das Gesicht und schüttelte den Kopf, aber seine Augen hingen an mir. »Die anderen Polizisten haben es nicht für wichtig gehalten. Diese blöden *Wichser.*«

»Ronald«, sagte seine Mutter, »sei nicht unhöflich. Du weißt, diese Ausdrücke mag ich ganz und gar nicht.«

»Okay, okay«, sagte er. »Dann erzähle ich es eben noch mal.« Er berichtete über den Abend, an dem Tanya Jackson ermordet worden war, und was er gesehen hatte.

»Ich war noch spät auf. Eigentlich darf ich das nicht. Ich habe mit dem Computer gespielt.« Er brach ab und schaute seine Mutter an.

Sie nickte. »Ich verzeihe dir. Das haben wir doch schon längst geklärt. Bitte, erzähle deine Geschichte, sonst werde ich verrückt.«

Jetzt lächelte der kleine Junge und fuhr mit seiner Geschichte fort. Vielleicht wollte er sein Publikum nur ein bisschen auf die Folter spannen.

»Von meinem Zimmer aus kann ich den Garten der Jacksons sehen. Er ist gleich hinter der Ecke vom Haus der Harts. Ich habe jemanden im Garten gesehen. Es war ein bisschen dunkel, aber ich habe gesehen, wie er sich bewegt hat. Er hatte eine Filmkamera oder so was Ähnliches. Erst konnte ich nicht erkennen, was er gefilmt hat, da bin ich neugierig geworden.

Ich bin ganz nahe ans Fenster, damit ich besser sehen konnte. Dann habe ich gesehen, dass drei Männer dort waren. Ja, drei Männer in Mrs. Jacksons Garten. Das habe ich der Polizei gesagt. *Drei Männer*. Ich habe sie so deutlich gesehen wie jetzt Sie hier im Zimmer. *Und sie haben einen Film gemacht.«*

14

Ich bat Ronald Hodge die Geschichte noch einmal zu wiederholen, und das tat er bereitwillig.

Er wiederholte alles fast Wort für Wort. Dabei schaute er mir fest in die Augen und zögerte nicht ein einziges Mal. Es war augenscheinlich, dass der kleine Junge unter dem, was er gesehen hatte, litt und sich immer noch fürchtete. Ihm hatte das, was er gesehen hatte, Angst gemacht, vor allem, nachdem er gehört hatte, dass im Nachbarhaus drei Morde begangen worden waren.

Hinterher unterhielten Sampson und ich uns mit Anita Hodge in der Küche. Sie gab uns Eistee, der ungesüßt war und große Zitronenstücke enthielt. Er schmeckte köstlich. Sie erzählte uns, dass Ronald mit einer *spina bifida* geboren worden war, einer Wucherung am Rückenmark, die zu der Querschnittslähmung von der Taille an abwärts geführt hatte.

»Mrs. Hodge«, fragte ich, »was halten Sie von der Geschichte, die Ronald uns erzählt hat?«

»Oh, ich glaube ihm. Zumindest glaube ich ihm, dass er das alles gesehen hat. Vielleicht war es ein Schatten oder so, aber Ronald ist felsenfest davon überzeugt, dass er drei Männer gesehen hat. Und einer davon mit einer Filmkamera oder was Ähnlichem. Von Anfang an hat er immer wieder dasselbe behauptet. Unheimlich, nicht wahr. Wie in dem alten Hitchcock-Film.«

»*Fenster zum Hof*«, meinte ich. »James Stewart glaubt, vom Fenster aus einen Mord zu sehen. Er hatte ein gebrochenes Bein und konnte nichts unternehmen.« Ich schaute Sampson fragend an. War es ihm recht, dass ich diesmal die Fragen stellte? Er nickte zustimmend.

»Was ist passiert, nachdem die Kriminalbeamten aus Fayetteville mit Ronald gesprochen haben? Sind sie noch mal hergekommen? Ist irgendein anderer Polizist gekommen? Jemand von Fort Bragg? Mrs. Hodges, warum wurde Ronalds Zeugenaussage beim Prozess überhaupt nicht erwähnt?«

Sie schüttelte den Kopf. »Dieselben Fragen habe ich mir auch gestellt – und mein Exmann ebenfalls. Ein Captain vom CID ist ein paar Tage später gekommen, ein Captain Jacobs. Er hat mit Ronald ein bisschen geredet, aber das war alles. Wegen des Prozesses ist nie jemand gekommen.«

Nachdem wir den Eistee ausgetrunken hatten, beschlossen wir, für heute Schluss zu machen. Es war nach fünf Uhr, und wir glaubten, ein kleines Stück vorangekommen zu sein. Vom Holiday Inn Bordeaux aus rief ich Nana und die Kinder an. An der Heimatfront war alles bestens. Sie hatten Nanas Worte aufgeschnappt, dass es »Daddys letzter Fall« sein würde und das gefiel ihnen sehr. Mir vielleicht auch. Ich aß mit Sampson zu Abend, dann gönnten wir uns noch ein paar Bierchen im Hotel und gingen schlafen.

Ich wollte Jamilla anrufen. In Kalifornien war es jetzt sieben Uhr abends, daher rief ich zuerst in ihrem Büro an.

»Inspector Hughes«, meldete sie sich schroff. »Mordkommission.«

»Ich möchte eine vermisste Person melden«, sagte ich.

»Hallo, Alex.« Ich spürte ihr Lächeln durchs Telefon. »Du hast mich wieder mal bei der Arbeit erwischt. *Du bist* die vermisste Person. Wo bist du? Du schreibst nicht, du rufst nicht an. Nicht mal eine mickrige E-Mail in den letzten Tagen.«

Ich entschuldigte mich und erzählte ihr von Sergeant Cooper und was bis jetzt passiert war. Ich beschrieb, was Ronald Hodge vom Schlafzimmerfenster aus gesehen hatte. Dann kam ich zum Thema, weshalb ich sie angerufen hatte. »Du fehlst mir, Jam. Ich möchte dich gern wiedersehen«, sagte ich. »Jeder Ort, jede Zeit. Warum kommst du nicht mal zur Abwechslung nach Osten? Oder ich fliege zu dir, wenn dir das lieber ist. Sag schon.«

Jamilla zögerte, und ich stellte fest, dass ich den Atem anhielt. Vielleicht wollte sie mich nicht wiedersehen. Doch dann sagte sie: »Ich kann mir ein paar Tage freinehmen. Ich würde dich sehr gern wiedersehen. Abgemacht, ich komme nach Washington. Ich war nicht mehr dort, seit ich ein Kind war.«

»Das ist ja nicht so lange her.«

»Danke, das ist niedlich.« Sie lachte.

Mein Herz flatterte ein bisschen, als wir dieses Rendezvous ausmachten. *Abgemacht, ich komme nach Washington.* Den Rest des Abends rief ich mir immer wieder Jamillas Worte ins Gedächtnis zurück. Sie waren ihr so glatt von der Zunge gerollt, als hätte sie es gar nicht erwarten können, sie auszusprechen.

15

Am nächsten Morgen erhielt ich schon früh einen Anruf von einer Freundin im FBI. Ich hatte Abby DiGarbo gebeten, die Mietwagenfirmen in der Gegend auf irgendwelche Unregelmäßigkeiten hin zu überprüfen, die sich in der Woche der Morde ereignet hatten. Ich hatte ihr auch gesagt, dass es sehr dringend sei. Abby hatte bereits eine Firma gefunden.

Hertz hatte man bei der Vermietung eines Ford Explorer betrogen, die Rechnung nie bezahlt. Abby hatte nachgebohrt und eine interessante Dokumentenspur entdeckt. Sie erklärte mir, dass es gar nicht leicht sei, eine Mietwagenfirma zu betrügen. Das waren für uns gute Nachrichten. Für den Betrug hatte der Kunde eine gefälschte Kreditkarte und einen falschen Führerschein vorlegen müssen, auf dem alles stimmen musste, eingeschlossen die Personenbeschreibung des Fahrers, der einen Wagen mieten wollte.

Ein Hacker war in den Personalcomputer eingedrungen und hatte sich eine falsche Identität herausgeholt, die auf der Kreditkarte benutzt wurde. Diese Information wurde nach Brampton, Ontario, weitergegeben, wo die falsche Kreditkarte hergestellt worden war. Dann holte man sich von der Website *Photoidcards.com* den passenden Führerschein. Sie schickte mir sogar ein Foto, das gerade vor mir lag.

Weiß, männlich, im Gesicht nichts Auffälliges. Doch das war wahrscheinlich von einem Visagisten verfälscht worden.

Das FBI suchte weiter, ob noch mehr dahinter steckte. Es war immerhin ein Anfang. Jemand hatte keine Kosten und Mühen gescheut, um in Fayetteville einen Wagen unter falschem Namen zu mieten. Und – dank Abby DiGarbo – hatten wir das *Foto dieses Mannes*.

Auf der Fahrt zu Sergeant Coopers Haus berichtete ich Sampson über den Mietwagenbetrug. Sampson trank dampfend heißen Kaffee und aß ein Éclair von Dunkin Donuts, hörte aber aufmerksam zu. »Deshalb habe ich dich gebeten, bei diesem Fall zu helfen«, erklärte er.

Cooper wohnte in einer kleinen Wohnung mit zwei Schlafzimmern in einer Hälfte eines Doppelhauses aus rotem Backstein in Spring Lake, nördlich von Fort Bragg. Ich sah das Schild: VORSICHT! ANGRIFFSLUSTIGE KATZE!

»Er hat Sinn für Humor«, meinte Sampson. »Zumindest früher mal.«

Wir hatten den Schlüssel und öffneten die Vordertür. Dann traten Sampson und ich ein. Im Haus roch es nach so langer Zeit immer noch nach Katze.

»Wie schön, dass uns zur Abwechslung mal keiner stört«, sagte ich. »Kein FBI, keine örtliche Polizei.«

»Der Mörder ist gefasst, der Fall abgeschlossen«, sagte

Sampson. »Da kümmert sich kein Mensch um uns. Und Cooper sitzt in der Todeszelle, und die Uhr tickt.«

Offenbar hatte sich noch niemand Gedanken gemacht, was mit der Wohnung geschehen sollte. Ellis Cooper hatte die Doppelhaushälfte vor etlichen Jahren gekauft. Nach seiner Pensionierung wollte er in Spring Lake seinen Lebensabend verbringen.

Auf dem Tisch in der Diele standen Fotos von Cooper mit Freunden an verschiedenen Orten: Hawaii, Südfrankreich, vielleicht Karibik. Außerdem ein neueres Foto von Cooper, auf dem er eine junge Frau umarmte, die wohl seine Freundin Marcia war. Die Möbel in der Wohnung wirkten gemütlich, nicht teuer, wahrscheinlich hatte er sie in Geschäften wie Target und Pier 1 gekauft.

Sampson rief mich an ein Fenster. »Sieh dir das an. Hier wurde eingebrochen. Jemand könnte sich Coopers Messer geholt und später zurückgebracht haben. So könnte es gewesen sein. Coop hat gesagt, er hätte das Messer im Wandschrank in seinem Schlafzimmer aufbewahrt. Die Polizei behauptet, das Messer auf dem Dachboden gefunden zu haben.«

Als Nächstes gingen wir ins Schlafzimmer. An den Wänden hingen weitere Fotos, meist von Orten, wo Cooper Dienst gehabt hatte: Vietnam, Panama, Bosnien. Eine Gewichtheberbank stand dicht vor einer Wand. Neben dem Wandschrank lehnte ein Bügelbrett. Wir durchsuchten den Schrank. Hauptsächlich Militärklamotten, aber auch einige zivile Kleidungsstücke.

»Was fällt dir bei dem Zeug ein?«, fragte ich Sampson und deutete auf einen Tisch, auf dem alle möglichen Souvenirs standen, die aussahen, als stammten sie aus Südostasien.

Ich hob eine Strohpuppe auf, die eigenartig böse, ja bedrohlich aussah. Dann eine kleine Armbrust, deren Auslöser eine Kralle war. Ein Silberamulett in Form eines wachsamen lidlosen Auges. Was bedeuteten diese Dinge?

Sampson betrachtete die unheimliche Strohpuppe, dann das Auge. »Das böse Auge habe ich schon gesehen. Vielleicht in Kambodscha oder Saigon. Genau kann ich mich nicht erinnern. Auch diese Strohpuppen. Ich glaube, sie haben etwas damit zu tun, dass sie böse Geister heraufbeschwören oder abwehren. Ich habe sie bei Beerdigungen in Vietnam gesehen.«

Ungeachtet der schaurigen Kunstwerke, gab mir Ellis Coopers Wohnung das Gefühl, dass er ein einsamer Mann ohne ein nennenswertes Leben außerhalb der Armee gewesen war. Ich entdeckte nicht ein einziges Foto mit so etwas wie Familie.

Wir waren immer noch in Coopers Schlafzimmer, als wir hörten, wie in der Wohnung eine Tür geöffnet wurde. Dann näherten sich schwere Schritte.

Die Schlafzimmertür wurde aufgerissen und gegen die Wand geknallt.

Soldaten mit gezückten Pistolen standen auf der Schwelle.

»Hände hoch! Militärpolizei. *Hände hoch, sofort*!«, brüllte einer.

Sampson und ich hoben langsam die Arme.

»Wir sind Detectives vom Morddezernat. Wir haben die Erlaubnis, hier zu sein«, erklärte Sampson. »Fragen Sie bei Captain Jacobs vom CID nach.«

»Hände hübsch oben lassen. Ganz hoch«, sagte der Militärpolizist barsch.

Sampson sprach ruhig mit dem Führer der drei MPs, die sich jetzt ins Zimmer drängten und die Waffen auf uns gerichtet hielten.

»Ich bin ein Freund von Sergeant Cooper«, erklärte Sampson.

»Er ist ein überführter Mörder«, stieß ein MP zwischen den Zähnen hervor. »Wohnt jetzt in einer Todeszelle. Aber nicht mehr lange.«

Sampson hielt die Arme hoch und erklärte ihnen, dass er in

der Hemdentasche einen Brief von Cooper habe und dieser uns auch den Hausschlüssel gegeben hätte. Der oberste MP nickte und holte das Papier heraus und las:

Wen auch immer es betreffen mag:

John Sampson ist mein Freund und der einzige Mensch, den ich kenne, der für meine Unschuld arbeitet. Er und Detective Cross sind in meinem Haus willkommen, aber ihr übrigen Scheißwichser nicht.

Verpisst euch! Ihr habt mein Haus widerrechtlich betreten.

Sergeant Ellis Cooper

16

Am nächsten Morgen wachte ich mit dem Filmtitel *Dead Man Walking* auf, der sich ständig in meinem Kopf wiederholte. Immer wieder sah ich Ellis Cooper in dem orangeroten Overall, den die Todeskandidaten im Zentralgefängnis trugen.

Ehe es zu heiß wurde, joggten Sampson und ich in Bragg umher. Wir liefen auf dem Bragg Boulevard auf die Basis, bogen dann in eine engere Straße ein, die Honeycutt hieß. Danach kam ein Labyrinth ähnlicher Straßen und schließlich die Longstreet Road. Bragg war makellos. Nirgends ein Fetzchen Müll. Eine Menge Soldaten absolvierten bereits die Morgenübungen.

Während wir Seite an Seite dahinliefen, planten wir den Tag. Wir hatten in relativ kurzer Zeit viel zu erledigen. Danach mussten wir zurück nach Washington.

»Soll ich dir sagen, was mir am meisten im Magen liegt?«,

fragte Sampson, als wir die Militärbasis zu Fuß besichtigten.

»Wahrscheinlich dasselbe wie mir«, antwortete ich keuchend. »Wir haben Ronald Hodge und den Hertz-Mietwagen in etwa einem Tag gefunden. Was ist los mit der örtlichen Polizei und den Ermittlungen der Armee?«

»Glaubst du langsam, dass Ellis Cooper unschuldig ist?«

Ich antwortete nicht, aber unsere Mordermittlungen verliefen ungewöhnlich beunruhigend: Alles lief zu gut. Wir erfuhren Dinge, die die Polizei in Fayetteville nicht zu wissen schien. Und warum hatte der CID der Armee keine bessere Arbeit geleistet? Cooper war doch einer von ihnen, oder?

Als ich nach dem Jogging zurück aufs Zimmer kam, klingelte das Telefon. Ich fragte mich, wer mich so früh anrufen konnte. Es mussten Nana und die Kinder sein. Es war erst kurz nach sieben. Ich meldete mich mit der etwas bescheuert klingenden Stimme Damon Wayans, die ich manchmal bei den Kindern bringe. »Hallihallo! Wer wagt es, mich so früh anzurufen und zu wecken? Das ist eine Unverschämtheit!«

Dann hörte ich eine unbekannte Frauenstimme mit schwerem Südstaatenakzent. »Ist da Detective Cross?«

Schnell änderte ich meinen Tonfall und hoffte, sie würde nicht auflegen. »Ja, am Apparat. Mit wem spreche ich?«

»Das möchte ich lieber nicht sagen. Hören Sie mir bitte nur zu. Es fällt mir furchtbar schwer, Ihnen – oder sonst jemandem – das zu sagen.«

»Ich höre. Schießen Sie los.«

Ich hörte einen tiefen Seufzer, ehe sie weitersprach.

»Ich war mit Ellis Cooper in der Nacht zusammen, in der diese drei schrecklichen Morde passiert sind. Wir haben zusammen geschlafen. Das ist alles, was ich Ihnen im Moment sagen kann.«

Ich spürte, dass die Anruferin verängstigt, ja nahezu in Panik war. Ich musste sie an der Strippe halten, wenn möglich.

»Warten Sie eine Minute. Bitte. Sie hätten Sergeant Cooper beim Prozess helfen können. Sie können ihm immer noch helfen. Sie können seine Hinrichtung verhindern.«

»Nein. Ich kann nicht mehr sagen, als ich ohnehin schon gesagt habe. Ich bin mit einem anderen Mann in der Basis verheiratet. Ich werde meine Familie nicht zerstören. Das kann ich nicht. Tut mir Leid.«

»Warum haben Sie das nicht der Polizei in der Stadt oder dem CID gesagt?« *Warum hat Cooper uns das nicht gesagt*? »Bitte, bleiben Sie dran. Nicht auflegen.«

Die Frau stöhnte leise. »Ich habe Captain Jacobs angerufen und es ihm gesagt. Er hat mit dieser Information, mit der Wahrheit, nichts gemacht. Ich hoffe, Sie tun etwas. Ellis Cooper hat diese drei Frauen nicht umgebracht. Ich habe nicht geglaubt, dass meine Aussage reichen würde, um ihn zu retten. Und ... und ich habe Angst vor den Konsequenzen.«

»Welche Konsequenzen? Denken Sie mal an die Konsequenzen für Sergeant Cooper. Er wird hingerichtet.«

Die Frau legte auf. Ich hatte das sichere Gefühl, dass sie schluchzte. Ich stand da und starrte aufs Telefon und konnte nicht glauben, was ich soeben gehört hatte. Ich hatte gerade mit Ellis Coopers Alibi gesprochen – und jetzt war es weg.

17

Gegen fünf Uhr erhielten Sampson und ich die gute Nachricht, dass der Kommandant von Fort Bragg eingewilligt hatte, uns in seinem Haus auf der Basis zu empfangen. Wir sollten Punkt halb acht dort sein. General Stephen Bowen würde uns zehn Minuten gewähren, um ihm die Informationen, die wir über die Morde hatten, mitzuteilen. Inzwischen gelang es Sampson, zu Sergeant Cooper im Zentralgefängnis durchzudringen. Er *bestritt* energisch, dass er an jenem Abend mit einer Frau zusammen gewesen war. Und was noch schlimmer war – Sampson hatte das Gefühl, dass Cooper nicht sehr überzeugend geklungen hatte. Aber weshalb sollte er vor uns die Wahrheit zurückhalten? Das ergab doch keinen Sinn.

General Bowens Unterkunft war ein Stuckhaus mit spanischem Ziegeldach aus den zwanziger oder dreißiger Jahren. Im Obergeschoss war eine Veranda, die von drei Seiten verglast war, wahrscheinlich sein Arbeitszimmer.

Von dort oben beobachtete uns ein Mann, als wir auf der halbkreisförmigen Auffahrt parkten. *General Bowen persönlich*?

An der Eingangstür empfing uns ein Adjutant, der sich als Captain Rizzo vorstellte. Zum Stab des Generals gehörten ein Adjutant, der Offizier war, ein gemeiner Soldat, der für die Sicherheit zuständig war, aber auch als Koch arbeitete, und ein Fahrer, ebenfalls Sicherheitsmann.

Wir betraten ein großes Foyer mit Wohnbereichen zu beiden Seiten. Die Einrichtung war erlesen und spiegelte die Karriere des Generals rund um den Globus wider. Da stand ein wunderschöner geschnitzter Schrank, der deutsch aussah. Daneben sah ich einen Paravent, der mit sanften Hügeln und blühenden Kirschbäumen bemalt war und aus Japan stammte. Ferner eine antike Anrichte, wahrscheinlich aus Neu England.

Captain Rizzo führte uns in ein kleines Zimmer, wo General Stephen Bowen uns bereits erwartete. Er trug Uniform. Der Adjutant beugte sich zu mir. »Ich komme in genau zehn Minuten wieder. Der General möchte mit Ihnen allein sprechen.«

»Bitte, setzen Sie sich«, sagte Bowen. Er war hoch gewachsen und gut gebaut, wahrscheinlich Mitte fünfzig. Er legte die Hände auf einen alten Schreibtisch, der so aussah, als hätte er den General während seiner Laufbahn begleitet. »Man hat mir mitgeteilt, dass Sie hergekommen sind, um zu versuchen, im Mordfall Cooper in Revision zu gehen. Warum sollten wir den Fall noch mal aufrollen? Was ist mit Coopers Todesurteil?«

Ich teilte dem General so präzise wie möglich mit, was wir bereits herausgefunden hatten, auch unsere Reaktionen als erfahrene Beamte im Morddezernat auf die Beweise. Er war ein geübter Zuhörer, der meine Worte mehrmals durch ein gemurmeltes »interessant« zur Kenntnis nahm. Er schien für andere Standpunkte offen und auf neue Informationen erpicht zu sein. Einen Moment lang schöpfte ich Hoffnung.

Als ich geendet hatte, fragte er: »Gibt es noch etwas, das Sie hinzufügen wollen? Jetzt ist der richtige Zeitpunkt.«

Sampson war in der Gegenwart des Generals ungewöhnlich still und reserviert. »Ich will nicht auf meine persönlichen Gefühle für Sergeant Cooper eingehen«, sagte er schließlich, »aber als Detective kann ich es unmöglich begreifen, dass er die Mordwaffe plus mehrere belastende Fotos zurück in sein Haus gebracht hat.«

Überraschenderweise nickte General Bowen zustimmend. »Ich ebenso wenig«, sagte er. »Aber er hat es getan. Ich begreife es auch nicht, aber ich kann ebenso wenig begreifen, wie ein Mann mutwillig drei Frauen ermorden kann, was er eindeutig getan hat. Es war die schrecklichste Gewalttat, die ich in Friedenszeiten je gesehen habe, und, Gentlemen, ich habe im Laufe meiner Dienstzeit viel Schreckliches gesehen.«

Der General beugte sich über den Schreibtisch. Seine Augen verengten sich. »Lassen Sie mich Ihnen etwas über diesen Mordfall sagen, das ich noch niemandem sonst gesagt habe. Niemandem. Das ist nur für Sie beide. Wenn Sergeant Cooper im Zentralgefängnis des Staates North Carolina hingerichtet wird, werde ich mit den Familien der drei ermordeten Frauen anwesend sein. Ich freue mich auf die Todesspritze. Was dieses Tier getan hat, widert mich an. Ihre zehn Minuten sind um. Jetzt hauen Sie schon ab. Verdammt, gehen Sie mir aus den Augen.«

Sein Adjutant, Captain Rizzo, war bereits wieder an der Tür.

18

Die drei blinden Mäuse waren zum ersten Mal seit Monaten wieder in Fayetteville, auf dem Weg nach Fort Bragg. Man ließ Thomas Starkey, Brownley Harris und Warren Griffin ohne Probleme durch die Sicherheitsschleuse auf den All American Freeway fahren. Sie kamen ganz offiziell geschäftlich zur Basis. Sie hatten einen Termin.

Die drei Männer waren ungewöhnlich schweigsam, als Starkey den dunkelblauen Suburban durchs Kasernengelände fuhr. Seit der Ermordung der drei Frauen waren sie nicht mehr in Bragg gewesen. Allerdings hatte sich hier nichts verändert. Beim Militär gehen Veränderungen nur sehr langsam vor sich.

»Auf diese Fahrt könnte ich wirklich verzichten«, meinte Brownley Harris vom Rücksitz.

»Null Problem«, erklärte Starkey und übernahm wie immer das Kommando. »Wir haben einen legitimen Grund, hier zu sein. Es wäre ein Fehler, wenn wir unsere Gesichter nicht mehr in Bragg zeigen würden. Enttäuscht mich nicht.«

»Kapiert«, sagte Harris. »Trotzdem bin ich nicht gern wieder am Tatort.« Er beschloss, die Stimmung ein wenig aufzuheitern. »Habt ihr schon die Unterscheidungstheorie über die Streitkräfte der USA gehört – das so genannte Schlangenmodell?«, fragte er.

»Nein, nie gehört, Brownie«, sagte Griffin und verdrehte die Augen. Er wusste, dass jetzt ein Witz kommen würde – und mit Sicherheit ein ganz übler.

»Die *Infanterie* rückt ein, um die Schlange zu fangen. Die Schlange riecht sie und verlässt das Gebiet unverletzt. *Luftwaffe* kommt als Nächste, hat die Schlange in den Koordinaten des GPS-Systems. Kann die Schlange trotzdem nicht finden und fliegt zurück zum Horst, um aufzutanken und damit die Besatzung sich in Ruhe eine Maniküre gönnen kann. *Artillerie* rückt vor. Greift die Schlange mit schweren Geschützen an, hat drei Artillerie-Bataillone zur Verstärkung, tötet mehrere Hundert Zivilisten, nicht zu verhindernder Kollateral-Schaden. Alle Teilnehmer, eingeschlossen Köche, Mechaniker und Schreibstubenhengste bekommen den Silver-Star-Orden.«

»Und was ist mit den Rangern?«, fragte Griffin, um das Stichwort zu liefern.

Harris grinste. »Ein einziger Ranger kommt, spielt mit der Schlange und isst sie anschließend auf.«

Starkey lachte kurz und bog dann in die Armistead Street ein, auf den Parkplatz vor dem Hauptquartier. »Denkt daran, es geht nur ums Geschäft. Benehmt euch entsprechend, Gentlemen.«

»Jawohl, Sir!«, antworteten Griffin und Harris schneidig.

Die drei nahmen ihre Aktenkoffer, zogen leichte Jacketts an und rückten die Krawatten zurecht. Sie waren Handelsvertreter für Sicher & Schuss und sollten in Fort Bragg der Armee Waffen verkaufen. Vor allem sollten sie das Interesse für die Personal Defense Weapon wecken, PDW, die – voll geladen – nur zwei Pfund wog und *»jede bekannte Panzerung der Armee durchschlagen«* konnte.

»Eine Teufelswaffe«, pflegte Thomas Starkey sie gern im Verkaufsgespräch anzupreisen. »Hätten wir die in Nam gehabt, hätten wir den Krieg gewonnen.«

19

Das Verkaufsgespräch verlief zur Zufriedenheit aller Beteiligten. Die drei Vertreter verließen die Büros des Corps kurz nach acht Uhr abends, mit der Versicherung, die PDW zu unterstützen. Thomas Starkey hatte noch die neueste Version der MP5-Maschinenpistole vorgeführt und kenntnisreich und enthusiastisch über das Fabrikationssystem seiner Firma gesprochen, das die Teile des Maschinengewehrs zu 99,9 Prozent austauschfähig machte.

»Und jetzt sollten wir uns ein paar kalte Biere und Riesensteaks gönnen«, sagte Starkey. »Mal sehen, ob wir in Fayetteville ein bisschen Wirbel veranstalten können oder in einer anderen Stadt auf dem Heimweg. Das ist ein *Befehl*, Gentlemen.«

»Liegt genau auf meiner Linie«, sagte Harris. »Es war ein guter Tag, richtig? Mal sehen, ob wir ihn ruinieren können.«

Es war bereits dunkel, als sie Fort Bragg verließen. »*On the road again*«, stimmte Warren Griffin sein Lieblingslied an. Er sang diesen alten Willie-Nelson-Song fast jedes Mal, wenn sie zu einem Abenteuer aufbrachen. Sie kannten Fayetteville nicht nur von Geschäftsreisen, sondern aus der Zeit, als sie in Bragg stationiert waren. Es war erst vier Jahre her, seit die drei die Armee verlassen hatten. Sie waren Ranger gewesen: Colonel Starkey, Captain Harris und Master Sergeant Griffin. Fünfundsiebzigstes Ranger-Regiment. Drittes Bataillon. Ursprünglich kamen sie aus Fort Benning, Georgia.

Als sie in die Stadt hineinfuhren, sahen sie zwei Huren an einer dunklen Straßenecke. In den bösen alten Zeiten war die Hays Street von üblen Bars und Striptease-Lokalen gesäumt gewesen. Sie wurde allgemein das Fayette-Nam genannt. Aber jetzt war das alles vorbei. Die Stadtväter bemühten sich, das Zentrum zu säubern. Auf einer Werbetafel der Handelskammer stand: GROSSSTADTLEBEN MIT SÜDSTAATEN-TEMPO. Einfach zum Kotzen.

Warren Griffin beugte sich aus dem Seitenfenster. »Ich liebe dich, und *dich* noch mehr. Halte sofort an! O Gott, bitte, halte an! Ich liebe dich, Schätzchen. Ich komme zurück!«, rief er den beiden Mädchen zu.

»Ich bin Vanessa«, rief die eine. Sie war ausgesprochen niedlich.

Starkey lachte, fuhr aber weiter bis zur »Pump«. DiesesLokal gab es schon seit mindestens zwanzig Jahren. Sie schlenderten hinein, um sich den Bauch voll zu schlagen und Spaß zu haben. Weshalb arbeiten, wenn man sich keine Belohnung gönnte? Warum Schmerzen erleiden, wenn es nichts einbrachte?

Während der nächsten Stunden tranken sie zu viel Bier, aßen Riesensteaks mit Zwiebeln und Champignons, rauchten Zigarren und erzählten sich die besten Kriegsgeschichten und Witze. Sogar die Kellnerinnen und der Barkeeper machten mit. Alle mochten Thomas Starkey. Man durfte ihn nur nicht auf dem falschen Fuß erwischen.

Gegen Mitternacht verließen sie Fayetteville. Plötzlich hielt Starkey an. »Zeit für eine kleine Schießübung«, sagte er zu Griffin und Harris. Sie wussten, was er meinte.

Harris lächelte nur, aber Griffin stieß einen Juchzer aus. »Lasset die Kriegsspiele beginnen.«

Starkey lehnte sich aus dem Fenster und sprach mit einem Mädchen, das auf der Hays Street auf Freier wartete. Sie war groß, zaundürr und blond und schwankte leicht auf den hohen silbernen Plateauabsätzen. Sie hatte einen kleinen Schmollmund, aber das Schmollen verschwand, als sie ihnen ihr bestes Hundert-Dollar-Lächeln schenkte.

»Du bist eine wunderschöne Lady«, sagte Starkey. »Hör zu, wir sind auf dem Weg in unsere Suite im Radisson. Wärst du an drei großen Scheinen anstatt an mir interessiert? Wir feiern gern gemeinsam. Alles guter, sauberer Spass.«

Starkey konnte ungemein charmant sein und respektvoll. Er lächelte gewinnend. Die blonde Hure stieg hinten zu Griffin ein. »Und ihr versprecht, ganz brave Jungs zu sein?«, fragte sie mit diesem wunderschönen Lächeln.

»Versprochen«, sagten sie im Chor. »Wir werden brave Jungs sein.«

»*On the road again*«, sang Griffin.

»He, du singst gut«, sagte die Blonde und küsste Griffin auf die Wange. Sie konnte gut mit Männern umgehen, wusste genau, wie man sie nehmen musste, besonders Soldaten von Fort Bragg, die für gewöhnlich anständige Burschen waren. Sie war selbst ein Armeegör gewesen. Das war noch nicht so lange her. Sie war neunzehn.

»Habt ihr das gehört? Die schöne Lady mag meinen Gesang. Wie heißt du denn, Süße?«, fragte Griffin. »Ich mag dich jetzt schon.«

»Vanessa«, sagte sie. Das war ihr Name auf der Straße. »Und du? Sag bloß nicht *Willie Nelson*.«

Griffin lachte schallend. »Nein, ich heiße Warren. Ich freue mich, deine Bekanntschaft zu machen, Vanessa. Hübscher Name für eine hübsche Lady.«

Sie verließen die Stadt und fuhren in Richtung I-95. Nach

ungefähr einer Meile lenkte Starkey den Wagen plötzlich an den Straßenrand und brüllte: »Boxen-Stopp!« Er ließ den Suburban in ein Gebüsch ausrollen.

»Das Radisson ist nicht weit. Warum wartest du nicht?«, fragte Vanessa. »Ihr Jungs könnt doch noch ein bisschen länger warten, oder?«

»*Das* kann nicht warten«, sagte Griffin. Unvermittelt hielt er ihr eine Pistole an den Kopf.

Vom Beifahrersitz aus zielte Brownley Harris mit einer Pistole auf ihre Brust.

»Để hai tay lên đầu!« brüllte Thomas Starkey mit tiefer Angst einflößender Stimme.

Hände auf den Kopf.

»Bạn gặp nhiều phiền phức rồi đó.«

Du steckst in der Scheiße, Hure.

Vanessa verstand nicht ein einziges Wort, aber sie kapierte die Bedeutung. Verdammte Scheiße. Ihr Magen verkrampfte sich. Normalerweise wäre sie nie zu drei Männern ins Auto gestiegen, aber der Fahrer hatte einen so netten Eindruck gemacht. Warum brüllte er sie jetzt an? Was für ein Kauderwelsch war das? Was war überhaupt los? Sie hatte das Gefühl, sich gleich übergeben zu müssen, und zum Abendessen hatte sie einen Chili-Hotdog und Fritos-Chips gegessen.

»Haltet an, bitte!«, sagte Vanessa und fing an zu weinen. Die Tränen waren nicht echt, aber bei den Soldaten von Fort Bragg wirkten sie meistens Wunder.

Aber diesmal nicht. Der Kerl brüllte sie weiterhin in dieser seltsamen Sprache an, die sie nicht verstand. Und jetzt noch lauter.

»Ra khỏi xe. Ngay bây giờ!«, schrie Thomas Starkey.

Steig aus. Jetzt, du elende Hure.

Sie schwenkten die schrecklichen Pistolen und bedeuteten ihr, auszusteigen. Schließlich begriff sie. *O mein Gott, lassen sie mich etwa hier draußen? Soll das ein schlechter Scherz sein? Mistkerle*!

Oder war alles schlimmer? Wie viel schlimmer konnte es noch werden?

Dann schlug der auf dem Beifahrersitz ihr mit dem Handrücken ins Gesicht. Warum? Sie stieg doch bereits aus. Zur Hölle mit dem Schwein! Beinahe wäre sie mit den hohen silbernen Plateauschuhen gestolpert. »Willie Nelson« trat ihr in den Rücken. Vor Schmerzen rang Vanessa nach Luft.

»Ra khỏi xe!«, brüllte der Fahrer wieder. Wer waren diese Kerle? Waren sie Terroristen oder so?

Vanessa schluchzte, aber sie kapierte, dass sie rennen sollte, in den dunklen Wald und den unheimlichen Sumpf laufen. *O Gott, ich will nicht in den Wald. Bestimmt gibt es da Schlangen*!

Der Kerl, der hinten neben ihr gesessen hatte, stieß ihr noch mal in den Rücken. Vanessa begann zu rennen. Ihr blieb ja keine andere Wahl.

»Lúc đó mày sẽ đền tội!«

Das brüllte ihr einer hinterher.

O Gott, o Gott, was sagen die? Was steht mir bevor? Warum bin ich bloß eingestiegen? Ein großer Fehler, ein Riesenfehler!

Und dann konnte Vanessa nur noch an eines denken – rennen!

20

»Lasst sie laufen«, meinte Thomas Starkey. »Wir wollen fair sein. Wir haben Vanessa versprochen, brav zu sein.«

Sie lehnten sich gegen den Wagen und ließen das verängstigte Mädchen in den Wald und den Sumpf laufen. Sie wollten ihr einen ordentlichen Vorsprung gewähren.

Starkey setzte sich eines der neuen hellbraunen Baretts der Ranger auf. Dieses hatte die schwarze Baskenmütze der Spezialeinheiten ersetzt, sobald der Rest der Armee zu Schwarz übergegangen war. »Jetzt kommt die erste Wette für heute Abend. Vanessa hat immer noch die Plateauschuhe an, wenn wir sie erwischen. Oder glaubt ihr, dass sie die Schuhe auszieht?«, fragte Starkey. »Ihre Wetten, Gentlemen!«

»Mit Sicherheit zieht sie die silbernen Dinger aus«, sagte Griffin. »Sie ist blöd, aber nicht so bescheuert. Ich nehme deine Wette an, fünfzig?«

»Sie hat die Schuhe noch an«, erklärte Starkey. »Wenn ein so hübsches Mädchen auf der Straße anschaffen geht, ist es so dumm wie die Nacht finster. Hundert auf meine Worte.«

In diesem Moment sahen sie Autoscheinwerfer. Der Wagen bog vom Highway ab. Jemand fuhr direkt auf ihren Parkplatz zu. Wer, zum Teufel, war das?

»Bullen«, sagte Starkey. Dann hob er die Hand und winkte dem langsam dahingleitenden Wagen der Staatspolizei freundlich zu.

»Irgendein Problem?«, fragte der Polizist, als er dicht vor dem dunkelblauen Suburban war. Er machte sich nicht die Mühe, auszusteigen.

»Nur ein kleiner Boxen-Stopp, Officer. Wir kommen von Bragg und sind auf dem Weg nach Fort Benning«, erklärte Starkey mit ruhiger Stimme. Er war auch in keiner Weise wegen des Polizisten besorgt, nur neugierig, wie die Sache ausgehen würde. »Wir sind in der Reserve. Wären wir drei in der *ersten* Mannschaft, hätten wir nur Ärger, schätze ich.«

»Ich habe Ihren Wagen vom Highway aus gesehen und wollte nachsehen, ob alles in Ordnung ist. Hier gibt es nur Sumpfgebiet.«

»Officer, uns geht's bestens. Wir rauchen nur eine, dann geht's weiter. Danke für Ihre Fürsorge.«

Der Polizist wollte gerade losfahren, als eine Frau im Wald schrie. Es war unmissverständlich ein Hilferuf.

»Also, das tut mir verdammt Leid, Officer.« Starkey holte seine Pistole hinter dem Rücken hervor und schoss dem Polizisten mitten in die Stirn. Er musste nicht mal einen Sekundenbruchteil nachdenken. »Keine gute Tat bleibt unbestraft.«

Er schüttelte den Kopf, ging zum Polizeiwagen und schaltete die Scheinwerfer aus. Dann schob er den toten Polizisten beiseite, setzte sich auf den Fahrersitz und fuhr den Wagen ein Stück weiter, so dass man ihn von der Straße aus nicht sehen konnte.

»Los, sucht das Mädchen!« befahl er Harris und Griffin. »Pronto. Weit kann sie nicht sein. Und die blöde Nuss trägt noch ihre Plateauschuhe. Los! Ich gebe euch Kerlen ein paar Minuten Vorsprung. Ich will den Wagen richtig verstecken. Zischt ab! Warren ist Spitze. Brownie ist Flanke.«

Als Colonel Thomas Starkey schließlich in den Wald lief, machte er keinen falschen Schritt. Er ging direkt auf die Stelle zu, von der aus Vanessa um Hilfe geschrien und damit den Tod des Polizisten verursacht hatte.

Von da folgte er nur seinem Instinkt. Er sah geknickte Grashalme, zertretene Blätter. Ein abgebrochener Ast. Hier war sie vorbeigekommen. Er bemerkte seine inneren Reaktionen: schnelles Atmen und steigender Blutdruck. Das alles hatte er schon früher erlebt.

»Tao sẽ tìm ra mày«, flüsterte er auf Vietnamesisch. »Lúc đó mày sẽ đền tội.«

Ich werde dich finden, Schätzchen. Du bist so gut wie tot.

Es tat ihm Leid, dass sie sich bei der Suche nach dem Mädchen so beeilen mussten, aber der tote Polizist war eine unerwartete Entwicklung gewesen. Wie immer waren Starkeys Sinne übermäßig angespannt. Er befand sich im Kriegsgebiet.

Die Zeit verlangsamte sich für ihn. Jedes Detail war präzise, jeder Moment kontrolliert. Er bewegte sich im dunklen Wald schnell, mühelos und extrem selbstsicher. Das Mondlicht reichte ihm, um alles zu sehen.

Dann hörte er weiter vorn Gelächter und sah ein Licht durch die Zweige. Starkey blieb stehen. »Verdammter Wichser«, murmelte er. Dann schlich er vorsichtig weiter. Man konnte ja nie wissen.

Harris und Griffin hatten die blonde Schlampe erwischt. Sie hatten ihr die heißen Höschen ausgezogen und sie mit ihren Dessous geknebelt und ihr die Hände auf den Rücken gebunden.

Griffin riss ihr die Bluse mit den silbernen Pailletten herunter. Jetzt trug sie nur noch die silbernen Plateauschuhe.

Vanessa trug keinen Büstenhalter. Ihre Brüste waren klein. Aber sie hatte ein hübsches Gesicht. Sie erinnerte Starkey an die Tochter seines Nachbarn. Seiner Meinung war sie eigentlich ein zu nettes Mädchen, um sich billig auf der Straße zu verkaufen. *Tut mir Leid, Vanessa.*

Sie wehrte sich, und Griffin ließ sie los, nur so zum Spass. Als sie weglaufen wollte, stolperte sie und fiel zu Boden. Sie blickte zu Starkey auf, der jetzt über ihr stand. Sie sah jämmerlich aus.

Jetzt fing sie an zu wimmern. Dann sagte sie etwas durch den Knebel, das so ähnlich klang wie: »Warum tut ihr das? Ich habe niemandem etwas getan.«

Sie versuchte, sich aufzurappeln.

»Das ist ein Spiel, das wir vor langer Zeit gelernt haben«, erklärte ihr Starkey auf Englisch. »Es ist nur ein Spiel, Schätzchen. Zum Zeitvertreib. Macht uns Spaß. Hol die Farbe«, sagte er zu Master Sergeant Griffin. »Ich glaube, heute Abend nehmen wir rot. Siehst du in Rot gut aus, Vanessa? Ich glaube, rot ist deine Farbe.«

Er blickte ihr direkt in die Augen und drückte auf den Abzug.

21

Ich stand an meinem ersten Morgen in Washington wieder um halb sechs auf. *Immer die gleiche Leier,* aber mir war das nur recht.

Ich streifte ein T-Shirt über, zog alte Shorts an und ging nach unten. In der Küche war noch alles dunkel. Nana war noch nicht aufgestanden. Das überraschte mich.

Nun, sie hatte es verdient, ab und zu mal zu verschlafen.

Ich zog meine Laufschuhe an und ging nach draußen, um zu joggen. Auf Anhieb konnte ich den Anacostia River riechen. Nicht gerade der köstlichste Geruch, aber vertraut. Ich hatte mir vorgenommen, an diesem Morgen nicht an Ellis Cooper in der Todeszelle zu denken. Bis jetzt war mir das nicht gelungen.

In den letzten Jahren hatte sich unsere Nachbarschaft sehr gewandelt. Die Politiker und Geschäftsleute würden behaupten, es habe sich zum Besseren verändert. Ich bin nicht so sicher, dass das stimmt. An der 395 South war eine Baustelle, und die Rampe zur Fourth Street war für immer geschlossen worden. Viele der alten Backsteinhäuser, inmitten derer ich aufgewachsen war, hatte man abgerissen.

Stadthäuser waren entstanden, die für mich eher nach Capitol Hill gehört hätten. Es gab auch eine schicke neue Sporthalle, die Resultate hieß. An einigen Häusern prangten sechseckige blaue ADT-Sicherheitsdienst-Schilder, mit Empfehlung des riesigen Tyco-Konzerns. Manche Straßen wurden gesäubert und herausgeputzt. Aber die Drogendealer trieben sich immer noch umher, besonders wenn man sich nach Süden zum Anacostia hin bewegte.

Hätte man H.G. Wells Zeitmaschinenbrille aufsetzen können, würde man sehen, dass die Planer der ursprünglichen Stadt gute Ideen gehabt hatten. In kurzen Abständen gab es immer wieder einen Park mit klar ausgelegten Wegen und Grasflächen. Eines Tages würden die Bewohner der umliegenden Häuser die Parks zurückerobern, nicht nur die Drogendealer. Jedenfalls redete ich mir das ein.

Neulich verkündete ein Artikel in der *Washington Post*, dass einige Leute hier tatsächlich die Dealer schützten. Na ja, manche Menschen glauben, die Dealer täten mehr Gutes für die Gemeinde als die Politiker – zum Beispiel Partys für einen ganzen Wohnblock schmeißen und den Kindern an einem heißen Sommertag Geld geben, damit sie sich ein Eis kaufen können.

Seit ich zehn Jahre alt war, lebe ich hier und werde wohl auch hier bleiben. Ich liebe diese alte Nachbarschaft, nicht nur der Erinnerungen wegen, sondern auch, weil die Zukunft viel Gutes bringen kann.

Als ich von meinem Morgenlauf zurückkam, brannte in der Küche immer noch kein Licht. In meinem Kopf läuteten sämtliche Alarmglocken.

Und ziemlich laut.

Ich ging durch den engen Korridor von der Küche zu Nanas Zimmer, um nach ihr zu sehen.

22

Behutsam drückte ich die Tür auf. Sie lag im Bett. Leise schlich ich ins Zimmer. Die Katze Rosie hockte auf der Fensterbank. Sie miaute leise. Wir hatten keinen Wachhund, aber eine Wachkatze.

Ich ließ die Augen durchs Zimmer schweifen. Das altbekannte Poster mit den Jazzmusikern von Romare Bearden. Es heißt *Wrapping It Up at the Lafayette.*

Auf dem Schrank waren Dutzende von Hutschachteln. Nanas Hütesammlung für besondere Gelegenheiten würde den Neid einer jeden Hutmacherin erregen.

Plötzlich merkte ich, dass ich Nana nicht atmen hörte.

Meine Muskeln verspannten sich. In meinem Kopf war lautes Dröhnen. Seit ich Kind war, war sie nur ganz selten nicht aufgestanden, um das Frühstück zuzubereiten. Ich hatte Angst wie ein Kind, als ich wie angewurzelt in ihrem Zimmer stand.

O Gott, nein. Bitte, lass das nicht zu.

Als ich näher zu ihrem Bett ging, hörte ich, wie sie sehr flach atmete. Dann schlug sie die Augen auf.

»Alex?«, flüsterte sie. »Was ist los? Warum bist du hier? Wie viel Uhr ist es?«

»Guten Morgen, meine Liebe. Geht's dir gut?«, fragte ich.

»Ich bin nur ein bisschen müde. Irgendwie fühle ich mich heute Morgen nicht besonders.« Sie blinzelte auf die alte Westcloxuhr auf ihrem Nachttisch. »Sieben? Du meine Güte. Der halbe Vormittag ist schon vorbei.«

»Möchtest du frühstücken? Wie wär's mit einem Frühstück im Bett? Auf meine Kosten«, sagte ich.

Sie seufzte. »Ich würde lieber noch ein bisschen schlafen, Alex. Macht es dir etwas aus? Kannst du die Kinder für die Schule fertig machen?«

»Klar. Bist du sicher, dass mit dir alles in Ordnung ist?«

»Bis später. Mir geht's gut. Ich bin heute Morgen nur ein bisschen müde. Weck die Kinder, Alex.« Rosie wollte zu Nana ins Bett, aber diese verscheuchte sie. »Hau ab, Katze«, flüsterte sie.

Ich weckte die drei Kinder – jedenfalls glaubte ich das. Aber dann musste ich Jannie und Damon noch mal wecken. Ich stellte ihnen ihr Lieblingsmüsli hin und Obst, dann machte ich Rühreier – ich übertrieb, um sie für Nanas Abwesenheit zu entschädigen. Ich wärmte Alex' Milch an, bereitete sein Frühstück zu und fütterte ihn.

Die Kinder marschierten in die Schule, und ich machte hinterher sauber. Dann wechselte ich zum zweiten Mal Alex' Windeln und zog ihm einen Strampelanzug mit Feuerwehrautos an. Ihm gefiel es, dass ich ihm so viel Aufmerksamkeit schenkte. Er fand das prima.

»Gewöhne dich nicht daran, kleiner Kumpel«, sagte ich.

Ich schaute nach Nana, sie schlief noch fest. Ich lauschte mehrere Minuten lang auf ihren Atem.

Ihr Schlafzimmer war so friedlich, aber keineswegs in Rosa gehalten, wie es für eine alte Dame gepasst hätte. Sie hatte einen leuchtend orange- und purpurfarbenen Flokati am Fußende des Betts. Sie behauptete, der Teppich verleihe ihr glückliche Füße.

Ich nahm Klein-Alex mit nach oben in mein Zimmer, wo ich hoffte, arbeiten zu können. Ich rief einen Freund im Pentagon an. Er hieß Kevin Cassidy. Wir hatten vor einigen Jahren gemeinsam einen Mordfall bearbeitet.

Ich berichtete ihm von der Situation in Fort Bragg und wie wenig Zeit Sergeant Cooper in der Todeszelle blieb. Kevin hörte mir aufmerksam zu, dann warnte er mich, extrem vorsichtig zu sein. »Es gibt in der Armee viele gute Menschen, Alex. Gute Menschen, mit guten Absichten und durch und durch ehrenhaft. Aber wir beseitigen gern *selbst* unsere Schweinereien. Außenstehende sind für gewöhnlich nicht willkommen. Du verstehst, was ich damit sagen will?«

»Ellis Cooper hat diese Morde nicht begangen«, erklärte

ich ihm. »Da bin ich fast sicher. Ich werde deinen Rat beherzigen. Aber uns läuft die Zeit davon, Kevin.«

»Ich überprüfe die Sache mal«, versprach er. »Aber lass *mich* das machen, Alex.«

Nachdem ich mit dem Pentagon telefoniert hatte, rief ich Ron Burns beim FBI an. Ich unterrichtete ihn, wie sich die Situation in Fort Bragg entwickelte. Der Direktor und ich waren uns während der Probleme mit Kyle Craig näher gekommen. Burns wollte, dass ich für das Büro arbeitete, und ich dachte ernsthaft darüber nach.

»Sie wissen doch, dass sich die örtliche Polizei oft wie Platzhirsche verhält«, sagte er. »Die Armee ist noch schlimmer, besonders wenn es sich um Mord handelt.«

»Selbst wenn einer der ihren unschuldig und fälschlicherweise angeklagt ist? Selbst wenn er hingerichtet werden soll? Ich dachte, die Armee würde nie einen ihrer Leute draußen einfach liegen und sterben lassen.«

»Wenn sie ihn für unschuldig hielten, wäre der Fall nie vor Gericht gekommen, Alex. Wenn ich helfen kann, werde ich es tun. Halten Sie mich auf dem Laufenden. Ich verspreche nichts, was ich nicht halten kann.«

»Ich bin Ihnen wirklich sehr dankbar«, sagte ich.

Nachdem meine Anrufe erledigt waren, brachte ich Klein-Alex wieder nach unten und gab ihm noch etwas Milch. Langsam dämmerte mir, wie viel Arbeit jeden Tag nötig war, wie viele Stunden, um die Hausarbeit zu erledigen. Und bis jetzt hatte ich noch nichts geputzt oder aufgeräumt.

Ich sah noch mal nach Nana.

Vorsichtig öffnete ich die Tür. *Ich konnte nichts hören.*

Ich ging näher ans Bett.

Schließlich hörte ich sie atmen. Zum ersten Mal, so weit ich mich erinnern konnte, hatte ich Angst um Nana. *Sie war nie krank gewesen.*

23

Nana stand gegen Mittag auf. Sie schlurfte in die Küche, in der Hand ein dickes neues Buch, *The Bondwoman's Narrative*, Hannah Craft's Geschichte einer Sklavin. Ich hatte warmes Mittagessen für sie und Klein-Alex fertig.

Sie wollte nicht darüber reden, wie sie sich fühlte, und aß wie ein Spatz, nur ein paar Löffel Gemüsesuppe. Ich redete auf sie ein, zu Dr. Rodman zu gehen, aber sie wollte davon nichts hören. Aber sie ließ mich die restlichen Mahlzeiten zubereiten, für die Kinder sorgen und das Haus – laut ihren klaren Direktiven – von oben bis unten sauber machen.

Am nächsten Morgen war ich schon wieder vor Nana auf den Beinen. Zwei Tage hintereinander. Das war in all unseren gemeinsamen Jahren noch nie vorgekommen.

Während ich darauf wartete, dass sie in die Küche kam, nahm ich den vertrauten Anblick in mich auf. Das heißt, ich schaute mir alles ganz bewusst an.

Dominiert wird die Küche von ihrem alten Caloric-Gasherd. Er hat vier Brenner und eine Arbeitsplatte, auf der sie Gerichte abstellt, die abkühlen oder gleich gekocht werden sollen. Es befinden sich zwei Herde nebeneinander. Immer steht eine große schwarze gusseiserne Pfanne auf dem Herd. Auch der Kühlschrank ist ein älteres Modell, aber Nana weigert sich, ihn gegen einen neuen auszutauschen. Er ist bedeckt von Notizen und Terminplänen unseres gemeinsamen Lebens: Damons Termine für den Chor und Basketball; Jannies »Termine«; meine und Sampsons Telefonnummern für Notfälle; ein Karte für Klein-Alex, auf denen die Termine für die Besuche beim Kinderarzt vermerkt sind; und ein Klebezettel mit Nanas neuestem weisen Ratschlag: *Du wirst nie stolpern, wenn du kniest*.

»Was denkst du, Alex?« Ich hörte das vertraute Schlurfen

ihrer Hausschuhe. Ich drehte mich um. Da stand sie, Hände in die Hüften gestemmt, bereit, den Kampf aufzunehmen.

»Keine Ahnung. An die Geister vergangener Frühstücke. Wie fühlst du dich, alte Frau?«, antwortete ich. »Sag schon, alles in Ordnung?«

Sie zwinkerte und nickte mit dem Köpfchen. »Mir geht's glänzend. Wie steht's mit dir? Du siehst müde aus. Harte Arbeit, das Haus in Ordnung zu halten, richtig?«, sagte sie und lachte. Dieser Klang gefiel ihr so, dass sie gleich noch mal lachte.

Ich ging durch die Küche und nahm sie hoch in meine Arme. Sie war so leicht – keine fünfzig Kilo. »Lass mich runter!«, befahl sie. »Vorsichtig, Alex. Ich könnte auseinander brechen.«

»Dann erzähle mir mal von gestern. Machst du bei Dr. Rodman einen Termin? Selbstverständlich tust du das.«

»Ich hatte wohl nur ein bisschen mehr Schlaf nötig, das war alles. Das passiert den Besten von uns. Ich habe auf meinen Körper gehört. Tust du das auch?«

»Ja, tue ich«, erklärte ich. »Ich höre jetzt auf ihn, und er sagt mir, dass er sich große Sorgen um dich macht. Vereinbarst du einen Termin mit Dr. Rodman, oder muss ich das für dich tun?«

»Lass mich runter, Alex. Ich habe schon einen Termin beim Doktor Ende der Woche. *Reine Routine*. Nichts Ernstes. So, und wie willst du heute Morgen deine Eier?«

Um mir zu zeigen, wie gut sich Nana fühlte, forderte sie mich auf, mit Sampson wieder nach Fort Bragg zu fahren, um den Fall abzuschließen. Sie bestand darauf. Ich musste mindestens noch ein Mal nach Fort Bragg, aber nicht, ehe nicht meine Tante Tia hier war und bei Nana und den Kindern blieb. Erst als ich ganz sicher war, dass alles unter Kontrolle war, machte ich mich auf den Weg nach North Carolina.

Auf der Fahrt erzählte ich Sampson, was mit Nana los war und auch jedes Detail meines Tages mit den Kindern.

»Sie ist zweiundachtzig, Alex«, sagte er. Dann fügte er hinzu: »Sie wird wohl höchstens noch zwanzig Jahre bei uns bleiben.« Wir lachten beide, aber ich spürte, dass John sich ebenfalls Sorgen um Nana machte. Wie er selbst zugab, war sie für ihn wie eine Mutter.

Endlich erreichten wir Fayetteville, North Carolina. Es war fünf Uhr nachmittags. Wir mussten mit einer Frau wegen des Alibis sprechen, dass eventuell Sergeant Cooper retten konnte.

24

Wir fuhren zu den Bragg Boulevard Estates, weniger als eine halbe Meile von Fort Bragg entfernt. Die Jets flogen immer noch nonstop über unseren Köpfen, und die Artillerie feuerte weiterhin.

In dieser Siedlung arbeitete praktisch jeder auf der Basis und lebte in den von der Regierung gestellten Wohnungen. Größe und Qualität der Unterbringung verbesserte sich dramatisch mit jedem Dienstgrad. Wir sahen hauptsächlich kleine eingeschossige Häuser. Etliche sahen so aus, als müssten sie dringend renoviert werden. Ich hatte irgendwo gelesen, dass über sechzig Prozent der gegenwärtigen Armeeangehörigen verheiratet waren und Kinder hatten. Die Statistik schien zu stimmen.

Sampson und ich gingen zu einem der Backsteinhäuschen, und ich klopfte an die ziemlich verkratzte Vordertür aus Aluminium. Eine Frau in einem schwarzen Seidenkimono erschien. Sie war füllig und attraktiv. Ich wusste bereits, dass sie Tori Sanders hieß. Hinter ihr sah ich vier kleine Kinder, die neugierig wissen wollten, wer an der Tür war.

»Ja? Was ist denn?« fragte sie. »Ich habe keine Zeit – Tierfütterung im Zoo.«

»Ich bin Detective Cross, und das ist Detective Sampson«, stellte ich uns vor. »Captain Jacobs hat uns gesagt, dass Sie mit Ellis Cooper befreundet sind.«

Sie reagierte nicht. Kein Wimpernschlag.

»Mrs. Sanders, Sie haben mich vor zwei Tagen im Hotel angerufen. Ich habe mir ausgerechnet, dass Ihr Haus in Gehweite von der Basis sein muss, wenn Sergeant Cooper Sie am Abend der Morde besucht hat. Ich habe mich ein bisschen umgehört und herausgefunden, dass er an jenem Abend hier war. Dürfen wir hereinkommen? Sie wollen doch sicher nicht, dass wir uns hier draußen unterhalten, wo alle Nachbarn zuschauen können.«

Tori Sanders beschloss, uns einzulassen. Sie öffnete für Sampson und mich die Tür und scheuchte die Kinder fort. Dann führte sie uns in eine kleine Essecke.

»Ich habe keine Ahnung, warum Sie hier sind oder wovon Sie reden«, sagte sie und kreuzte die Arme vor der Brust. Sie war etwa Ende dreißig.

»Wir haben auch andere Möglichkeiten, Mrs. Sanders«, erklärte ihr Sampson. »Wir können Ihre gesamte Nachbarschaft über Ihr Verhältnis zu Sergeant Cooper befragen. Wir können auch den CID hinzuziehen. Oder Sie können unsere Fragen hier in Ihrem Haus beantworten. Wissen Sie, dass Cooper in wenigen Tagen hingerichtet werden soll?«

»O verdammt! Fahrt doch zur Hölle, ihr beiden!«, rief sie. »Sie haben alles völlig missverstanden. Wie üblich liegt die Polizei völlig falsch.«

»Dann klären Sie uns doch auf«, sagte Sampson mit etwas freundlicherer Stimme. »Wir sind hergekommen, um zuzuhören. Das ist die Wahrheit, Mrs. Sanders.«

»Sie wollen die Wahrheit hören. Gut, ich sage Sie Ihnen. Ja, ich habe Sie angerufen, Detective Cross. Das war ich. Und jetzt kommt, was ich Ihnen nicht am Telefon gesagt habe. Ich habe meinen Mann nicht mit Sergeant Cooper betrogen. Mein Mann hat mich gebeten, Sie anzurufen und Ihnen das zu sagen. Er ist ein Freund von Ellis. Er glaubt fest, dass der Mann unschuldig ist. Ich ebenfalls. Aber wir haben keine Beweise, dass er diese Morde nicht begangen hat. Ellis war tatsächlich an diesem Abend hier, aber das war, ehe er in den Club ging, um etwas zu trinken. Und er hat meinen Mann besucht, nicht mich.«

Ich beobachtete sie beim Sprechen und glaubte ihr. »Hat Sergeant Cooper gewusst, dass Sie mich anrufen?«, fragte ich.

Sie zuckte die Schultern. »Keine Ahnung. Das müssen Sie Ellis fragen. Wir wollten ihm nur helfen. Sie sollten das auch tun. Der Mann sitzt in der Todeszelle und ist so unschuldig wie Sie und ich. Er ist *unschuldig*. So, und jetzt muss ich die Kinder füttern.«

25

Wir waren in eine Sackgasse geraten, und das war für uns beide verflucht frustrierend, besonders aber für Sampson. Die Uhr tickte für Ellis Cooper so laut, dass ich sie fast jede Minute des Tages hören konnte.

An diesem Abend aßen John und ich gegen neun Uhr in einem beliebten Lokal zu Abend. Es hieß »Misfits Pub« und lag draußen im Strickland-Bridge-Einkaufszentrum. Angeblich kamen viele einfache Dienstränge aus Fort Bragg dorthin. Wir waren immer noch auf der Suche nach allen Informationen, die wir bekommen konnten.

»Je mehr wir erfahren, desto weniger scheinen wir zu wissen.« Sampson schüttelte den Kopf und trank einen Schluck. »Irgendwas stimmt hier nicht in Fort Bragg. Das ist offensichtlich. Und ich weiß, was du gleich sagen wirst, Alex. Vielleicht ist Cooper das Herz des Problems, besonders, wenn er die Sanders zu diesem Anruf angestiftet hat.«

Ich nippte an meinem Drink und schaute mich im Pub um. Die Theke dominierte den Raum, der voll, laut und rauchig war. Die Musik wechselte zwischen Country und Soul. »Das beweist nicht, dass er schuldig ist. Nur, dass er verzweifelt ist. Man kann Cooper kaum übel nehmen, wenn er alles versucht, was in seinen Kräften steht«, meinte ich schließlich. »Er sitzt in der Todeszelle.«

»Er ist nicht dumm, Alex. Er kann in der Suppe rühren, um unsere Aufmerksamkeit zu erregen – oder die von anderen.«

»Aber jemanden ermorden kann er nicht?«

Sampson blickte mir in die Augen. Ich sah, dass er wütend wurde. »Nein, er ist kein Mörder. Ich kenne ihn so gut, wie ich dich kenne.«

»Hat Cooper im Krieg getötet?«

Sampson schüttelte den Kopf. »Das war Krieg. Von unseren Leuten wurden auch eine Menge getötet. Du weißt, wie das ist. Du hast selbst Menschen getötet«, sagte er. »Das macht dich aber noch lange nicht zu einem Mörder, oder?«

»Ich weiß nicht. Ist es so?«

Ohne es zu wollen, hörte ich das Gespräch zwischen einem Mann und einer Frau, die neben uns an der Theke saßen. »Die Polizei hat die arme Vanessa im Wald bei der I-95 gefunden. Sie war erst vor zwei Abenden verschwunden. Jetzt ist sie tot. Irgendwelche abartigen Irren haben sie umgebracht, wahrscheinlich Armeeabschaum«, sagte die Frau. Sie hatte einen schweren Südstaatenakzent und klang aufgebracht, aber auch verängstigt.

Ich drehte mich um und sah eine Rothaarige mit gerötetem Gesicht in leuchtend blauem Top mit Spaghettiträgern und weißen Hosen. »Entschuldigung«, sagte ich. »Ich habe zwangsläufig gehört, was Sie gesagt haben. Was ist passiert? Jemand wurde außerhalb der Stadt ermordet?«

»Ein Mädel, das öfter hierher kommt. Vanessa. Jemand hat sie erschossen«, antwortete die Rothaarige und schüttelte dabei den Kopf. Ihr Begleiter trug ein schwarzes Seidenhemd, einen Cowboyhut und sah wie ein Country-und-Western-Sänger aus. Ihm gefiel nicht, dass die Frau mit mir sprach.

»Ich bin Detective Cross von der Mordkommission in Washington, D.C. Mein Partner und ich arbeiten hier an einem Fall.«

Die Frau warf den Kopf zurück. »Ich rede nicht mit Bullen«, sagte sie und wandte mir den Rücken zu. »Kümmern Sie sich um Ihren eigenen Kram.«

Ich schaute Sampson an und sagte leise. »Wenn es derselbe Mörder ist, ist er nicht sehr vorsichtig.«

»Oder dieselben *drei* Mörder«, meinte er.

Jemand rammte mir den Ellbogen kräftig in den Rücken. Ich wirbelte herum und sah einen schwergewichtigen blonden Muskelprotz in kariertem Sporthemd und Khakihose. Er trug einen Bürstenhaarschnitt. Eindeutig Militär.

»Zeit, dass ihr beide euch verpisst«, sagte er. Hinter ihm standen zwei Männer. Sie trugen Zivil, aber sie sahen wie Soldaten aus. »Zeit, dass ihr aufhört, hier Ärger zu machen. Kapiert?«

»Wir unterhalten uns gerade. Unterbrich uns nicht mehr«, sagte Sampson. »*Kapiert?*«

»Du bist ein richtiger Fleischberg und hältst dich wohl für einen harten Typen«, sagte der Mann vorn.

Sampson lächelte. Ganz langsam verzogen sich seine Lippen. Dieses Lächeln hatte ich früher schon gesehen. »Ja, stimmt. Und er ist auch ein harter Brocken.«

Der blonde Muskelberg wollte Sampson vom Hocker stoßen. John bewegte sich nicht. Ein Kumpel des Blonden kam zu mir. Er holte aus, ich wich blitzschnell aus, und sein Schlag ging ins Leere. Dann versetzte ich ihm einen kräftigen Haken in den Magen, so dass er auf allen vieren auf dem Boden landete.

Plötzlich stürzten sich alle drei auf uns.

»Euer Freund, dieses Arschloch, ist ein Mörder. Er hat Frauen umgebracht!«, brüllte der Blonde.

Sampson versetzte ihm einen Kinnhaken, woraufhin er in die Knie ging. Unglücklicherweise blieben diese Kerle nicht unten, sondern waren gleich wieder auf den Beinen. Dann gesellte sich noch ein Schläger zu ihnen. Es waren jetzt vier gegen uns beide.

Eine schrille Pfeife ertönte in der Bar. Ich wirbelte herum und schaute zur Tür. Die Militärpolizei war eingetroffen und einige eifrig dreinschauende Männer der örtlichen Polizei. Alle hatten Schlagstöcke in den Händen. Ich fragte mich, wie sie so schnell hergekommen waren.

Sie stapften herein und nahmen alle an der Schlägerei Beteiligten fest, auch Sampson und mich. Sie waren nicht interessiert, wer angefangen hatte. Mit gesenkten Köpfen gingen wir, in Handschellen, zu einem schwarzweißen Einsatzwagen, in den man uns schob.

»Für alles gibt es ein erstes Mal«, sagte Sampson.

26

Diese Scheiße brauchten wir nicht – vor allem nicht jetzt. Man brachte uns mit einem blauen Kleinbus für zehn Personen ins Bezirksgefängnis Cumberland. Offensichtlich gab es im Gefängnis in Fayetteville nur wenige Zellen. Niemand behandelte uns höflich als Kollegen, da wir von der Mordkommission in Washington kamen und nur zufällig für Sergeant Ellis Cooper arbeiteten.

Falls Sie je danach suchen sollten – die Arrestzellen im Bezirksgefängnis liegen im Keller. Die örtliche Polizei brauchte eine halbe Stunde, um den Papierkram zu erledigen, Fingerabdrücke und Fotos. Man zwang uns, kalt zu duschen, dann kamen wir ins »Kürbisbeet«. So umschrieb der Schließer die orangefarbenen Overalls und Schuhe, die alle Insassen tragen mussten.

Ich erkundigte mich, was aus den vier Soldaten geworden sei, die uns angegriffen hatten. Man erklärte mir, dass mich das einen Scheißdreck angehe und dass man sie in den Bunker nach Fort Bragg geschafft hätte.

Sampson und ich kamen in eine Zelle für geringfügige Vergehen, ebenso im Keller. Sie war für etwa ein Dutzend Gefangene gebaut, aber an diesem Abend drängten sich ungefähr zwanzig darin. Kein Gefangener war weiß, und ich fragte mich, ob das Bezirksgefängnis noch weitere Zellen hatte und ob in diesen auch Rassentrennung herrschte.

Einige Männer schienen sich von früheren Übernachtungen hier zu kennen. Aber alle benahmen sich ordentlich. Keiner wollte sich mit Sampson anlegen, mit mir auch nicht. Zweimal pro Stunde marschierte ein Schließer vorbei. Die anderen achtundfünfzig Minuten einer Stunde standen den Gefangenen zur Verfügung.

»Zigarette?«, fragte der Typ rechts von mir. Er saß auf dem Boden, den Rücken gegen die Betonwand gelehnt.

»Ich rauche nicht«, antwortete ich.

»Du bist der Detective, richtig?«, fragte er nach einigen Minuten.

Ich nickte und betrachtete ihn näher. Ich glaubte nicht, dass ich ihn schon mal gesehen hatte, aber es war eine kleine Stadt. Wir hatten unsere Gesichter überall gezeigt. Inzwischen wussten viele Leute in Fayetteville, wer wir waren.

»Ganz komische Scheiße läuft hier ab«, sagte der Mann und nahm eine Packung Camels. Er grinste und zog eine Zigarette heraus. »Die Armee von heute, Mann. Eine Armee wie ein Mann. So ein Scheiß.«

»Du bist in der Armee?«, fragte ich. »Ich dachte, sie würden euch Burschen in den Bunker in Fort Bragg bringen.«

Er grinste mich an. »In Bragg gibt's keinen Bunker, Mann. Ich sag dir noch was. Ich war hier drin, als sie Sergeant Cooper hergebracht haben. Er war völlig durchgedreht in der Nacht. Sie haben ihm hier die Fingerabdrücke abgenommen und ihn dann nach *oben* geschafft. Der Mann war in der Nacht mit Sicherheit ein Psycho-Killer.«

Ich hörte zu und bemühte mich, herauszufinden, wer der Mann war und warum er mit mir über Ellis Cooper sprach.

»Ich sag dir was, weil ich es gut mit euch meine. Alle hier wissen, dass er diese Frauen umgebracht hat. Er war überall als abartiges Arschloch bekannt.«

Der Mann blies konzentrische Rauchringe, dann schob er sich hoch und verdrückte sich in eine andere Ecke. Ich fragte mich, was, zum Teufel, los war. Hatte jemand die Schlägerei in der Bar arrangiert? Diese ganze Scheiße heute Abend? Wer war der Typ, der mit mir geredet hatte, um mir einen Rat zu geben, *weil er es gut mit mir meinte.*

Kurz darauf kam ein Aufseher und führte ihn weg. Beim Hinausgehen warf er mir noch einen Blick zu. Dann schliefen Sampson und ich abwechselnd in der überfüllten stinkenden Zelle.

Morgens hörte ich, wie jemand unsere Namen rief.

»Cross, Sampson.« Ein Aufseher öffnete die Tür und versuchte, den Gestank wegzuwedeln. »Cross. Sampson.«

Unsere Gelenke waren steif. Mühsam kamen wir auf die Beine. »Hier, genau da, wo ihr uns gestern Abend hingebracht habt«, sagte ich.

Man führte uns nach oben in die vordere Eingangshalle. Dort wartete die erste Überraschung des Tages auf uns. Captain Jacobs vom CID. »Haben Sie gut geschlafen?«, fragte er.

»Das war eine Falle«, erklärte ich ihm. »Die Schlägerei, die Festnahme. Wussten Sie darüber vorher Bescheid?«

»Sie können jetzt gehen«, antwortete er. »Und Sie sollten Ihre Sachen packen und nach Hause fahren, Detectives. Tun Sie sich einen Riesengefallen, solange Sie dazu noch in der Lage sind. Sie verschwenden hier wegen eines bereits Toten Ihre Zeit.«

27

Das eigenartige Gefühl und die Frustration hielten den Tag über an, bis zu meiner Rückkehr nach Washington. Dort wurde alles noch schlimmer, sofern das überhaupt möglich war. In meinem Arbeitszimmer zu Hause wartete eine E-Mail auf mich. Die Nachricht kam von jemandem, der sich »Fußsoldat« nannte. Alles an dieser Nachricht war beunruhigend. Zu diesem Zeitpunkt verstand ich überhaupt nichts.

Sie begann:

Für Detective Alex Cross,

von allgemeinem Interesse für Sie: Das Pentagon unternimmt derzeit Schritte, um die über tausend Todesfälle pro Jahr in der »Friedens-Armee« zu verhindern. Ursachen dieser Todesfälle sind: Autounfälle, Selbstmorde und Morde. In jedem der drei vergangenen Jahre wurden mindestens achtzig Soldaten ermordet.

Konkrete Ereignisse zum Nachdenken: Der Armeepilot Thomas Hoff, stationiert in Fort Drum bei Watertown, New York, wurde verurteilt, weil er einen homosexuellen Soldaten in der Kaserne ermordet hatte. Der Angeklagte beteuerte bis zu seiner Hinrichtung seine Unschuld. Zu seiner Verteidigung: Hoff wurde erst drei Monate nach dem Mord in Drum stationiert. Allerdings hatte er vor dem Mord in Drum einen Freund besucht. Seine Fingerabdrücke wurden am Tatort gefunden. Hoffs Personalbogen war bis zu seiner Verurteilung als Mörder makellos. Er war bis zum angeblichen Mord ein »Modellsoldat« gewesen.

Noch ein Fall, über den Sie nachdenken sollten, Detective: Ein Friseur in der Armee, bei seinen Freunden bekannt als »Bangs«, wurde wegen Mordes an drei Prostituierten außerhalb von Fort Campell in Kentucky verurteilt. Santo Marinacci hatte vor den Morden keinerlei Vorstrafen. Seine schwangere Frau sagte aus, er sei am Abend der Morde mit ihr daheim gewesen. Marinacci wurde verurteilt, weil seine Fingerabdrücke und seine DNA am Tatort gefunden wurden und weil die Tatwaffe, ein Buschmesser, in seiner Garage aufgefunden wurde. Marinacci leistete einen Eid, dass man ihm das Messer untergeschoben hätte. »Um Gottes willen, er ist ein Friseur«, hatte seine Frau während der Hinrichtung ihres Mannes geschrien. Santo Marinacci beteuerte seine Unschuld bis zum letzten Atemzug und behauptete, dass man ihm die Morde untergeschoben habe.

Fußsoldat

Ich las die E-Mail des Fußsoldaten noch mal, dann rief ich Sampson zu Hause an. Ich las ihm die Nachricht vor. Er wusste auch nicht, was er damit anfangen sollte. Er meinte, er würde Ellis Cooper sofort anrufen, sobald er aufgelegt hätte. Wir beide fragten uns, ob Ellis Cooper hinter dieser seltsamen Nachricht stand.

Den Rest des Tages konnte ich diese beunruhigenden Zeilen nicht aus meinem Kopf vertreiben. Man hatte mir Informationen zukommen lassen, von denen jemand glaubte, dass sie für mich wichtig seien. Schlüsse wurden nicht gezogen. Das hatte Fußsoldat mir überlassen. Was sollte ich mit den Morden in Fort Drum und Fort Campbell anfangen?

An diesem Abend nahm ich mir ein paar Stunden frei. Ich schaute Damons Basketballmannschaft zu, die bei St. Anthonys spielte. Damon machte sechzehn Punkte. Er war ein wirklich guter Außenstürmer. Ich denke, das wusste er auch, aber er wollte meine Meinung über sein Spiel hören.

»Du hast wirklich toll gespielt, Damon«, sagte ich. »Punkte geholt, aber nicht den Rest der Mannschaft vergessen. Die Elf hast du super gedeckt.«

Damon grinste, obwohl er es zurückhalten wollte. Ich hatte ihm die richtige Antwort gegeben. »Ja, er hat die meisten Punkte in der Liga geholt, aber heute Abend nicht.«

Nach unserem Gespräch verzog sich Damon mit seinen Kameraden Ramon, Ervin und Kenyon. Das war neu für mich, aber ich wusste, dass ich mich daran gewöhnen musste.

Als ich nach Hause kam, musste ich wieder an Ellis Cooper und die seltsame E-Mail über die anderen Morde denken, die angeblich von Männern in der Armee begangen worden waren. Laut Sampson schwor Cooper, nichts damit zu tun zu haben. Wer dann? Jemand in Fort Bragg? Ein Freund Coopers?

Im Bett konnte ich immer noch nicht aufhören, an die verfluchte E-Mail zu denken.

Vielleicht wurden Unschuldige hingerichtet.
Sergeant Cooper war nicht der erste.
Das ist bereits früher vorgekommen.
Wer, zum Teufel, war Fußsoldat?

28

Ich musste unbedingt jemanden beim Appellationsgericht der Armee sprechen. Das FBI half mir, einen Termin bei der richtigen Person zu bekommen.

Das Gericht und seine Verwaltung sind in einem nichts sagenden Gebäude in Arlington untergebracht. Innen war es allerdings sehr schön und würdig ausgestattet, wie in einer altehrwürdigen Kanzlei. Abgesehen von der Tatsache, dass die meisten Männer und Frauen Uniform trugen, war von der üblichen Militärkultur nicht viel zu sehen.

Sampson und ich gingen dorthin, um Lieutenant General Shelly Borislow zu sprechen. Ein Adjutant führte uns in ihr Büro. Es war ein langer Marsch – viele lange Korridore, wie es für die Regierungsgebäude in und um Washington typisch ist.

General Borislow erwartete uns schon. Sie stand kerzengerade da und war augenscheinlich körperlich in bester Verfassung. Eine gut aussehende Frau, wahrscheinlich Ende vierzig.

»Danke, dass Sie uns empfangen«, sagte Sampson und schüttelte General Borislows Hand. Ich hatte das Gefühl, dass er diese Besprechung leiten wollte, vielleicht weil er mit der Armee mehr Erfahrung hatte als ich, aber möglicherweise auch, weil Ellis Coopers Zeit ablief.

»Ich habe gestern Abend die Prozessakten studiert«, sagte General Borislow, als wir um einen Couchtisch mit Glasplatte herum saßen. »Ferner habe ich mir die Aufzeichnungen von Captain Jacobs vom CID durchgelesen und Sergeant Coopers Personalakte. Ich habe wenig Zeit. Was kann ich für Sie tun, Gentlemen?« Ich war froh, dass sie unser Geschlecht bemerkt hatte.

»Ich habe ein paar Fragen. Wenn es Ihnen recht ist, General?«, sagte Sampson. Er beugte sich vor, so dass seine Ellbogen auf den Schenkeln ruhten. Seine Augen bohrten sich in die General Borislows und ihre in die seinen.

»Stellen Sie jede Frage, die Sie wollen. Meine nächste Besprechung ist erst um zehn. Das gibt uns zwanzig Minuten, um zu reden, aber wenn nötig, kann ich Ihnen auch mehr Zeit lassen. Die Armee hat in dieser Sache nichts zu verbergen. Das kann ich Ihnen jetzt schon sagen.«

Sampson hielt immer noch Borislows Blick fest. »Detective Cross und ich haben Hunderte von Tatorten bearbeitet, General. Bei diesem stören uns einige Dinge.«

»Und spezifisch was?«

Sampson zögerte, ehe er fortfuhr. »Ehe ich darauf eingehe, was uns stört, wüsste ich gern, ob Sie etwas in Bezug auf den Prozess oder die Ermittlungen gestört hat?«

General Shelly Borislow hatte sich vollkommen unter Kontrolle. »Ja, ein paar Punkte. Ich nehme an, man könnte es als ein bisschen zu passend ansehen, dass Sergeant Cooper die Tatwaffe bei sich behielt. Andererseits ist das Messer ein wertvolles Souvenir aus seiner Dienstzeit in Vietnam. Und ein Souvenir von den Morden.«

»Sind Sie darüber unterrichtet, dass ein oder zwei Tage vor den Morden in Sergeant Coopers Haus eingebrochen wurde? Wie haben die Spuren des Einbruchs selbst gesehen, und Cooper hat es bestätigt. Dabei könnte das Messer gestohlen worden sein«, sagte Sampson.

Borislow nickte. »Durchaus möglich, Detective. Aber ist es nicht ebenso möglich, dass der Sergeant den Eindruck eines Einbruchs in seinem Haus selbst geschaffen hat? Diesen Schluss hat der CID gezogen.«

»Ein Junge aus der Nachbarschaft sah drei Männer in Tanya Jacksons Garten – und zwar zur Tatzeit.«

»Der Junge mag drei Männer im Garten gesehen haben. Stimmt. Aber er könnte auch Schatten von den Bäumen gesehen haben. Es war ein dunkler Abend und windig. Der Junge ist zehn Jahre alt. Er hat der Polizei gegenüber widersprüchliche Aussagen gemacht. Wie ich bereits sagte, Detective, ich habe den Fall genauestens studiert.«

»Blut, das nicht von den ermordeten Frauen stammte, auch nicht von Sergeant Cooper, wurde am Tatort sichergestellt.«

General Borislows Haltung änderte sich nicht. »Der Richter ließ das nicht als Beweismittel zu. Wäre ich Richter gewesen, hätte ich zugelassen, dass die Geschworenen von dem Blut hören. Aber jetzt werden wir nie davon erfahren.«

»Sergeant Coopers Personalakte in der Armee war bis zu den Morden nahezu makellos«, sagte Sampson.

»Ja, seine Führung war hervorragend. Dessen ist sich die Armee bewusst. Das ist ein Punkt, der diesen Fall so tragisch macht.«

Sampson seufzte. Er spürte, dass er keinen Schritt weiter kam. Ich ebenfalls. »General, nur noch eine Frage, dann gehen wir. Wir wollen nicht mehr, als die uns zugeteilte Zeit beanspruchen.«

Borislow zuckte nicht mit der Wimper. »Nur zu, stellen Sie die Frage.«

»Es ist mir ein Rätsel, dass die Armee sich nicht wirklich Mühe gegeben hat, Sergeant Cooper zu verteidigen. Weder vor dem Prozess noch danach. Offensichtlich wird die Armee ihm auch jetzt nicht helfen. Warum?«

General Borislow nickte bei der Frage und schürzte die Lippen, ehe sie antwortete. »Detective Sampson, wir wissen die Tatsache zu schätzen, dass Sergeant Cooper Ihr Freund ist und dass sie ihm loyal ergeben sind. Wir bewundern das sogar, ehrlich. Aber Ihre Frage ist leicht zu beantworten. Die Armee, von der Spitze bis zum letzten Mann, ist überzeugt, dass Sergeant Cooper kaltblütig drei grauenvolle Morde begangen hat. Wir haben nicht die Absicht, zu helfen, dass der Mörder ungeschoren davonkommt. Ich fürchte, auch ich bin überzeugt, dass Sergeant Cooper ein Mörder ist. Ich werde eine Berufung nicht unterstützen. Es tut mir Leid, dass ich keinen besseren Bescheid für Sie habe.«

Nach unserem Treffen brachte uns General Borislows Adjutant zurück durch das Labyrinth der Korridore. Auf dem langen Marsch zur Eingangshalle blieben wir beide schweigsam.

Sobald wir das Gebäude verlassen hatten und im Freien standen, wandte John sich mir zu. »Und, was denkst du?«

»Ich glaube, die Armee verheimlicht etwas«, antwortete ich. »Und uns bleibt nicht mehr viel Zeit, herauszufinden, was das ist.«

29

Am folgenden Morgen bekam Thomas Starkey ein klares Bild, wie weit es mit ihm gekommen war. Der Moment der Wahrheit traf ihn weniger als zwei Meilen von seinem Haus in North Carolina entfernt.

Er hatte beim Einkaufszentrum die *USA Today* und *Rocky Mountain Telegram* gekauft, dazu in einem Delikatessengeschäft, im New Yorker Stil, noch Zimt-Bagels mit Rosinen. An diesem Morgen goss es in Strömen. Er stand mit den Zeitungen und den warmen Bagels unter dem Dach des Einkaufszentrums, um den schlimmsten Regen abzuwarten.

Als der Regen nachließ, watete Starkey durch tiefe Pfützen zu seinem Suburban. Dabei sah er ein junges Paar, das ihm auf dem Parkplatz entgegenkam. Die beiden waren gerade aus einem uralten blauen Pickup gestiegen und hatten das Licht angelassen.

»Hallo, Entschuldigung. Sie haben das Licht angelassen«, rief Starkey ihnen zu. Die Frau drehte sich um. Der Mann nicht, sondern er kam zu Starkey.

Er begann zu sprechen, und es war klar, dass er eine Sprachbehinderung hatte. »Wi kumen vo San Cros un woln n La'ance. Ha mei Ged vegessn-«

Die Frau mischte sich ein. »Es tut mir so Leid, Sie zu belästigen. Wir kommen aus Sandy Cross und wollen nach Lawrence«, sagte sie. »Es ist schrecklich peinlich, aber mein Bruder hat sein Portemonnaie in den anderen Hosen vergessen. Wir haben nicht mal genug Geld, um nach Hause zurückzufahren.«

»Kön Se hefn?«, fragte der Mann.

Starkey kapierte sofort. Sie hatten die Scheinwerfer angelassen, damit er den ersten Kontakt aufnahm, nicht sie. Die Sprachbehinderung des Mannes war vorgetäuscht. Und das brachte ihn wirklich auf die Palme. Sein Sohn Hank war autistisch. Und diese beiden Scheißtypen benutzten eine Behinderung, um mit einem billigen Trick den Leuten Geld aus der Tasche zu ziehen.

Blitzschnell hatte Starkey seine Pistole gezückt. Er war selbst nicht sicher, was als Nächstes geschehen würde. Er wusste nur, dass er mehr als stinksauer war. Gott, er kochte vor Wut.

»Runter! Auf die Knie, ihr beiden!«, brüllte er und stieß dem Mann die Pistole in die widerliche unrasierte Entschuldigung eines Gesichts. »Und jetzt entschuldigt ihr euch. Und zwar sofort, sonst erschieße ich euch gleich hier auf dem beschissenen Parkplatz.«

Er schlug dem Mann den Pistolenlauf auf die Stirn.

»O Gott, es tut uns Leid, Mister. Uns beiden. Wir wollten nur ein paar Dollar. Bitte nicht schießen. Bitte, erschießen Sie uns nicht. Wir sind gute Christen.«

»Ihr bleibt knien«, sagte Starkey. »Und ich will euch nie wieder hier sehen. *Nie, nie wieder*!«

Er steckte die Pistole zurück in die Jacke und stapfte zu seinem Wagen. Dort dankte er Gott, dass seine Tochter, noch ein Teenager, Rockmusik gehört und nicht gesehen hatte, was sich auf dem Parkplatz abgespielt hatte. Melanie war wie üblich in ihrer eigenen kleinen Welt.

»Dann wollen wir mal wieder nach Hause«, sagte er, als er sich hinters Lenkrad setzte. »Und, Mel, dreh die verdammte Musik *lauter*.«

Seine Tochter schaute auf und sah das Paar, das auf dem Parkplatz kniete. »Was ist denn mit den beiden los?«, fragte sie ihren Vater. »Die *knien* im Regen.«

Starkey rang sich mühsam ein Lächeln ab. »Ich schätze, Gott hat sie gerade gerettet. Jetzt danken sie dem Herrn«, antwortete er.

30

An einem kalten Tag Anfang Oktober fuhren Sampson und ich wieder die sechs Stunden zum Zentralgefängnis in Raleigh. Wir sprachen sehr wenig. Die Uhr für Ellis Cooper war abgelaufen.

Vor zwei Tagen hatte die Abteilung für den Strafvollzug North Carolinas Cooper offiziell das Datum seiner Hinrichtung mitgeteilt. Danach hatte man ihn in die Zellen verlegt, in denen die Todeskandidaten überwacht wurden. Alles nahm seinen ordentlichen und tödlichen Lauf.

Sampson und ich hatten von der Gefängnisleitung die Erlaubnis erhalten, Sergeant Cooper zu besuchen. Als wir am Zentralgefängnis vorfuhren, marschierten auf dem Parkplatz davor etwa ein Dutzend Demonstranten, die die Todesstrafe verurteilten. Sie trugen Plakate und sangen Folkssongs aus den sechziger Jahren oder aus noch früheren Zeiten.

Wir eilten ins Gefängnis und konnten die traurigen Melodien selbst hinter den dicken Steinmauern hören.

Die Todeswachstation bestand aus vier Zellen, nebeneinander aufgereiht. Sie mündeten in einen Tagesraum mit Fernseher und Dusche. Ellis Cooper war derzeit der einzige Insasse in der Todeswachstation. Zwei Aufseher standen vor seiner Zelle vierundzwanzig Stunden Posten. Sie waren ausgesprochen höflich, als wir kamen.

Ellis Cooper schaute auf, als wir eintraten. Er schien sich zu freuen, uns zu sehen. Er lächelte und hob die Hand zum Gruß.

»Hallo, Ellis«, sagte Sampson, als wir uns auf die Stühle vor der Zelle setzten. »Ja, da sind wir wieder. Mit leeren Händen, aber wir sind da.«

Cooper saß auf einem Hocker auf der anderen Seite der Gitterstäbe. Die Beine des Hockers waren in den Boden geschraubt. Die Zelle war makellos sauber und mit dem Nötigsten eingerichtet: Bett, Waschbecken, Toilette und ein an der Wand befestigter Schreibtisch. Der Anblick war deprimierend.

»Danke, dass ihr gekommen seid, John und Alex. Danke für alles, was ihr für mich getan habt.«

»Versucht haben, zu tun«, verbesserte ihn Sampson. »Wir haben es versucht, aber verdammt kläglich versagt. Scheiße.«

Cooper schüttelte den Kopf. »Es stand eben diesmal in den Karten. Sie waren gegen uns gemischt. Nicht eure Schuld.

Niemands«, meinte er leise. »Trotzdem freue ich mich, euch zu sehen. Ich habe gebetet, dass ihr kommt. Ja, ich bete hier sogar.«

Sampson und ich wussten, dass alle menschenmöglichen juristischen Bemühungen liefen, die Hinrichtung zu verhindern, aber wir sahen keinen Grund, darüber zu reden. Nicht, wenn Cooper nicht selbst das Thema anschnitt. Und das tat er nicht. Eigenartigerweise hatte ich den Eindruck, als hätte er seinen Frieden gefunden, so entspannt hatte ich ihn noch nie gesehen. Sein graues Haar war kurz geschnitten, seine Gefängniskluft sauber und sah frisch gebügelt aus.

Wieder lächelte er. »Wisst ihr, hier ist es wie in einem netten Hotel. Luxushotel. Vier Sterne, fünf Diamanten, was immer das Beste bezeichnet. Diese beiden Gentlemen sorgen sehr gut für mich. Besser könnte ich es unter den gegebenen Umständen gar nicht haben. Sie halten mich für schuldig, drei Morde begangen zu haben, aber sie sind trotzdem nett zu mir.«

Dann lehnte sich Cooper gegen die Stahlstäbe und kam Sampson so nah wie möglich. »Es ist für mich wichtig, dass ich dir das sage, John. Ich weiß, du hast dein Bestes getan, und ich hoffe, das weißt du auch. Aber wie ich sagte, diesmal waren die Karten verflucht schlecht gegen mich gemischt. Ich habe keine Ahnung, wer wollte, dass ich sterbe, aber jemand hat es mit Sicherheit gewollt.«

Er schaute Sampson tief in die Augen. »John, ich habe keinen Grund in der Welt, dich anzulügen. Nicht jetzt und schon gar nicht in der Todeszelle. Ich habe diese Frauen nicht umgebracht.«

31

Vierundzwanzig Stunden zuvor hatten Sampson und ich die Einverständniserklärung unterschrieben, dass man uns durchsuchen könne, ehe wir den Hinrichtungsraum betraten. Jetzt um neun Uhr morgens führte man sechzehn Männer und Frauen in den kleinen Raum im Gefängnis, von dem aus man die Hinrichtung sehen konnte. Einer davon war General Stephen Bowen aus Fort Bragg. Er hatte sein Versprechen, hier zu sein, gehalten. Der einzige Repräsentant der US-Armee.

Um zwanzig nach eins wurden die schwarzen Vorhänge vor dem Fenster, das den Exekutionsraum von dem Raum für die Zeugen trennte, zur Seite gezogen. Ich wollte nicht hier sein. Ich brauchte nicht noch eine Hinrichtung zu sehen. Meine Überzeugung stand fest. Auf Befehl des Gefängnisdirektors trat der Mann, der Cooper die Todesspritze geben sollte, zu ihm. Ich hörte, wie Sampson neben mir tief Luft holte. Unvorstellbar, wie es für ihn sein musste, seinen Freund so sterben sehen zu müssen.

Die Bewegung des Mannes schien Ellis Cooper zu erschrecken. Er drehte den Kopf und blickte zum ersten Mal in den Zuschauerraum. Der Direktor fragte ihn, ob er noch etwas sagen wolle.

Coopers Augen fanden uns und hielten Kontakt. Dieser Augenkontakt war so unglaublich intensiv, als würde er in den tiefsten Abgrund fallen, wenn er uns verlöre.

Dann sprach Ellis Cooper.

Anfangs war seine Stimme schwach, sie wurde jedoch zunehmend kräftiger.

»Ich habe Tanya Jackson, Barbara Green und Maureen Bruno *nicht* umgebracht. Ich würde es jetzt sagen, wenn ich es getan hätte. Ich werde die Todesspritze wie der Mann hinnehmen, zu dem ich ausgebildet wurde. Ich habe die drei Frauen von Fort Bragg nicht getötet. Das hat ein anderer getan. Gott segne euch alle. Danke, John und Alex. Ich verzeihe der US-Armee, die mir ein guter Vater war.«

Ellis Cooper hielt den Kopf hoch. Stolz, wie ein Soldat bei der Parade.

Der Henker trat vor. Er injizierte eine Dosis Pavulon, das sämtliche Muskeln entspannte und bei Cooper zum Atemstillstand führte.

Sehr bald schon hörten Coopers Herz, Lunge und Hirn auf zu funktionieren.

Sergeant Cooper wurde vom Direktor des Zentralgefängnisses um ein Uhr einundreißig für tot erklärt.

Sampson blickte mich an, als es vorbei war. »Wir waren soeben Augenzeugen eines Mordes«, sagte er. »Jemand hat Ellis Cooper ermordet und ist damit davongekommen.«

Zweiter Teil

Jamilla

32

Ich war zu früh im Flughafen Reagan National. Ich wartete am Flugsteig 74 und wusste nicht, was ich anfangen sollte. Ich war eindeutig nervös, *gut* nervös, voller Vorfreude. Jamilla Hughes kam zu Besuch.

Freitagnachmittag um vier Uhr war es auf dem Flughafen sehr voll. Jede Menge müder, nervöser Geschäftsleute saßen umher und beendeten ihre Arbeitswoche am Computer oder waren in der Bar oder blätterten in Zeitungen oder lasen populäre Romane, von Jonathan Franzen über Nora Roberts bis zu Stephen King. Ich setzte mich, stand aber gleich wieder auf und ging zu dem großen Panoramafenster. Von dort aus sah ich, wie ein großer Jet von American Airlines langsam zum Flugsteig rollte. *So, da wären wir. Bin ich bereit? Ist sie bereit?*

Jamilla war bei der zweiten Welle der aussteigenden Passagiere. Sie trug Jeans, ein malvenfarbenes Top und eine schwarze Lederjacke, die ich von unseren gemeinsamen Observierungen in New Orleans her kannte. Bei einem bizarren Mordfall, der in ihrer Heimatstadt San Francisco begonnen, uns durch den Süden geführt, auch nach New Orleans, und wieder an der Westküste geendet hatte.

Seitdem hatten wir immer wieder darüber gesprochen, uns wiederzusehen. Und jetzt taten wir es tatsächlich. Es war von uns *beiden* äußerst mutig. Ich hoffte nur, es möge keine Dummheit sein. Ich glaubte es nicht und hoffte, Jamilla teilte meine Meinung.

O Gott, war ich nervös, als sie auf mich zukam. Sie sah großartig aus. Und ihr schönes warmes Lächeln. Warum machte ich mir nur solche Sorgen?

»Wo sind die dicken weißen Wolken, die angeblich die Stadt verhüllen, wenn sich ein Flugzeug nähert? Gott, ich konnte *alles* sehen – das Weiße Haus, das Lincoln Memorial, den Potomac«, sagte Jamilla lächelnd.

Ich gab ihr einen Kuss auf die Wange. »Nicht jede Stadt hat Nebelberge wie San Francisco. Du musst mehr reisen. Wie war dein Flug?«

»Beschissen.« Jamilla grinste. »Ich mag zur Zeit nicht gern fliegen, aber ich bin froh, hier zu sein. Du bist fast so nervös wie ich, Alex. Das ist *gut*. Bei Observierungen hatten wir nie Mühe, uns zu unterhalten. Alles wird gut gehen, ganz bestimmt. Und jetzt beruhige dich, damit ich mich auch beruhigen kann. Abgemacht?«

Sie schloss mich in die Arme, drückte mich und küsste mich leicht auf den Mund. »Das ist viel besser«, sagte sie und leckte sich die Lippen. »Du schmeckst gut.«

»Dann musst du Pfefferminz mögen.«

»Nein, ich mag dich.«

Während der Fahrt nach Washington in meinem alten Porsche fühlten wir uns bereits sehr viel wohler. Wir sprachen über alles, was sich seit unserem letzten Treffen ereignet hatte. Anfangs über die Arbeit, dann über die Terroristen vom elften September, über meine Familie und über ihre. Wie üblich hörte keiner von uns beiden auf zu sprechen, nachdem wir einmal angefangen hatten – was ich liebe.

Erst als ich vor meinem Haus hielt, spannte ich mich wieder an. »Bist du vorbereitet?«, fragte ich, ehe wir aus dem Wagen stiegen.

Jamilla verdrehte die Augen. »Alex, ich habe vier Schwestern und drei Brüder in Oakland. Bist du auf *die* vorbereitet?«

»Bring sie her«, sagte ich, nahm ihre schwarze Reisetasche, die so schwer war, als hätte sie darin eine Bowlingkugel, und führte sie zum Haus. Ich hielt den Atem an, aber ich war wirklich froh, dass sie hier war. So aufgeregt war ich seit ewigen Zeiten nicht mehr gewesen.

»Du hast mir gefehlt«, sagte ich.

»Ja, du mir auch«, sagte Jam.

33

Offensichtlich hatte Nana sich über das passende Abendessen, um Jamilla willkommen zu heißen, Gedanken gemacht. Jamilla bot ihre Hilfe an, selbstverständlich ließ Nana nicht zu, dass sie auch nur den kleinen Finger rührte. Aber Jam ging ihr trotzdem in die Küche nach.

Wir Übrigen folgten, um zu sehen, was passieren würde. Zwei Supermächte. Das war hohes Drama.

»Na gut, na gut.« Nana beschwerte sich ein wenig, aber ich sah, dass sie sich über Jamillas Gesellschaft freute. Dadurch konnte sie ihre Küche vorführen, uns alle an die Arbeit schicken und Jamilla in Ruhe auf den Zahn fühlen. Sie summte sogar »Lift Every Voice and Sing« bei der Arbeit. Und dann fiel Jamilla ein und sang mit ihr.

»Sind Ihnen Schweinekoteletts in Apfelsoße, überbackene Auberginen und Kartoffelpüree recht? Und Sie sind bestimmt nicht gegen ein bisschen Maisbrot allergisch, oder? Oder frische Pfirsiche mit Eis?« Nana stellte diese gewichtigen Fragen gleichzeitig.

»Ich liebe Koteletts, Kartoffeln und Pfirsiche mit Eis«, antwortete Jamilla begeistert. »Bei den Auberginen bin ich neutral. Ich backe selbst auch Maisbrot, nach dem Rezept von meiner Großmutter aus Sacramento. Wenn man Maispüree mit

Sahne hinzufügt, wird es besonders saftig. Manchmal werfe ich noch ein paar Schweinekrusten hinein.«

»Hm«, meinte Nana, »das klingt gut, Mädchen. Ich muss es mal ausprobieren.«

»Und wenn's nicht schmeckt?«, warf Jannie ein.

»Halte deinen kleinen Verstand offen«, sagte Nana und hob den gekrümmten kleinen Finger. »Das heißt, nur wenn du größer werden und nicht dein ganzes Leben lang ein kleiner Mensch bleiben willst.«

»Ich habe nur dein Maisbrot verteidigt, Nana«, sagte Jannie.

Nana zwinkerte ihr zu. »Ich kann selbst für mich sorgen.«

Das Abendessen wurde im Esszimmer serviert, zur Musik von Usher, Yolanda Adams und Etta James auf CDs. Bis jetzt lief alles ziemlich gut. Genau das, was mir der Arzt verschrieben hatte.

»Wir essen jeden Abend so«, erklärte Damon Jamilla. »Manchmal frühstücken wir sogar im Esszimmer. Ich sah, dass er jetzt schon für sie schwärmte. Ich glaube, es war schwierig, nicht für sie zu schwärmen.

»Selbstverständlich, wenn zum Beispiel der Präsident zum Tee vorbeischaut«, sagte Jamilla und zwinkerte Damon zu und dann Jannie.

»Er kommt oft her«, meinte Damon und nickte. »Woher weißt du das? Hat mein Dad dir das erzählt?«

»Ich glaube, ich habe es auf CNN gesehen. Wir kriegen diesen Sender auch an der Westküste, weißt du. Wir haben alle Fernseher neben unseren Whirlpools.«

Abendessen und Tischgespräche waren ein Erfolg – jedenfalls meiner Meinung nach. Ständig lachten wir, alle waren entspannt. Klein-Alex saß in seinem Kinderstuhl und lächelte die ganze Zeit. Einmal zog Jamilla Damon vom Stuhl, und die beiden tanzten ein paar Schritte zu Arethas »Who's Zoomin' Who?«

Schließlich erhob sich Nana vom Tisch und erklärte: »Ich

verbiete Ihnen strengstens, beim Abwasch zu helfen, Jamilla. Das macht Alex, es ist sein Job.«

»Los, kommt«, sagte Jamilla zu Damon und Jannie. »Wir gehen raus und tratschen über euren Daddy. Und auch über eure Nana! Ihr habt Fragen – ich habe Fragen. Verziehen wir uns. Du auch, kleiner Mann«, sagte sie zu Alex jr. »Du brauchst auch nicht in der Küche zu helfen.«

Ich folgte Nana mit Stapeln schmutzigen Geschirrs in die Küche.

»Sie ist sehr nett«, sagte Nana, noch ehe wir dort waren. »Auf alle Fälle steckt sie voller Leben.« Dann lachte sie wie eine der alten Krähen in einem Zeichentrickfilm.

»Was ist so komisch, altes Weib?«, fragte ich. »Du findest dich wohl umwerfend komisch, was?«

»Ich? Warum sollte ich? Du stirbst doch schon vor Neugier, was ich denke. Nun, Überraschung, Überraschung. Sie ist eine ganz Liebe, ein echter Schatz. Eines muss ich dir zugestehen, Alex, du suchst dir immer wirklich nette Freundinnen. Sie ist ein guter Mensch.«

»Keinen Druck«, warnte ich sie, als ich das schmutzige Geschirr ins Spülbecken stellte und das heiße Wasser aufdrehte.

»Warum sollte ich? Ich habe meine Lektion bei dir gelernt.« Dann lachte Nana erneut. Sie schien wieder ganz die Alte zu sein. Der Doktor hätte ihr bescheinigt, dass alles bestens sei – behauptete sie zumindest.

Ich ging zurück ins Esszimmer, um den Rest zu holen. Aber ich konnte der Versuchung nicht widerstehen, schnell einen Blick aus dem Fenster zu werfen, was Jamilla und die Kinder trieben.

Sie waren auf der Straße und warfen sich Damons Football zu. Alle drei lachten. Mir fiel auf, dass Jamilla einen ausgesprochen kräftigen Wurfarm hatte. Sie war es gewöhnt, mit Jungs zu spielen.

34

Jamilla schlief in dem Zimmer ganz oben. Dieser Raum war unser Gästezimmer für besondere Gäste – Präsidenten, Königinnen, Premierminister und so. Die Kinder dachten, wir täten das, um den äußeren Schein zu wahren, das hätten wir auch, aber in Wahrheit waren Jamilla und ich nie *so* zusammen gewesen. Wir hatten uns vor dem Wiedersehen auf dem Flughafen nicht einmal richtig *geküsst.* Jamilla war hergekommen, um herauszufinden, ob sich die Dinge zwischen uns weiterentwickeln sollten.

Sie kam durch die Küchentür zurück ins Haus. Ich war noch beim Abwasch. Die Kinder spielten draußen, und Nana machte sich oben an irgendwas zu schaffen.

Wahrscheinlich das Gästezimmer, vielleicht aber auch die Toilette, vielleicht der Schrank mit der Bettwäsche.

»Ich kann es nicht mehr aushalten«, sagte ich schließlich.

»Was?«, fragte sie. »Was ist los?«

»Willst du das wirklich wissen?«

»Selbstverständlich. Wir sind doch Kumpel, oder?«

Ich antwortete nicht, packte Jamillas Schultern und küsste sie auf den Mund. Dann küsste ich sie noch mal. Dabei hielt ich aus dem Augenwinkel Ausschau nach den Kindern.

Und natürlich nach Nana.

Und nach Rosie, unserer Katze, die auch eine große Klatschtante ist.

Jamilla fing an zu lachen. »Alle denken, wir tun viel Schlimmeres – die Kinder, deine Großmutter, selbst die neugierige Katze.«

»Denken ist etwas anderes als wissen«, erklärte ich.

»Ich mag deine Familie wirklich sehr«, sagte Jamilla und schaute mir in die Auge. »Sogar die Katze. Hallo, Rosie. Wirst du allen von unseren Küssen erzählen?«

»Ich mag dich«, sagte ich, als ich Jamilla in den Armen hielt.

»Sehr?«, fragte sie und löste sich von mir. »Du musst mich schon sehr, sehr mögen. Schließlich bin ich von San Francisco bis hierher gekommen. O Gott, ich hasse es zur Zeit, zu fliegen.«

»Vielleicht mag ich dich sehr, aber es fehlt bei der Gegenseite am Entgegenkommen. Du sagst nicht viel.«

Jamilla packte mich noch mal und küsste mich leidenschaftlicher. Sie schmiegte sich an mich, und dann spürte ich ihre Zunge in meinem Mund. Das gefiel mir – sehr. Ich reagierte prompt, was aber in der Küche keine besonders gute Idee war.

»Nehmt euch ein Zimmer«, ertönte hinter uns eine Stimme.

Da stand Nana und lachte. »Ich rufe die Kinder. Die müssen das auch sehen«, sagte sie. »Und ich hole meine Polaroidkamera.«

»Sie zieht uns nur auf«, sagte ich zu Jamilla.

»Ich weiß.«

»Nein, zum Teufel«, prostestierte Nana. »Ich feuere Alex nur an.« Dann lachte sie wieder wie die alte Krähe aus dem Zeichentrickfilm.

35

Am nächsten Morgen wachte ich in einem total zerwühlten Bett auf. Ich hatte mich in Decke und Laken gewickelt. Eigentlich war ich an dieses Gefühl gewöhnt, aber es gefiel mir nicht, und schon gar nicht, weil Jamilla ein Stück weiter im Gästezimmer schlief.

Ich blieb etliche Minuten im Bett liegen und dachte an andere Menschen, die allein aufwachten und sich einsam fühlten, obwohl sie das Bett mit jemandem teilten. Schließlich zog ich mir etwas an und schlich auf Zehenspitzen den Gang hinunter, um nach Jamilla zu schauen.

Ich klopfte leise an ihre Tür.

»Ich bin wach, komm rein«, sagte sie. Ihre Stimme klang schön – melodisch, süß. Langsam machte ich die Tür auf.

»Guten Morgen, Alex. Ich habe großartig geschlafen«, sagte Jamilla. Sie saß im Bett und trug ein weißes T-Shirt, auf dem SFPD mit schwarzen Buchstaben aufgedruckt war. »Sexy, ha?«

»Eigentlich schon. Detectives können sehr sexy sein. Samuel T. Jackson in *Shaft*. Pam Grier in *Foxy Brown*. Jamilla Hughes im Gästezimmer.«

»Komm her, du«, flüsterte sie. »Nur eine Minute, Alex. *Komm*, das ist ein Befehl.«

Jamilla streckte die Arme aus, und ich glitt hinein, als würde ich dorthin gehören. Wirklich schön. »Wo warst du, als ich dich gestern Nacht gebraucht habe?«, fragte ich.

»Genau hier, in deinem Gästezimmer.« Sie lächelte und zwinkerte mir zu. »Hör zu, ich will nicht, dass deine Kinder auf irgendwelche komischen Gedanken kommen, aber…«

Ich zog eine Braue hoch. »Aber?«, fragte ich. »Aber was?«

»Nur *aber*. Den Rest überlasse ich dir.«

Als wir das Frühstück beendet hatten – in der Küche und ohne Stoffservietten –, erklärte ich Nana und den Kindern, dass ich für den Rest des Tages mit Jamilla Washington anschauen wollte. Wir brauchten etwas Zeit für uns. Die Kinder nickten nur, als hätten sie das bereits erwartet.

»Dann rechne ich nicht mit euch beiden zum Abendessen, richtig?«, fragte Nana.

»Stimmt«, sagte ich. »Wir essen irgendwo in der Stadt etwas.«

»In Ordnung«, sagte Nana.

»In Ordnung«, sagten die Kinder.

Ich fuhr auf der Fifth ungefähr fünf Meilen weit, dann

bog ich in die 2020 O-Street und hielt an. Manche Leute finden das Hotel Mansion in der O-Street nur mit Mühe oder wissen gar nicht, dass es existiert. Draußen hängt kein Schild, nichts, was darauf hindeutet, dass es keine Privatvilla ist. Die meisten Gäste kommen nur durch Mund-Propaganda her. Ich hatte den Besitzer zufällig durch Freunde in Kinkead's Restaurant in Foggy Bottom kennen gelernt.

Ich ging mit Jamilla hinein, schrieb uns ein, und dann gingen wir nach oben in die Blockhaus-Suite. Auf dem Weg bewunderten wir stumm die vielen alten Marionetten, Lithographien und Schmückstücke in Glasvitrinen. Fast jede Nische und Ecke war liebevoll ausgestattet.

Auf dem Weg nach oben, kam mir ein eigenartiger Gedanke: *Jetzt fängt es wieder mal an*. Beinahe wäre ich stehen geblieben und zurück zum Auto gegangen. Aber dann sagte mir eine innere Stimme: Gib nicht auf! Verstecke deine Gefühle nicht! Vertrau Jamilla!

Bis der Page gegangen war, hatte keiner von uns ein Wort gesagt.

36

»Wau, an so was könnte ich mich schnell gewöhnen«, sagte Jamilla leise, als wir allein im Zimmer waren. »Das muss ich mir alles ganz genau ansehen. Es ist wunderschön, einfach perfekt, Alex. Fast zu schön, um wahr zu sein.«

Und dann erforschten wir alles.

Die Blockhaus-Suite bestand aus zwei Etagen und hatte sogar eine Sauna mit Whirlpool. Über eine Wendeltreppe gelangte man nach oben. Dort befand sich eine komplett eingerichtete Küche. Wände und Fußboden waren aus Holz, um das rustikale Flair eines Blockhauses vorzutäuschen. Ein Kamin aus Natursteinen verbreitete Gemütlichkeit. Außerdem gab es noch ein Aquarium.

Jamilla tanzte vor Begeisterung. Offensichtlich gefiel ihr alles – und mir ebenso, hauptsächlich, weil sie glücklich war. Auf alle Fälle war es um vieles besser als auf den Vordersitzen eines Autos, wo wir in New Orleans so viele Stunden beim Observieren verbracht hatten.

Beim Erforschen der Suite erforschten wir uns auch ein bisschen gegenseitig. Wir küssten uns, und ich stellte erneut fest, dass Jamillas Mund unvergleichlich süß schmeckte. Wir hielten uns in den Armen und tanzten ein wenig auf der Stelle. Dann küssten wir uns wieder, und mir wurde ganz schwindlig im Kopf. Ich war immer noch nervös, wusste aber nicht, warum.

Jamilla knöpfte langsam mein Hemd auf, ich half ihr beim Abstreifen der cremefarbenen Seidenbluse. Darunter trug sie eine dünne Silberkette. Schlicht und wunderschön.

Ihre Hände lösten meine Gürtelschnalle, dann öffnete sie meine Hosen. Ich war ihr bei ihren Hosen behilflich. »Du bist wirklich ein Gentleman«, sagte sie. Irgendwann hatte ich die Schuhe abgelegt und sie die Sandalen.

Und endlich landeten wir im Prachtstück der Suite – im riesigen Bett.

»Das ist das schönste Bett, das ich je gesehen habe. Es gefällt mir«, flüsterte sie.

Das Bett war eindeutig der Blickfang des Raums. Es hatte vier Holzpfosten, aber ohne kitschige Vorhänge mit Rüschen am Himmel. Auf der Tagesdecke lag ein halbes Dutzend Kissen, die wir sofort auf den Boden warfen. Das Zimmer sah ein bisschen unordentlich fast noch besser aus.

»Musik?«, fragte Jamilla.

»Das wäre schön«, sagte ich. »Such was aus.«

Sie schaltete den CD-Player ein und fand »Wild is the Wind« von Nina Simone.

»Das ist von jetzt an unser Lied«, sagte sie.

Wieder küssten wir uns. Jamillas Mund war so weich. Ich war glücklich, festzustellen, dass die Beamtin im Morddezernat auch eine weiche Seite hatte. Ihre Lippen pressten sich auf meine, und ich schmolz dahin wie Schnee an der Sonne. Vielleicht hatte ich deshalb Angst. *Jetzt fängt es wieder mal an.*

»Ich werde dir nie wehtun«, flüsterte sie, als hätte sie meine Gedanken gelesen. »Du musst keine Angst haben. Aber tu du mir auch nicht weh, Alex.«

»Das werde ich nicht.«

Ein paar Minuten tanzten wir zu »Just the Two of Us«. Ich zog Jamilla ganz nahe an mich. Ja, alles war gut.

Sie war stark und kräftig, aber sie verstand es auch, behutsam zu sein. *Eine Kollegin aus der Mordkommission. Wie finde ich das*? Wir bewegten uns im Einklang. Meine Lippen glitten über ihre Schultern, dann zur Mulde im Hals. Dort verharrten sie eine Zeit lang.

»Beiß mich da, nur ein bisschen«, flüsterte sie.

Langsam und zärtlich knabberte ich an ihr. Ich wollte nichts überstürzen. Wenn man das erste Mal mit jemandem zusammen war, war es etwas ganz Besonderes. Nicht immer am besten, aber immer anders, aufregend, geheimnisvoll. Jamilla erinnerte mich an meine verstorbene Frau Maria. Das hielt ich für ein gutes Zeichen. Maria hatte eine raue Schale gehabt – ein Mädchen aus der Großstadt –, aber sie konnte sehr zärtlich und lieb sein. Der Kontrast war so aufregend, dass ich jedes Mal eine Gänsehaut bekam.

Jetzt spürte ich Jamillas Brüste an meiner Brust. Dann presste sie ihren Körper fest an mich. Unsere Küsse wurden tiefer und leidenschaftlicher und dauerten länger.

Ich öffnete ihren Büstenhalter, er glitt auf den Boden. Dann zog ich ihr den Slip aus, und sie mir die Shorts.

Wir standen da und betrachteten einander lange – abschätzend – und bewundernd, glaube ich. Dabei steigerten sich in uns Erwartung und Leidenschaft. Ich begehrte Jamilla ungemein, aber ich wartete. Wir warteten noch.

»Enttäuscht?«, flüsterte sie so leise, dass ich sie beinahe nicht verstehen konnte.

Ihre Frage brachte mich leicht aus dem Konzept. »O Gott, nein. Warum sollte ich? Wer könnte von *dir* enttäuscht sein?«

Sie sagte nichts, aber ich glaubte zu wissen, von wem sie gesprochen hatte. Ihr Exmann hatte Dinge gesagt, die sie sehr verletzt hatten. Ich zog Jamilla an mich, ihr Körper war heiß. Sie zitterte. Wir glitten aufs Bett, sie rollte auf mich. Dann küsste sie meine Lippen, meine Wangen. »Bist du ganz sicher, dass du nicht enttäuscht bist?«

»Eindeutig nein«, erklärte ich. »Du bist wunderschön, Jamilla.«

»In deinen Augen.«

»Okay, in meinen Augen bist du wunderschön.«

Ich hob den Kopf an ihre Brüste und küsste abwechselnd die eine, dann die andere – ohne eine zu bevorzugen. Ihre Brüste waren klein, genau richtig. In meinen Augen. Ich war immer noch erstaunt, dass Jamilla sich nicht für attraktiv hielt. Ich wusste, dass das grauenvoll war, wenn das Frauen passierte – auch Männern.

Ich ließ den Kopf sinken und schaute in ihr Gesicht. Ich studierte es kurz, dann küsste ich ihre Nase und ihre Wangen.

Sie lächelte auf eine Art, wie ich es nie zuvor gesehen hatte. Offen und entspannt. Sie begann mir zu vertrauen, und darüber war ich sehr glücklich. Doch dann kam mir ein schrecklicher Gedanke: *Wodurch wird es diesmal ruiniert*?

37

Jamilla begann zu lachen und sagte: »Puh!« Dann strich sie sich mit der Hand über die Stirn.

»Was heißt hier ›puh‹?«, fragte ich. »Sag bloß nicht, dass du völlig fertig bist. Du bist in großartiger Verfassung.«

»Puh. Ich hatte Angst, wie es werden wird, wenn wir zusammen sind, und jetzt habe ich keine Angst mehr. Puh, manchmal sind Männer wirklich selbstsüchtig oder grob im Bett. Oder alles fühlt sich irgendwie falsch an.«

Ich lächelte sie an. »Hast wohl mit sehr vielen Männer geschlafen, was?«

Jamilla machte ein Kleinmädchen-Gesicht. Niedlich. »Ich bin sechsunddreißig. Vier Jahre lang war ich verheiratet und danach noch mal verlobt. Ab und zu bin ich mit jemandem ausgegangen. In letzter Zeit allerdings nicht sehr oft. Und wie steht's mit dir? War ich deine Erste?«

»Warum? Ist es dir so vorgekommen?«

»Beantworte meine Frage, Klugscheißer.«

»Ich war auch schon einmal verheiratet«, antwortete ich.

Jamilla stieß mich gegen die Schulter, dann rollte sie sich auf mich. »Ich bin wirklich froh, dass ich nach Washington gekommen bin. Es war ehrlich nicht leicht, weil ich ziemlich Schiss hatte.«

»Uuh, Inspector Hughes hatte Schiss. Aber ich hatte auch verdammte Angst«, gab ich zu.

»Wieso? Was an mir ist denn so Angst einflößend, Alex?«

»Manche Frauen sind so selbstsüchtig. Oder so grob im Bett.«

Jamilla beugte sich zu mir und küsste mich, wahrscheinlich um mich zum Schweigen zu bringen. Ihre Lippen waren weich und süß. Wir küssten uns – lange, sehr lange. Ich war wieder bereit und Jamilla ebenfalls. Sie zog mich an sich, und ich drang in sie ein. Diesmal war ich oben.

»Ich bin deine Liebesklavin, völlig unterwürfig«, flüsterte sie neben meiner Wange. »Ich bin wirklich froh, dass ich nach Washington gekommen bin.«

Unser zweites Beisammensein war noch schöner als das erste, und es ging in ein drittes über. *Nein, es gab nichts, wovor einer von uns beiden hätte Angst haben müssen.*

Jamilla und ich blieben den ganzen Nachmittag bis in den frühen Abend im Hotel. Es war fast unmöglich, fortzugehen. Wie von Anfang an fiel es uns leicht, über alles auf dem Planeten zu sprechen. »Ich sage dir, was wirklich seltsam ist«, sagte sie. »Und je länger ich mit dir zusammen bin, desto eigenartiger kommt es mir vor. Mit meinem ersten Mann konnte ich nie reden. Nicht so wie mit dir. Trotzdem haben wir geheiratet. Ich habe keine Ahnung, was ich mir damals gedacht habe.«

Etwas später stand Jamilla auf und verschwand im Badezimmer. Ich sah das Licht auf dem Nachttisch blinken. Sie telefonierte.

Einmal Polizist… o Mann. Jetzt geht's wieder los.

Als sie herauskam, gestand sie. »Ich musste im Büro anrufen. Der Mordfall, an dem ich gerade arbeite, ist eine verdammt harte Nuss. Widerliche Sache. Tut mir Leid, ehrlich. Wird nicht wieder vorkommen. Ich verspreche es. Ich werde lieb sein – oder böse. Was immer du willst, dass ich bin.«

»Nein, nein, schon gut, geht in Ordnung. Ich verstehe«, sagte ich. Und ich verstand es selbstverständlich. Ich sah in Jamilla so viel von mir selbst. Den Polizisten! Und ich *glaube*, das ist gut so.

Ich nahm sie in die Arme und presste sie an mich, sobald sie wieder ins Bett gekommen war. Dann kam die Wahrheit schließlich an den Tag – mein Geständnis. »Vor langer langer Zeit war ich mit meiner Frau in diesem Hotel«, sagte ich.

Jamilla wich etwas zurück und schaute mir tief in die

Augen. »Das ist okay«, sagte sie. »Es macht mir nichts aus. Aber ich liebe dich, weil du deshalb ein schlechtes Gewissen hast. Das ist sehr lieb. Ich werde mich immer daran erinnern, wenn ich an meinen Besuch in Washington denke.«

»Dein erster Besuch«, sagte ich.

»Mein erster Besuch«, stimmte mir Jamilla zu.

38

Unsere gemeinsame Zeit in Washington verging wie ein Wimpernschlag. Ehe ich wusste, wie, musste Jamilla schon zurück nach San Francisco fliegen. Sonntagnachmittag auf einem sehr belebten Reagan-National-Flughafen. Zum Glück brachte mich meine Polizeimarke bis zum Flugsteig. Es tat mir sehr weh, sie gehen zu sehen, und ich glaube, auch sie wollte eigentlich nicht zurückfliegen. Wir umarmten uns lange am Flugsteig und kümmerten uns nicht um die Blicke der Umstehenden.

Dann musste Jamilla zum Flugzeug rennen, um es nicht zu verpassen.

»Warum bleibst du nicht noch eine Nacht?«, fragte ich. »Morgen gibt es auch noch jede Menge Flieger. Und übermorgen auch – und überübermorgen auch.«

»Es hat mir wirklich, *wirklich* gefallen«, sagte sie und löste sich aus der Umarmung. »Wiedersehen, Alex. Bitte, vermisse mich. Washington hat mir besser gefallen, als ich je gedacht hätte.«

Ein Flugbegleiter folgte ihr und schloss die Tür zwischen uns. Mann, ich liebte sogar die Art, wie Jamilla rannte. Sie schien zu gleiten.

Und ich vermisste sie bereits jetzt. Ja, ich begann wieder zu fallen, und das machte mir Angst.

An diesem Abend blieb ich bis weit nach Mitternacht auf. An einem Tiefpunkt ging ich auf die Veranda, setzte mich ans Klavier und spielte sehr pathetisch »Someone to Watch Over Me« und dachte dabei an Jamilla Hughes. Ich schwelgte in Romantik und genoss jede schmerzliche Sekunde.

Ich fragte mich, was wohl aus uns werden würde. Dann fiel mir ein, was Sampson einmal gesagt hatte. *Sei nie Alex' Freundin. Das ist gefährlich.* Unglücklicherweise hatte er bisher Recht behalten.

Wenige Minuten später hörte ich jemanden gegen die Vordertür hämmern. Ich ging hin. Sampson lehnte an dem Türstock. Er sah nicht besonders gut aus. Eigentlich sah er beschissen aus.

39

John Sampson war unrasiert, seine Kleidung zerknittert, seine Augen gerötet und geschwollen. Ich hatte das Gefühl, dass er getrunken hatte. Als ich die Tür aufmachte, roch ich seine Fahne, als hätte er in Alkohol gebadet.

»Hab mir gedacht, dass du noch wach bist«, sagte er mit schwerer Zunge. »Eigentlich war ich sicher.«

Ja, er hatte getrunken – viel. In diesem Zustand hatte ich John seit ewigen Zeiten nicht mehr gesehen, vielleicht noch nie. Er sah nicht gerade glücklich aus.

»Komm rein«, sagte ich. »Komm, John.«

»Ich will nirgendwohin«, lallte er laut. »Von dir brauche ich auch keine Hilfe mehr. Du hast genug geholfen, Mann.«

»Was, zum Teufel, ist los mit dir?«, fragte ich und versuchte, ihn ins Haus zu ziehen.

Er schüttelte mich ab. »*Was habe ich gesagt*? Ich brauche deine Hilfe nicht!«, brüllte er mich an und wedelte mit den langen kräftigen Armen. »Du hast schon genug Scheiß gebaut. Der große Dr. Cross! Ja, richtig. Diesmal hast du versagt. Bei Ellis Cooper hast du kläglich versagt.«

Ich trat einen Schritt zurück. »Brüll nicht so rum! Drinnen schlafen alle. Hast du verstanden?«

»Zum Teufel, sag du mir nicht, was ich zu tun habe. Wage das ja nicht«, fuhr er mich wütend an. »Du hast Scheiß gebaut. Wir haben Scheiß gebaut, aber du bist doch angeblich so übergescheit.«

»Geh nach Hause und schlaf deinen Rausch aus«, sagte ich zu Sampson und machte ihm die Tür vor der Nase zu. Aber er stieß sie so heftig wieder auf, dass sie beinahe aus den Angeln gebrochen wäre.

»Du haust nicht einfach ab und lässt mich hier stehen!«, brüllte er.

Dann versetzte er mir einen kräftigen Stoß. Ich wehrte mich nicht. Aber Sampson stieß noch mal zu. Da hatte ich genug von seinem besoffenen Benehmen. Ich stürzte mich auf ihn, und wir rollten die Holztreppe hinunter auf den Rasen. Dort kämpfen wir weiter. Er versuchte, mir einen Kinnhaken zu verpassen. Ich blockte ihn ab. Gott sei Dank, war er zu besoffen, um richtig zuzuschlagen.

»Du hast Scheiß gebaut, Alex. Du hast Cooper sterben lassen!«, brüllte er mir ins Gesicht, als wir uns aufrappeln wollten.

Ich wollte ihn nicht schlagen, aber er war wie von Sinnen. Seine Faust traf meine Wange. Ich ging zu Boden, als hätte ich keine Beine mehr. Benommen saß ich da, vor meinen Augen verschwamm alles.

Sampson riss mich hoch. Er keuchte und rang nach Luft.

Er wollte mich in einen Nelson nehmen. Gott, hatte er Kraft. Wieder traf mich ein kurzer Schlag auf die Wange. Wieder ging ich zu Boden und rappelte mich erneut auf. Wir stöhnten beide. Mein Wangenknochen schmerzte teuflisch, dort, wo er mich erwischt hatte.

Er holte zu einem Rundschlag aus, der mich nur knapp verfehlte. Dann ein harter Schlag gegen meine Schulter, der verflucht wehtat. Ich wollte ihm ausweichen. Aber er war einen Kopf größer und fast vierzig Pfund schwerer als ich. Außerdem war er betrunken, wütend und völlig von Sinnen. So hatte ich ihn noch nie gesehen.

Voller Wut wollte Sampson wieder auf mich losgehen. Ich musste ihn ausschalten. Irgendwie. Aber wie?

Schließlich versetzte ich ihm einen Uppercut in den Magen, dann einen Schlag gegen die Wange. Blut. Ich schoss einen kurzen rechten Haken gegen das Kinn. Der hatte gesessen und tat mit Sicherheit weh.

»Aufhören! Sofort aufhören, ihr beide!«

Ich hörte die Stimme. »Alex! John! Hört auf, euch so schändlich zu benehmen. Aufhören, sofort!«

Nana zog uns auseinander. Sie hatte sich wie ein kleiner, aber entschlossener Schiedrichter zwischen uns gezwängt. Das hatte sie früher schon getan, allerdings nicht mehr, seit wir zwölf waren.

Sampson richtete sich auf und schaute Nana an. »Tut mir Leid«, murmelte er. »Tut mir wirklich Leid, Nana.« Beschämt blickte er sie an.

Dann ging er auf unsicheren Beinen fort, ohne mich eines Wortes zu würdigen.

40

Ich ging am nächsten Morgen bereits kurz vor sechs Uhr zum Frühstück hinunter. Sampson saß da, aß Eier und sein Lieblingsporridge. Nana-Mama saß ihm gegenüber am Tisch. Wie in alten Zeiten.

Sie sprachen leise, als teilten sie ein Geheimnis, das niemand wissen sollte.

»Störe ich?«, fragte ich vom Gang aus.

»Ich glaube, wir haben uns ausgesprochen«, sagte Nana.

Sie bedeutete mir, mich an den Frühstückstisch zu setzen. Ich schenkte mir Kaffee ein, tunkte vier Scheiben Vollkorntoast hinein, dann setzte ich mich zu Nana und Sampson.

Vor John stand ein großes Glas Milch. Unwillkürlich erinnerte ich mich an die Zeiten, als wir noch Kinder gewesen waren. Zwei-, dreimal pro Woche tauchte er morgens bei uns auf, um mit Nana und mir das Brot zu brechen. Wohin hätte er auch gehen können? Seine Eltern waren drogensüchtig. Nana war immer wie eine Mutter oder Großmutter für ihn gewesen. Er und ich waren wie Brüder, seit wir zehn Jahre alt gewesen waren. Deshalb machte mir die Schlägerei von gestern Nacht so große Sorgen.

»Lass mich reden, Nana«, sagte er.

Sie nickte und trank einen Schluck Tee. Ich weiß ziemlich genau, weshalb ich Psychologie als Beruf gewählt habe und wer mein ursprüngliches Rollenmodell war. Nana war immer der beste Seelenarzt, den ich je erlebt habe. Sie ist weise und meist einfühlsam, aber auch hart genug, um auf der Wahrheit zu bestehen. Außerdem kann sie hervorragend zuhören.

»Es tut mir Leid, Alex. Ich konnte gestern Nacht nicht schlafen. Ich fühle mich grauenvoll wegen dem, was passiert ist. Ich war völlig außer mir«, erklärte Sampson. Er schaute mir eindringlich in die Augen und zwang sich, nicht den Blick niederzuschlagen.

Nana betrachtete uns beide, als säßen Kain und Abel an ihrem Frühstückstisch.

»Ja, du warst völlig außer dir«, stimmte ich ihm zu. »Das ist richtig. Du warst total daneben. Wie viel hattest du denn getrunken, ehe du gekommen bist?«

»John hat gesagt, dass es ihm Leid tut«, mischte sich Nana ein.

»Nana.« Sampson blickte sie an, dann wieder mich. »Ellis Cooper war wie ein Bruder für mich. Ich komme über seine Hinrichtung nicht hinweg, Alex. In gewisser Hinsicht tut es mir Leid, dass ich hingefahren bin und zugeschaut habe. Er hat diese Frauen nicht umgebracht. Ich hatte geglaubt, du würdest ihn retten. Es ist allein meine Schuld. Ich hatte zu viel erwartet.«

Er hörte auf zu reden.

»Ich auch«, sagte ich. »Es tut mir Leid, dass wir nichts tun konnten. Aber ich möchte dir etwas zeigen. Komm mit nach oben. Jetzt geht es nur noch darum, ihn reinzuwaschen und zu rächen.«

Ich brachte Sampson in mein Büro auf dem Dachboden des Hauses. Überall hatte ich an die Wände Notizen über Morde in der Armee geheftet. Der Raum sah wie das Versteck eines Geisteskranken aus, eines meiner abartigen Mörder. Ich führte ihn zum Schreibtisch.

»An diesen Notizen arbeite ich, seit ich Ellis Cooper kennen gelernt habe. Ich habe zwei weitere bemerkenswerte Fälle gefunden. Einen in New Jersey und einen in Arizona. Die Leichen waren *bemalt*, John.«

Ich breitete die Fälle vor John aus und teilte ihm jedes Detail mit.

»Bei meinen Nachforschungen habe ich herausgebracht, dass das Pentagon daran arbeitet, über tausend Todesfälle in Friedenszeiten pro Jahr zu verhindern«, erklärte ich ihm. »Dabei handelt es sich um Autounfälle wegen überhöhter Geschwindigkeit, Selbstmorde und Morde. Trotz allem wurden im vergangenen Jahr über sechzig Soldaten ermordet.«

»Sechzig?« wiederholte Sampson und schüttelte den Kopf. »Sechzig Morde pro Jahr?«

»Bei den meisten Gewalttaten geht es um Sex und Hass«, sagte ich. »Vergewaltigung und Raub. Homosexuelle wurden verprügelt oder ermordet. Eine Reihe übler Vergewaltigungen von einem Sergeant im Kosovo. Er glaubte, man würde ihn nicht kriegen, weil dort überall so viel vergewaltigt und gemordet wurde.«

»Und welche Leichen waren bemalt?«, fragte Sampson.

»Ich habe nur zwei Fälle gefunden. New Jersey und Arizona. Aber das reicht. Es ist ein Muster.«

»Aber irgendwas Handfestes haben wir nicht, oder?« Sampson schüttelte den Kopf und blickte mich fragend an.

»Ich weiß es noch nicht. Es ist schwierig, bei der Armee an Informationen zu kommen. Aber es geht irgendwas sehr Übles vor. Es sieht so aus, als hätte man Soldaten Morde angehängt, die diese nie begangen haben. Der erste war in New Jersey, der letzte scheint Ellis Cooper gewesen zu sein. Es gibt eindeutige Ähnlichkeiten, John. Die Mordwaffen wurden ein bisschen zu leicht aufgefunden. Die Täter wurden aufgrund von Fingerabdrücken und DNA-Spuren überführt. Alle diese Männer hatten hervorragende makellose Personalakten. In der Abschrift des Mordfalls in Arizona stand, dass ›zwei oder drei Männer‹ in der Nähe des Hauses des Opfers gesehen worden waren, ehe der Mord geschah. Es besteht durchaus die Möglichkeit, dass man unschuldigen Männern Morde angehängt und sie hingerichtet hat. Und ich weiß noch etwas«, sagte ich.

»Was?«

»Diese Mörder sind nicht so brillant wie Gary Soneji oder Kyle Craig. Aber sie sind ebenso tödlich. Sie verstehen ihr

Handwerk, sind Experten. Und ihr Handwerk besteht daraus, zu töten und ungestraft davonzukommen.«

Sampson runzelte die Stirn und schüttelte den Kopf. »Jetzt nicht mehr.«

41

Thomas Starkey war in Rocky Mount, North Carolina, geboren worden und liebte diese Gegend immer noch leidenschaftlich. Die meisten seiner Nachbarn ebenfalls. Während er in der Armee diente, war er lange Zeiten fort gewesen, aber jetzt war er da, um zu bleiben und seine Kinder, so gut er konnte großzuziehen. Er wusste, dass Rocky Mount ein geeigneter Ort war, um Kinder großzuziehen. Teufel auch, er war schließlich hier auch aufgewachsen, richtig?

Starkey liebte seine Familie hingebungsvoll und mochte auch die Familien seiner beiden besten Freunde aufrichtig gern. Aber er musste immer alles um sich herum unter Kontrolle haben.

Fast jeden Samstagabend versammelte Starkey die drei Clans zum Grillen. Ausnahme war während der Football-Saison, wenn die Familien für gewöhnlich am Freitagabend eine Party veranstalteten. Starkeys Sohn Shane spielte Verteidiger für die Highschool. North Carolina, Wisconsin und Georgia Tech wollten Shane unbedingt haben, aber Starkey wollte, dass er eine Tour in der Armee leistete, ehe er aufs College ging. So hatte er es gemacht, und es hatte sich für ihn bezahlt gemacht. Es würde auch für Shane das Beste sein.

Üblicherweise erledigten die drei Männer sämtliche Einkäufe für die Grillabende am Samstag und die Football-Partys. Sie kauften Steaks, Rippchen und Würstchen auf dem Bauernmarkt. Sie wählten Maiskolben, Auberginen, Tomaten und Spargel. Sie bereiteten sogar die Salate zu, für gewöhnlich deutschen Kartoffelsalat, Krautsalat mit Karotten, Nudelsalat und manchmal sogar Caesar-Salat.

Dieser Freitag bildete keine Ausnahme. Um halb acht Uhr hatten die Männer ihre vertrauten Positionen an den beiden Weber-Grills bezogen. Sie hielten sich von den Rauchschwaden fern, tranken Bier und bereiteten jede Mahlzeit »laut Bestellung« zu. Sie wuschen sogar ab und machten alles sauber. Sie waren stolz darauf, die Speisen genau richtig zu liefern, um fast genauso viel Applaus einzuheimsen wie ihre Söhne beim Football.

Starkeys Nummer zwei, Brownley Harris, neigte dazu, intellektuelle Gespräche zu führen. Er hatte Wake Forest besucht und als Graduierter die University of North Carolina. »Findet ihr das alles hier nicht ziemlich ironisch?«, fragte er und betrachtete die Familienszene.

»Leck mich doch, Brownie, du würdest ja noch beim Truthahnschießen oder bei einem Gruppenfick im Reisfeld Ironie sehen«, sagte Warren Griffin und verdrehte die Augen. »Das ist dein Problem im Leben.«

»Vielleicht denkst du zu wenig«, meinte Harris und zwinkerte Starkey zu, der für ihn ein Gott war. »Wir werden dieses Wochenende jemanden umbringen, und jetzt sitzen wir alle hier seelenruhig mit unseren Familien und grillen Sirloin-Steaks. Findet ihr das nicht auch ein bisschen eigenartig?«

»Ich glaube, du bist abartig eigenartig. Ja, genau das denke ich. Wir haben einen Job zu erledigen, und genau das tun wir. Nicht anders als es ein Dutzend Jahre in der Großen Armee war. In Vietnam haben wir einen Job erledigt, ebenso am Persischen Golf, in Panama und Ruanda. Es ist ein Job. Selbstverständlich liebe ich rein zufällig meinen Job. Vielleicht ist es etwas ironisch, dass ich ein Familienmensch und ein Profi-Killer bin. Aber was soll's? Es gibt nun mal viel Scheiße. Gib der Armee die Schuld, nicht mir.«

Starkey nickte zum Haus hinüber. Es war zwei Stockwerke hoch und hatte fünf Schlafzimmer und zwei Bäder. Er hatte es 1999 gebaut. »Die Mädels kommen. Klappe halten.«

»He, meine Schöne«, rief er und gab seiner Frau Judie einen Kuss. Judie »Blue Eyes«, war eine große attraktive Frau mit braunen Haaren, die immer noch fast so gut aussah wie an dem Tag, als sie geheiratet hatten. Wie die meisten Frauen in der Stadt sprach sie mit einem betont starken Südstaatenakzent. Sie lächelte gern und oft. Dreimal die Woche arbeitete Judie ehrenamtlich im Kindergarten. Sie hatte Sinn für Humor, war eine gute Geliebte und ein gute Lebenspartnerin. Starkey schätzte sich glücklich, sie gefunden zu haben, und war der Meinung, dass sie Glück gehabt hatte, ihn gewählt zu haben. Alle drei Männer liebten ihre Frauen – bis zu einem gewissen Punkt. Teufel auch, das war eine weitere saftige Ironie, über die sich Brownley Harris bis spät in die Nacht den Kopf zerbrechen konnte.

»Offensichtlich machen wir alles richtig«, erklärte Starkey, als er seine Judie im Arm hielt und den anderen Paaren zuprostete.

»Das stimmt«, sagte Judie Blue Eyes. »Ihr Jungs habt die richtigen Frauen geheiratet. Wer außer uns würde den Ehemann fast jeden Monat für ein Wochenende wegfahren lassen und darauf vertrauen, dass ihr gute Jungs in der bösen großen Welt da draußen seid?«

»Wir sind immer brav. Niemand könnte braver sein«, sagte Starkey und lächelte seinen Busenfreunden zu. »Besser kann's gar nicht werden. Wirklich nicht. Wir sind die Besten, die es gibt.«

42

Am Samstagabend fuhren die drei Killer nach Norden in eine Kleinstadt in West Virginia namens Harper Ferry. Auf der Fahrt war es Brownley Harris' Aufgabe, die Karten des AT zu studieren, wie der Appalachian Trail, der Wanderweg, von vielen Menschen genannt wurde, die dort regelmäßig mehrtägige Wanderungen unternahmen. Das Ziel der drei war ein bei Wanderern besonders beliebter Rastplatz.

Harpers Ferry war ein winziges Nest. Man konnte von einem Ende zum anderen in weniger als fünfzehn Minuten zu Fuß gehen. In der Nähe gab es einen interessanten Punkt, den Jefferson Rock, von wo aus man Maryland, Virginia und West Virginia sehen konnte. Eine hübsche Aussicht.

Starkey saß während der gesamten Fahrt am Steuer. Er brauchte keine Ablösung. Wie immer behagte es ihm, die Kontrolle zu haben. Er war auch für das Unterhaltungsprogramm verantwortlich, das aus seinen Bändern mit Bruce Springsteen's *Greatest Hits*, Janis Joplin, den Doors, einer Jimi-Hendrix-Anthologie und einem Dale Brown bestand.

Warren Griffin verbrachte fast die gesamte Fahrt über mit dem Überprüfen der Ausrüstung für das Team und dem Packen der Rucksäcke. Als er fertig war, wogen die Rucksäcke ungefähr vierzig Pfund, etwas mehr als die Hälfte von dem, was sie bei ihren Spähmissionen in Vietnam und Kambodscha geschleppt hatten.

Er hatte die Rucksäcke für »Jagen und Töten« zusammengestellt, die Art Hinterhalt, die Colonel Starkey für den Appalachian Trail geplant hatte. Griffin hatte Armee-Feldflaschen eingepackt, eiserne Rationen von Fertiggerichten, Chilisoße, um den Geschmack dieser Gerichte abzutöten, eine Blechtasse für Kaffee. Jeder würde auch das Standard-Nahkampfmesser der Armee haben, zwei Stäbe mit fettiger Tarnfarbe, Dschungelhüte, Ponchos, die man auch als Bodenunterlage verwenden konnte, Nachtsichtbrillen, eine Glock und ein M-16-Gewehr mit Zielfernrohr. Nachdem Griffin mit seiner Arbeit fertig war, gab er seinen Lieblingsspruch zum besten. »Wenn du willst, dass Gott schallend lacht, erzähle ihm von deinen *Plänen*.«

Starkey war der Teamleader. Er hatte die Kontrolle über jeden Aspekt des Jobs.

Harris war die Vorhut.

Griffin die Nachhut, und er war nach all den Jahren immer noch der Junior-Partner.

Eigentlich mussten sie das »Jagen und Töten« nicht genauso durchführen. Sie hätten es sich verdammt leichter machen können. Aber Starkey liebte es, es so zu machen. Auf diese Weise hatten sie alle ihre Morde begangen. Es war die »Armee-Art«.

43

Sie schlugen das Lager zwei Kilometer vom AT entfernt auf. Es war gefährlich für sie, falls man sie sah. Deshalb stellte Starkey eine Nachtwache für das Lager auf. Jeder stand zwei Stunden lang Wache. Nostalgische Regeln.

Als Starkey seine Wache antrat, verbrachte er die Zeit weniger mit dem Nachdenken über den bevorstehenden Job als vielmehr über den Job im Allgemeinen. Er, Harris und Griffin waren seit über zwanzig Jahren Berufskiller. Sie waren Profi-Killer in Vietnam gewesen, in Panama und im Golfkrieg. Jetzt waren sie Profi-Killer, die man mieten konnte. Sie arbeiteten umsichtig, diskret und waren sehr teuer. Der derzeitige Job war am lukrativsten. Zu ihm gehörten mehrere

Morde während der vergangenen zwei Jahre. Eigenartig war, dass sie die Identität ihres Auftraggebers nicht kannten. Man gab ihnen die neuen Ziele erst dann, wenn ein Job ausgeführt war.

Während Starkey so in den dunklen ruhelosen Wald schaute, gierte er nach einer Zigarette, begnügte sich jedoch mit einem Altoids. Diese kleinen Scheißdinger hielten dich wach. Plötzlich musste er an diese blonde Schlampe denken, die sie bei Fayetteville erledigt hatten, die hübsche Vanessa. Bei der Erinnerung bekam er einen Steifen, was ihm half, sich die Zeit zu vertreiben. Noch als sie in Vietnam waren, hatte Starkey entdeckt, dass es ihm Freude machte, zu töten. Die Morde verliehen ihm ein Gefühl der Macht, der Kontrolle und des Stolzes. Es war, als schösse Elektrizität durch den Körper. Nie fühlte er sich schuldig, längst nicht mehr. Er tötete im Auftrag, als Söldner. Aber er tötete auch zwischendurch, weil es es wollte und es ihm Freude machte.

»Schon komisch, manchmal habe ich vor mir selbst Angst«, murmelte Starkey vor sich hin und rieb sich die Hände.

Um fünf Uhr waren die drei wach. Der Morgen war wolkenverhangen, ein dichter bläulichgrauer Nebel hüllte sie ein. Die Luft war kühl, aber unglaublich frisch und rein. Starkey ging davon aus, dass sich der Nebel bis zehn Uhr nicht verziehen würde.

Harris war von den dreien in der besten körperlichen Verfassung, deshalb ernannte man ihn zum Späher. Er wollte unbedingt diese Aufgabe. Noch mit einundfünfzig spielte er in einer Männermannschaft Basketball und nahm zweimal im Jahr an Triathlons teil.

Um fünf Uhr fünfzehn brach er mit gemütlichem Trott vom Lager auf. O Gott, er liebte diese Scheiße.

Nostalgie.

Harris stellte fest, dass er, sobald er sich bewegte, hellwach war. Nach nur wenigen Minuten auf dem Weg funktionierte er fabelhaft. Das Jagen und Töten war für ihn eine befriedigende Kombination von Geschäft und Vergnügen – wie für alle drei Männer.

Harris war der Einzige, der so früh auf dem AT unterwegs war, zumindest auf diesem Abschnitt. Er kam an einem Kuppelzelt für vier Personen vorbei. Wahrscheinlich eine Familie und so genannte »Abschnittswanderer« im Gegensatz zu den »Gesamtwanderern«, die in sechs Monaten den gesamten Wanderweg bewältigten, bis zu dem Ort am Ende, der Mount Katahdin, Maine, hieß. Beim Zelt sah er einen Campingkocher und Gasflaschen, ziemlich verwaschene und ausgefranste Shorts und T-Shirts, die man zum Lüften aufgehängt hatte. *Kein Zielobjekt,* dachte er und lief weiter.

Als Nächstes traf er auf ein Paar, das in Schlafsäcken neben dem Weg lag. Es waren junge, wahrscheinlich »Schau-dir-die-Welt-an-Typen«. Sie schliefen auf Luftmatratzen, die sich automatisch aufbliesen. Sämtlicher heimischer Komfort.

Harris ging bis auf knapp zehn Meter heran, ehe er beschloss, weiterzulaufen. Die junge Frau sah verdammt gut aus, das hatte er sehen können. Blond, hübsches Gesicht, vielleicht zwanzig. Allein sie neben ihrem Freund schlafen zu sehen, brachte ihn in Schwung. Die beiden waren eine durchaus viel versprechende Möglichkeit.

Dann sah er eine Viertelmeile weiter ein zweites Paar, das bereits wach war und Morgengymnastik machte. Sie hatten Hightech-Luxusrucksäcke und Wanderschuhe für zweihundert Dollar. Sie sahen wie typische Großstädter aus. Sie würden ihm als potenzielle Zielpersonen gefallen, vor allem, weil er das Paar auf Anhieb nicht ausstehen konnte.

Nicht weit hinter dem Lager dieses Paars stieß er auf einen männlichen Alleingänger. Der Kerl war eindeutig auf eine sehr lange Wanderung vorbereitet. Sein Rucksack war auch Hightech, aber schien leicht zu sein. Wahrscheinlich Trockennahrung, Proteindrinkpulver – frische Nahrungsmittel wären zu schwer gewesen, um sie den ganzen Tag mit sich herumzuschleppen. Auch seine Kleidung war ohne Schnickschnack – Nylonshorts, ärmellose T-Shirts, vielleicht eine lange Unterhose für kalte Nächte.

Harris blieb stehen und betrachtete das Lager des Alleinwanderers ein paar Minuten lang. Er wartete, bis sich sein Herzschlag verlangsamt hatte und sein Atem wieder kontrolliert war. Schnell schlich er sich ins Zelt des Mannes und holte, was er brauchte. Dabei hatte er keine Angst. Er zweifelte nie an sich. Der Mann rührte sich nicht im Schlaf.

Harris schaute auf seine Sportuhr und sah, dass es erst halb sechs war. So weit, so gut.

Er ging zurück zum Weg und begann, wieder zu joggen. Er fühlte sich ungemein lebendig. Das Jagen und Töten hier in freier Natur erregte ihn ungemein. O Mann, er wollte jemanden töten, möglichst sofort. Mann oder Frau, jung oder alt, das spielte keine Rolle.

Das nächste Lager kam schon bald in Sicht. Wieder ein Paar. Es schlief noch in einem Igluzelt für zwei Personen. Harris dachte unwillkürlich, wie leicht es wäre, sie zu erledigen. Wie Enten auf einem Teich. Hier draußen waren alle so verletzlich und vertrauensselig. Was für ein Haufen Irrer. Hatten sie nie die Comics gelesen? In Amerika liefen Mörder frei herum, jede Menge.

Nach weniger als einer Meile erreichte er das Lager einer Familie. Jemand war bereits wach.

Er versteckte sich zwischen den Fichten und beobachtete. Sie hatten ein Feuer gemacht. Funken flogen umher. Eine Frau, ungefähr vierzig, wühlte in einem Rucksack. Sie trug einen roten Speedo-Badeanzug und schien in guter körperlicher Verfassung zu sein – muskulöse Arme und Beine, knackiger Arsch. Sie rief: »Aufstehen! Aufstehen!«

Gleich darauf tauchten zwei gut gebaute Teenager aus dem größeren Zelt auf. Sie trugen einteilige Badeanzüge und klatschten sich mit den kleinen Händen auf die Beine, um warm zu werden.

»Mamabär und zwei Babybären«, murmelte Brownley Harris. »Interessante Vorstellung.« Aber vielleicht zu ähnlich zu den Morden in Bragg.

Er schaute zu, wie die drei Frauen sich kurz am Feuer aufwärmten und dann losrannten. Schon bald hörte er Kreischen und Gelächter, als sie sich in den kleinen Bach stürzten, der dicht hinter ihrem Lager floss.

Brownley Harris bewegte sich schnell und lautlos durch den Wald, bis er eine Stelle erreichte, von der aus er die Mutter und die hübschen Töchter im kalten Bach genau im Visier hatte. Sie erinnerten ihn sehr an die Frauen in Fayetteville. Trotzdem konnten sie als Reserveziele in Frage kommen.

Kurz nach halb sieben kehrte er ins Lager zurück. Griffin hatte Frühstück zubereitet: Eier, Speck, jede Menge Kaffee. Starkey saß in seiner vertrauten Lotusposition da, dachte nach und schmiedete Pläne. Er öffnete die Augen, ehe Harris ihn ansprechen konnte. »Wie geht's?«, fragte er.

Brownley Harris lächelte. «Wir sind genau im Plan, Colonel. Wir sind gut. Ich beschreibe die Ziele, während wir essen. Der Kaffee riecht gut. Jedenfalls verdammt besser als Napalm am Morgen.«

44

Starkey übernahm an diesem Morgen das Kommando. Im Gegensatz zu den anderen Wanderern auf dem AT, hielt er seine Männer tief im Wald, wo sie kein anderer Wanderer oder sonst ein Mensch sehen konnte.

Das war ein Kinderspiel. In ihren vergangenen Leben hatten sie Tage, manchmal Wochen im Dschungel verbracht, ungesehen vom Feind, der sie töten wollte, doch oft selbst von ihnen getötet wurde. Es hatte einmal ein Team von vier Detectives bei der Mordkommission in Tampa, Florida, gegeben.

Starkey verlangte, dass sie sich hier wie in einer echten Kriegssituation verhielten. Absolutes Stillschweigen war geboten. Die meiste Zeit verwendeten sie Handzeichen. Musste jemand husten, so tat er es in der Armbeuge oder im Halstuch. Die Rucksäcke waren von Sergeant Griffin so eng gepackt, dass darin nichts klapperte, wenn sie gingen.

Die drei hatten sich mit Anti-Moskitomittel eingeschmiert und dann die Tarnfarben aufgetragen. Den ganzen Tag über rauchten sie keine einzige Zigarette.

Keine Fehler.

Starkey hatte beschlossen, das Töten sollte irgendwo zwischen Harpers Ferry und einer Gegend, die Loudoun Heights hieß, stattfinden. Dort war ein Teil des Weges dicht bewaldet, ein endloser grüner Tunnel, der für ihre Zwecke günstig war. Der Wald bestand hauptsächlich aus Laubbäumen und nur wenigen Fichten. Es gab jede Menge Rhododendron und Berglorbeer. Den drei Männern entging auch nicht das kleinste Detail.

In dieser Nacht schlugen sie kein Lager auf und achteten strengstens darauf, keine Beweise zu hinterlassen, dass sie überhaupt in diesem Wald gewesen waren.

Brownley Harris wurde um halb acht Uhr abends, ehe es dunkel wurde, auf eine weitere Erkundungsmission ausgeschickt. Als er zurückkam, war die Sonne untergegangen, und Dunkelheit hatte sich wie ein Leichentuch über den Appalachian Trail gebreitet. Der Wald vermittelte ein wenig das Gefühl, im Dschungel zu sein, aber das war nur eine Illusion. Eine halbe Meile von ihrem Standort verlief eine Staatsstraße.

Harris machte bei Starkey Meldung. »Ziel Eins ist ungefähr zwei Kilometer vor uns. Ziel Zwei weniger als drei. Alles sieht für uns gut aus. Ich bin in Hochstimmung.«

»Du bist immer bereit, zu jagen und zu töten«, sagte Starkey. »Aber du hast Recht, alles arbeitet für uns. Besonders die Einstellung der Wanderer hier: Immer freundlich und traue deinem Nachbarn.«

Dann gab Starkey den Einsatzbefehl. »Wir bewegen uns zu einem Punkt auf der Hälfte zwischen Ziel eins und Ziel zwei. Dort warten wir. Und denkt daran, keinerlei Schlamperei. Wir waren zu lange zu gut, um jetzt alles zu versauen.«

45

Ein Dreiviertelmond erleichterte den Marsch durch den Wald. Starkey hatte den Mondstand in seine Berechnungen einbezogen. Er war nicht nur ein Kontrollfanatiker, sondern absolut detailbesessen; denn wenn man eine Kleinigkeit übersah, konnte einen das das Leben kosten, oder man wurde erwischt. Er *wusste,* dass sie mit milden Temperaturen rechnen konnten, dazu wenig Wind und kein Regen. Regen bedeutete Schlamm, und Schlamm bedeutete viele Fußspuren, und Fußspuren waren auf ihrer Mission inakzeptabel.

Sie sprachen kein Wort, als sie sich im Wald fortbewegten.

Vielleicht war es nicht nötig, so vorsichtig zu sein, aber es war Gewohnheit, so hatte man sie für den Kampf ausgebildet. Eine schlichte Regel war ihnen immer wieder eingebläut worden: *Denkt daran, wie ihr ausgebildet wurdet, und versucht nie, den Helden zu spielen*. Außerdem half die Disziplin, sich zu konzentrieren. Ihr Fokus war auf die Morde ausgerichtet, die bald stattfinden würden.

Die drei Männer waren in ihrer eigenen privaten Welt, als sie losmarschierten. Harris fantasierte über die Tötung und stellte sich die Gesichter und Körper vor. Starkey und Griffin blieben auf dem Boden der Tatsachen und hofften nur, dass Harris ihnen mit der Beschreibung der Ziele keinen Scheiß erzählt hatte. Starkey erinnerte sich, dass Brownley ihnen einmal gemeldet hatte, das Opfer sei ein vietnamesisches Schulmädchen, das er in allen Einzelheiten beschrieb. Als sie jedoch an die Killzone gelangten, ein kleines Dorf im An-Lao-Tal, fanden sie eine fette Frau weit über siebzig vor, mit schwarzen Warzen am ganzen Körper.

Eine männliche Stimme riss sie jäh aus ihren Tagträumen.

Starkey hob warnend die Hand.

»He! He! Was ist denn los? Wer ist da draußen?«, rief die Stimme. »Wer ist dort?«

Die drei blieben abrupt stehen. Harris und Griffin schauten Starkey an, der den Arm noch hochhielt. Niemand antwortete der unerwarteten Stimme.

»Cynthia? Bist du das, Süße? Das ist wirklich nicht komisch.«

Männlich. Jung. Offensichtlich verärgert.

Dann blitzte ein grelles gelbes Licht in ihre Richtung. Starkey trat in den Lichtstrahl. »Hallo.« Mehr sagte er nicht.

»Was, zum Teufel? Seid ihr von der Armee?«, fragte die Stimme. »Was macht ihr hier? Manöver? Auf dem Appalachian Trail?«

Jetzt schaltete Starkey seine Taschenlampe ein. Im Licht kauerte ein junger Mann, Ende zwanzig, Shorts um die Fußknöchel, eine dicke Rolle Toilettenpapier in der rechten Hand.

Ein Spargeltarzan. Langes schwarzes Haar. Ein-Tage-Bart im Gesicht. Keine Bedrohung.

»Wir sind im Manöver. Tut uns Leid, Sie so gestört zu haben«, sagte Starkey zu dem jungen Mann, der vor ihm hockte. Er lachte kurz und wandte sich an Harris. »Wer, zum Teufel, ist das?«

»Paar Nummer drei. Scheiße. Sie sind offenbar hinter Ziel zwei zurückgefallen.«

»In Ordnung. Planänderung«, sagte Starkey. »Ich kümmere mich um das hier.«

»Jawohl, Sir.«

Starkey spürte Kälte in der Brust und wusste, dass es den anderen ebenso erging. Das geschah im Kampf, besonders wenn etwas schief lief. Die Sinne reagierten überscharf. Er nahm seine Umgebung in allen Einzelheiten wahr, sogar aus dem Augenwinkel. Sein Herz schlug kräftig und gleichmäßig. Er liebte diese intensiven Gefühle – kurz bevor es geschah.

»Kann ich vielleicht ein bisschen Privatsphäre haben?«, fragte der Scheißer. »Macht es euch was aus?«

Plötzlich ging ein noch helleres Licht an – Brownley Harris drehte einen Videofilm.

»Ha, das ist doch eine Scheißkamera?«

»Klar ist es das.« Starkey war über dem hockenden Mann, ehe dieser wusste, was ihm geschah. Er packte das Opfer bei den langen Haaren und schlitzte ihm die Kehle durch.

»Wie sieht die Frau aus?« Griffin schaute Harris an, der immer noch filmte.

»Keine Ahnung, du geiler Bock. Die Freundin hat heute Morgen noch geschlafen. Ich habe sie nicht gesehen.«

»Der Junge sah gar nicht so übel aus«, meinte Griffin. »Das gibt Hoffnung für die Tussi.«

46

Sampson und ich fuhren wieder auf der I-95, diesmal in Richtung Harpers Ferry, West Virginia. In der Nähe hatte sich ein brutaler Doppelmord ereignet. Bis jetzt standen das FBI und die örtliche Polizei vor einem Rätsel. Nichts ergab Sinn. Doch für uns ergab es durchaus Sinn. *Die drei Killer hatten dort zugeschlagen.*

Seit langem hatten wir nicht so viel Zeit, um zu reden. Die erste Stunde waren wir Bullen und sprachen über die Mordopfer, zwei Wanderer auf dem Appalachian Trail. Gab es irgendwelche Verbindungen zu Ellis Cooper oder den Opfern in Arizona und New Jersey? Wir hatten die Aufzeichnungen der örtlichen Ermittler genau studiert. Die Beschreibungen waren grauenvoll. Ein junges Paar, Mitte zwanzig, eine Graphikerin und ein Architekt. Man hatte ihnen die Kehle durchschnitten. Unschuldige Opfer. Morde aus nicht ersichtlichem Grund. Beide Leichen waren mit roter Farbe bemalt worden. Deshalb hatte mich das FBI angerufen.

»Was hältst du davon, wenn wir mal eine Zeit lang nicht von diesen grauenvollen Gemetzeln reden?«, fragte Sampson. Wir hatten ungefähr die Hälfte der Strecke zurückgelegt.

»Gute Idee. Ich brauche eine Pause. Wir werden schon bald wieder knietief in dieser Scheiße stecken. Was gibt es sonst noch? Bist du in letzter Zeit mit jemandem ausgegangen?«, fragte ich ihn. »Irgendwas Ernstes? Jemand, mit dem du Spaß hast?«

»Tahita«, antwortete er. »Cara, Natalie, LaTasha. Natalie kennst du. Sie ist Anwältin. Ich habe gehört, deine neue Freundin ist aus San Francisco gekommen, um dich für ein Wochenende zu besuchen. *Inspector* Jamilla Hughes, *Morddezernat.*«

Ich lachte. »Wer hat dir das erzählt?«

John runzelte die Stirn. »Mal sehen. Nana hat es mir erzählt. Und Damon. Und Jannie. Klein-Alex hat, glaube ich, auch was gesagt. Denkst du daran, wieder eine feste Beziehung einzugehen? Ich habe gehört, diese Jamilla ist wirklich super. Ist sie zu heiß für dich?«

Ich lachte wieder. »Eine Menge Druck, John. Alle wollen, dass ich mich wieder fest binde, damit ich über meine unglückliche Vergangenheit hinwegkomme und wieder ein schönes Leben führe.«

»Das liegt dir. Guter Daddy, guter Ehemann. So sehen dich die Menschen.«

»Und du? Wie siehst du mich?«

»Ich sehe all das Gute, aber ich sehe auch die dunkle Seite. Weißt du, ein Teil von uns will der gute alte Cliff Huxtable aus der Bill-Cosby-Show sein. Aber ein Teil ist auch der große böse einsame Wolf. Du redest davon, den Polizeidienst zu quittieren. Vielleicht tust du es. Aber du liebst die Jagd, Alex.«

Ich schaute Sampson an. »Kyle Craig hat mir das auch gesagt. Fast mit denselben Worten.«

Sampson nickte. »Siehst du? Kyle ist kein Schwachkopf. Ein kranker, abartiger Mistkerl, aber nicht dumm.«

»Also, wenn ich die Jagd so liebe – wer gründet dann einen Hausstand als Erster? Du oder ich?«

»Kein Wettbewerb. Ich habe als Rollenmodell für eine Familie denkbar schlechte Beispiele. Das weißt du. Mein Vater ist abgehauen, als ich drei war. Vielleicht hatte er seine Gründe. Meine Mutter war eigentlich nie da. Zu beschäftigt, anzuschaffen und sich Spritzen zu setzen. Beide haben mich verprügelt, sich auch gegenseitig geschlagen. Mein Vater hat meiner Mutter dreimal die Nase gebrochen.«

»Angst, dass du ein schlechter Vater wärst?«, fragte ich. »Hast du deshalb nie eine Familie gegründet?«

John dachte nach. »Eigentlich nicht. Ich liebe Kinder, besonders, wenn es deine sind. Ich mag auch Frauen. Vielleicht ist das das Problem – ich mag Frauen zu sehr«, sagte Sampson und lachte. »Und Frauen mögen mich offensichtlich auch.«

»Klingt, als wüsstest du, wer du bist.«

»Prima. Selbsterkenntnis ist ein guter Anfang«, sagte Sampson und grinste. »Wie viel bin ich Ihnen schuldig, Dr. Cross?«

»Machen Sie sich deshalb keine Sorgen. Ich setze es auf die Rechnung.«

Dann sah ich weiter vorn ein Straßenschild: Harpers Ferry, zwei Meilen. Dort hatte man einen Mann wegen des Doppelmordes verhaftet.

Ein ehemaliger Colonel der Armee ohne Vorstrafen.

Und gegenwärtig ein Geistlicher in der Kirche der Baptisten.

Ich fragte mich, ob jemand drei verdächtig aussehende Männer in der Nähe des Tatorts gesehen hatte. Und ob einer davon die Geschehnisse gefilmt hatte.

47

Sampson und ich trafen uns mit Reverend Reece Tate in einem winzigen Raum innerhalb des bescheidenen Gefängnisgebäudes von Harpers Ferry. Tate war ein schmächtiger Mann mit schwindender Haarpracht, aber langen Koteletten bis zu den Ohrläppchen. Er sah nicht wie ein ehemaliger Soldat aus. 1993 war er aus der Armee ausgeschieden und war jetzt das Oberhaupt einer Baptistengemeinde in Cowpens, South Carolina.

»Reverend Tate, können Sie uns sagen, was Ihnen gestern auf dem Appalachian Trail passiert ist?«, fragte ich ihn, nachdem wir uns ausgewiesen hatten. »Erzählen Sie uns alles, woran Sie sich erinnern. Wir sind hergekommen, um Ihre Geschichte zu hören.«

Tates misstrauische Augen schossen zwischen Sampson und mir hin und her. Ich glaube, er war sich nicht bewusst, dass er sich ständig am Kopf und im Gesicht kratzte, während er in dem winzigen Raum umherschaute. Er wirkte schrecklich verwirrt. Offensichtlich war er nervös und hatte Angst. Das konnte ich ihm nicht übel nehmen, vor allem nicht, wenn man ihm fälschlicherweise einen Doppelmord angehängt hatte.

»Vielleicht könnten Sie zuvor mir einige Fragen beantworten«, sagte er. »Warum sind Sie beide an dem interessiert, was hier draußen auf dem Trail passiert ist? Das verstehe ich nicht. Ebensowenig wie *alles andere*, das in den vergangenen zwei Tagen passiert ist.«

Sampson schaute mich an. Er wollte, dass ich es Tate erklärte. Ich begann, ihm von unserer Verbindung zu Ellis Cooper und den Morden zu erzählen, die bei Fort Bragg begangen worden waren.

»Sie glauben tatsächlich, dass Master Sergeant Cooper unschuldig war?«, fragte er, nachdem ich meine Schilderung beendet hatte.

Ich nickte. »Ja, allerdings. Wir sind überzeugt davon, dass ihm jemand die Morde in die Schuhe geschoben hat, aber wir kennen den Grund dafür noch nicht. Wir wissen weder wer, noch weshalb.«

Sampson hatte eine Frage. »Haben Sie Ellis Cooper jemals getroffen, als Sie in der Armee waren?«

Tate schüttelte den Kopf. »Ich war nie in Bragg stationiert. Ich erinnere mich auch nicht an einen Sergeant Cooper aus Nam. Nein, ich glaube nicht.«

Ich bemühte mich, behutsam vorzugehen. Reece Tate war ein verschlossener förmlicher Mensch, daher wollte ich die Befragung so wenig Angst einflößend wie möglich halten.

»Reverend Tate, wir haben Ihre Fragen beantwortet. Wie wär's, wenn Sie jetzt uns ein paar beantworteten? Wenn Sie unschuldig sind, sind wir hier, um Ihnen zu helfen, aus dieser misslichen Situation herauszukommen. Wir werden Ihnen aufmerksam zuhören, ganz ohne Vorurteile.«

Er dachte kurz nach, ehe er sprach. »Sergeant Cooper wurde schuldig gesprochen, nehme ich an. Ist er im Gefängnis? Ich würde gern mit ihm reden.«

Ich schaute Sampson an, dann Reece Tate. »Sergeant Cooper wurde vor kurzem in North Carolina hingerichtet. Er ist tot.«

Tate schüttelte langsam den Kopf. »Mein Gott, mein Gott im Himmel. Ich habe mir nur eine Woche freigenommen. Ich brauchte dringend Erholung. Ich mache gern lange Wanderungen und schlafe dann auch im Freien. Das stammt noch aus meiner Zeit bei der Armee, aber ich habe es immer geliebt. Ich war Pfadfinder in Greensboro. Klingt unter den gegebenen Umständen albern.«

Ich ließ ihn reden. Der Pfadfinder in ihm wollte sprechen – *musste* es rauslassen.

»Seit vier Jahren bin ich geschieden. Camping ist meine einzige anständige Flucht, meine Befreiung vom Alltag. Jedes Jahr nehme ich mir zwei Wochen frei, dazu noch ab und zu einen Tag, wenn es möglich ist.«

»Wusste jemand, dass Sie diese Wanderung auf dem Appalachian Trail planten?«

»Alle in unserer Gemeinde wussten das. Außerdem noch ein paar Freunde und Nachbarn. Es war kein großes Geheimnis. Weshalb auch?«

»Wusste Ihre Exfrau davon?«, fragte Sampson.

Tate dachte nach, schüttelte dann aber den Kopf. »Wir haben keine enge Verbindung. Ich sage es Ihnen lieber gleich. Ich habe Helen geschlagen, ehe wir uns scheiden ließen. Sie mag mich dazu getrieben haben, aber ich habe sie geschlagen.

Die Schuld liegt bei mir. Es gibt keine Entschuldigung, wenn ein Mann eine Frau schlägt.«

»Können Sie uns etwas über gestern erzählen? Erwähnen Sie alles, woran Sie sich erinnern können. Auch jede Kleinigkeit«, sagte ich.

Tate brauchte ungefähr zehn Minuten, um uns den Tag detailliert zu schildern. Er sagte, er sei um sieben aufgewacht und habe gesehen, dass der Morgen neblig war. Daher hatte er es nicht eilig, weiterzuwandern, sondern frühstückte ganz in Ruhe im Lager. Gegen halb neun brach er auf und schaffte eine ziemlich weite Strecke bis zum Abend. Er überholte unterwegs zwei Familien und ein älteres Ehepaar. Am Tag davor hatte er eine Mutter mit zwei Töchtern gesehen und hoffte, diese einzuholen, aber das gelang ihm nicht. Schließlich schlug er gegen sechs Uhr abends sein Lager auf.

»Warum wollten Sie diese drei Frauen einholen?«, fragte Sampson.

Tate zuckte mit den Schultern. »Nur verrückte Tagträume. Die Mutter war sehr attraktiv, Anfang vierzig. Augenscheinlich wanderten die drei gern. Ich dachte, wir könnten eine Zeit lang gemeinsam wandern. Das ist auf dem Appalachian Trail durchaus üblich.«

»Haben Sie an diesem Tag sonst noch jemanden gesehen?«, fragte Sampson.

»Mir ist niemand besonders aufgefallen. Ich habe schon krampfhaft nachgedacht. Zeit genug habe ich hier ja. Und auch über die Motivation.«

»Nun gut, da waren die Familien, das ältere Ehepaar, die Mutter und ihre zwei Töchter. Haben Sie noch andere Gruppen auf dem Weg gesehen? Eine Gruppe Männer? Einzelgänger?«

Er schüttelte den Kopf. »Nein, ich erinnere mich nicht, etwas Verdächtiges gesehen zu haben. Nachts habe ich auch keine ungewöhnlichen Geräusche gehört. Ich habe tief geschlafen. Das ist eine gute Sache beim Wandern. Am nächsten Tag bin ich um halb acht schon wieder aufgebrochen. Es war ein wunderschöner klarer Tag, man konnte meilenweit sehen. Gegen Mittag kam die Polizei und verhaftete mich.«

Reverend Tate schaute mich an. Seine kleinen Augen flehten mich an, baten um Verständnis. »Ich schwöre, ich bin unschuldig. Ich habe niemandem in diesem Wald ein Leid zugefügt. Ich habe keine Ahnung, wie das Blut auf meine Kleidung kam. Ich habe die Sachen nicht mal an dem Tag getragen, als diese armen Leute ermordet wurden. Ich habe niemanden umgebracht. Jemand muss mir glauben.«

Bei seinen Worten lief es mir eiskalt über den Rücken. Sergeant Ellis Cooper hatte fast wörtlich das Gleiche gesagt.

48

Mein letzter Fall als Detective des Morddezernats. Ein wirklich verflucht komplizierter Fall. Seit Tagen dachte ich fast pausenlos darüber nach, und es lag mir schwer im Magen, als wir niedergeschlagen von Harpers Ferry, West Virginia, zurückfuhren.

Ich hatte meine Kündigung noch nicht eingereicht. Warum nicht? Ich nahm weiterhin Mordfälle in Washington, D.C., an, obwohl die meisten keine Herausforderung darstellten. Ein kleiner Drogenhändler war in einer Siedlung ermordet worden, aber das interessierte niemanden. Eine einundzwanzigjährige Frau hatte ihren gewalttätigen Ehemann umgebracht, aber das war eindeutig Notwehr gewesen. Zumindest für mich stand das fest. Ellis Cooper war tot. Und jetzt war ein Mann namens Reece Tate des Doppelmords angeklagt, obwohl er diesen wahrscheinlich nicht begangen hatte.

Am Wochendende benutzte ich meine Vielfliegergutschrift, um nach Tampa, Arizona, zu fliegen. Ich hatte einen Termin mit Susan Etra ausgemacht, deren Mann verurteilt worden war, weil er angeblich einen schwulen Soldaten umgebracht hatte. Mrs. Etra verklagte die Armee auf Schadenersatz wegen des falschen Todesurteils. Sie hielt ihren Mann für unschuldig und hatte genügend Beweise, um das zu untermauern. Ich musste herausfinden, ob auch Lieutenant Colonel James Etra dieser Mord in die Schuhe geschoben worden war. Wie viele Opfer gab es?

Mrs. Etra öffnete mir die Tür. Sie schien sehr nervös zu sein. Ich war überrascht, als im Wohnzimmer ein Mann mit einem Pokergesicht auf mich wartete. Sie erklärte mir, dass sie ihren Anwalt gebeten hätte, bei unserem Gespräch dabei zu sein. *Großartig*!

Der Anwalt war tief sonnengebräunt, hatte glatt zurückgekämmte, weiße Haare und trug einen teuren anthrazitfarbenen Anzug, dazu schwarze Cowboystiefel. Er stellte sich als Stuart Fischer aus Los Angeles vor. »Im Interesse der möglichen Wahrheitsfindung im Fall ihres Mannes, der ihrer Meinung nach zu Unrecht verhaftet und verurteilt wurde, hat Mrs. Etra eingewilligt, mit Ihnen zu sprechen, Detective. Ich bin hier, um Mrs. Etra zu beschützen.«

»Ich verstehe«, sagte ich. »Waren Sie Lieutenant Colonel Etras Anwalt beim Prozess?«, fragte ich.

Fischer behielt sein Pokergesicht. »Nein, war ich nicht. Ich bin als Anwalt auf die Unterhaltungsindustrie spezialisiert. Aber ich habe Erfahrung mit Mordfällen. Ich habe im Büro des Distriktanwalts in Laguna Beach angefangen. Sechs Jahre habe ich dort unten verbracht.«

Fischer erklärte, dass Mrs. Etra vor kurzem die Geschichte ihres Mannes an Hollywood verkauft hatte. Jetzt war ich derjenige, der vorsichtig sein musste.

Etwa eine halbe Stunde lang erzählte mir Susan Etra, was

sie wusste. Ihr Mann, Lieutenant Colonel Etra, hatte noch nie zuvor in Schwierigkeiten gesteckt. Soweit sie wusste, war er gegenüber Schwulen oder Lesben nie intolerant gewesen. Trotzdem soll er angeblich ins Haus von zwei schwulen Soldaten gegangen sein und sie im Bett erschossen haben. Beim Mordprozess wurde behauptet, er hätte sich hoffnungslos in den jüngeren der beiden Soldaten verliebt.

»Die Mordwaffe war ein Armeedienstrevolver. Wurde sie in Ihrem Haus gefunden? Gehörte sie Ihrem Mann?«, fragte ich.

»Ein paar Tage vor dem Mord hatte Jim bemerkt, dass der Revolver fehlte. Er war in allem peinlich genau, besonders was seine Waffen betraf. Und dann war die Waffe plötzlich wieder in unserem Haus. Wie praktisch für die Polizei, sie hier zu finden.«

Anwalt Fischer hatte offenbar den Eindruck, dass ich harmlos sei und ging noch vor mir. Als er weg war, fragte ich Mrs. Etra, ob ich mir die Sachen ihres Mannes anschauen dürfte.

»Sie haben Glück, dass Jims Sachen noch hier sind«, sagte sie. »Ich kann Ihnen gar nicht sagen, wie oft ich schon daran gedacht habe, sie einer örtlichen Wohlfahrtsgruppe zu geben. Ich habe alles ins Gästezimmer geschafft. Weiter bin ich noch nicht gekommen.«

Ich folgte ihr zum Gästezimmer. Dort ließ sie mich allein. Alles war fein säuberlich an seinem Platz. Ich hatte den Eindruck, Susan und James Etra hatten sehr ordentlich gelebt, ehe Mord und Chaos ihre Leben zerstört hatten. Die Möbel waren teils aus hellem Holz, teils dunkle Antiquitäten. Ein Klapptisch an einer Wand war von einem Sammelsurium kleiner Zinnfiguren bedeckt. Kanonenmodelle, Panzer und Soldaten aus verschiedenen Kriegen. Neben den Modellen waren Waffen in einer verschlossenen Vitrine. Alle waren beschriftet.

1860 COLT ARMEE REVOLVER, .44 KALIBER, 8-ZOLL-LAUF; SPRINGFIELD TRAPDOOR GEWEHR, PATRONE, VERWENDET IN DEN INDIANERKRIEGEN DER USA. HAT

ORIGINAL-BAJONETT UND LEDERSCHLAUFE; MARLIN GEWEHR, CIRCA 1893, NUR SCHWARZPULVER.

Ich öffnete den Wandschrank daneben. Lieutenant Colonel Etras Kleidung bestand zur Hälfte aus Zivilsachen und zur Hälfte aus Uniformen. Ich ging weiter und durchsuchte die anderen Kommoden und Schränke.

Ich wühlte in den Schubladen einer Herrenkommode, als ich auf die Strohpuppe stieß.

Mein Magen verkrampfte sich. Diese unheimliche Puppe sah genau wie die aus, die wir in Ellis Coopers Haus bei Fort Bragg gefunden hatten. Genauso – als sei sie im selben Geschäft gekauft worden. Von derselben Person? Vom *Killer*?

In einer anderen Schublade fand ich das große Auge ohne Lider. Es schien mich zu beobachten. Wachsam bewahrte es seine eigenen schrecklichen Geheimnisse.

Ich holte tief Luft und ging nach draußen. Ich bat Mrs. Etra, ins Zimmer zu kommen. Ich zeigte ihr die Strohpuppe und das alles sehende Auge. Sie schüttelte den Kopf und beteuerte, beides nie zuvor gesehen zu haben. Ich las in ihren Augen Verwirrtheit und Angst.

»Wer war in meinem Haus? Ich bin ganz sicher, die Puppe war nicht da, als ich Jims Sachen hierher gebracht habe«, sagte sie. »Hundertprozentig. Wie können sie hierher gekommen sein? Wer hat diese schrecklichen Sachen in mein Haus gebracht, Detective Cross?«

Sie ließ mich die Puppe und das Auge mitnehmen. Sie wollte beides nicht in der Nähe haben, und ich konnte ihr das nicht verdenken.

49

Inzwischen wurden die Mordermittlungen an einer anderen Front weitergeführt. John Sampson lenkte seinen schwarzen Mercury Cougar von der Route 35 in Mantoloking auf den Jersey Shore und fuhr in Richtung Meer weiter. Point Pleasant, Bay Head und Mantoloking waren zusammengewachsene Strandgemeinden. Da es bereits Oktober war, waren sie fast menschenleer.

Er parkte an der East Avenue und beschloss nach der langen Fahrt von Washington hierher sich die Beine zu vertreten.

»Gott, was für ein Strand«, murmelte Sampson vor sich hin, als er die Treppe zum Kamm der Dünen hinaufgegangen war. Vor ihm lag der Ozean, weniger als fünfunddreißig Meter entfernt.

Der Tag war nahezu perfekt. Zweiundzwanzig Grad, sonnig, wolkenloser blauer Himmel, die Luft unglaublich klar und rein. Eigentlich war dieser Tag am Strand schöner als die meisten Tage im Sommer, wenn es in diesen Küstendörfern vor Badegästen und Autos wimmelte, dachte er.

John Sampson gefiel es hier. Das kleine stille Küstenstädtchen half ihm, sich zu entspannen. Es war schwierig, zu erklären, aber in letzter Zeit empfand er die Arbeit in Washington härter und kräftezehrender als früher. Er war vom Tod Ellis Coopers, seines *Mordes*, wie besessen. Sein Kopf machte ihm schwer zu schaffen. Doch hier am Meer war alles wie weggeblasen. Er hatte das Gefühl, hier hörte und sah er die Dinge mit ungewöhnlicher Deutlichkeit.

Trotzdem sollte er sich jetzt an die Arbeit machen. Es war fast halb drei, und er hatte Billie Houston versprochen, sie um diese Zeit in ihrem Haus aufzusuchen. Mrs. Houstons Mann hatte angeblich einen anderen Soldaten im nahe gelegenen Fort Monmouth getötet. Das Gesicht des Opfers war weiß und blau bemalt gewesen.

Auf in den Kampf, sagte er sich und öffnete das Gittertor. Dann ging er auf einem Pfad, der mit Muscheln bedeckt war, auf das große Haus mit braunen Schindeln zu. Das Strandhaus und die Umgebung waren fast zu schön, um wahr zu sein. Ihm gefiel sogar das Schild: GEFUNDENES PARADIES.

Mrs. Houston hatte offenbar nach ihm Ausschau gehalten. Sobald er die unterste Treppenstufe betrat, öffnete sie schon die Fliegengittertür und trat heraus, um ihn zu begrüßen.

Sie war eine kleine Afroamerikanerin und attraktiver, als er erwartet hatte. Nicht die Schönheit eines Filmstars, aber sie hatte etwas an sich, das seine Aufmerksamkeit erregte. Sie trug weite Khakishorts und ein schwarzes T-Shirt, und sie war barfuß.

»Sie haben sich aber einen schönen Tag für Ihren Besuch ausgesucht«, sagte sie und lächelte. Das Lächeln war auch hübsch. Aber sie war winzig – wahrscheinlich höchstens eins fünfzig –, und er bezweifelte, dass sie mehr als fünfundvierzig Kilo wog.

»Ach, ist hier nicht jeder Tag so?«, fragte John Sampson und lächelte ebenfalls. Er musste sich immer noch von dem überraschenden Anblick, den Mrs. Houston bot, erholen, während er hinter ihr die knarzenden Holzstufen zur Veranda hinaufging.

»Eigentlich gibt es viele Tage wie heute. Ich bin Billie Houston. Aber das haben Sie natürlich schon gewusst.« Sie streckte ihm die kleine Hand entgegen, die sich in seiner Pranke warm und weich anfühlte.

Er hielt ihre Hand länger, als er beabsichtigt hatte. Warum hatte er das getan? Wahrscheinlich aufgrund dessen, was Mrs. Houston durchgemacht hatte. Ihr Mann war vor fast zwei Jahren hingerichtet worden, und sie hatte seine Unschuld laut und deutlich bis zum Ende erklärt – und auch noch später. Die Geschichte klang vertraut. Vielleicht auch deshalb, weil es ihm bei dem Lächeln der Frau seltsam warm ums Herz geworden war. Sie beeindruckte ihn ebenso wie das Städtchen und das schöne Wetter. Er mochte sie auf Anhieb. Nichts beeinträchtigte dieses Gefühl. Jedenfalls bis jetzt nicht.

»Warum machen wir nicht einen Spaziergang am Strand«, schlug sie vor. »Sie sollten aber vorher Schuhe und Socken ausziehen. Sie sind ein richtiger Stadtmensch, richtig?«

50

Sampson beherzigte ihren Rat. Kein Grund, weshalb die Ermittlungen in diesem Mordfall, jedenfalls bei diesem Gespräch, nicht auch ein paar schöne Seiten haben sollten. Der Sand fühlte sich warm und gut an den bloßen Füßen an, als er ihr an dem großen Haus entlang folgte, dann über eine hohe breite Düne aus weißem Sand mit im Wind wogendem Strandhafer.

»Ihr Haus ist wirklich beeindruckend«, sagte er. »Schön ist gar kein Ausdruck.«

»Ja, das finde ich auch«, sagte sie, drehte sich um und lächelte ihn an. »Aber das ist natürlich nicht mein Haus. Meines steht ein paar Blocks weiter landeinwärts. Einer dieser kleinen Strandbungalows, an dem Sie vorbeigefahren sind. Ich passe für die O'Briens auf ihr Haus auf, während Robert und Kathy den Winter in Fort Lauderdale verbringen.

»Das ist keine allzu unangenehme Aufgabe«, sagte er.

»Nein, bestimmt nicht schlecht.« Schnell wechselte sie das Thema. »Sie wollten mit mir über meinen verstorbenen Mann sprechen, Detective. Würden Sie mir sagen, weshalb Sie hier sind? Seit Ihrem Anruf sitze ich wie auf glühenden Kohlen.

Warum wollen Sie mich sprechen? Was wissen Sie über den Fall meines Mannes?«

»Wie auf glühenden Kohlen?«, fragte Sampson. »Wer sagt heutzutage noch ›wie auf glühenden Kohlen sitzen‹?«

Sie lachte. »Na, ich zum Beispiel. Das ist mir einfach so rausgerutscht. Damit bin ich zuzuordnen, richtig? Ich bin auf einer Baumwollfarm in Alabama, außerhalb von Montgomery, aufgewachsen. Mein Geburtsdatum gebe ich aber nicht preis. Also, warum *sind* Sie gekommen, Detective?«

Sie gingen einen sandbedeckten sanften Hang hinab zum Meer, das tiefblau und grün war. Die Wellen trugen Schaumkronen. Es war unglaublich – kaum ein Mensch am Strand. Und alle diese herrlichen Villen, eigentlich eher Herrenhäuser, und niemand da außer Möwen.

Als sie nach Norden spazierten, berichtete er Mrs. Houston von seinem Freund Ellis Cooper und was sich in Fort Bragg zugetragen hatte. Er beschloss, ihr nichts von den anderen Morden zu sagen, die angeblich von Armeeangehörigen begangen worden waren.

»Er muss ein wirklich guter Freund gewesen sein«, sagte sie, als Sampson geendet hatte. »Offensichtlich geben Sie nicht so leicht auf.«

»Ich *kann nicht* aufgeben. Er war einer der besten Freunde, die ich je hatte. Wir haben gemeinsam drei Jahre in Vietnam zugebracht. Er war der erste ältere Mann, der nicht nur an seinen Vorteil gedacht hat. Sie wissen schon, der Vater, den ich nie hatte.«

Sie nickte, fragte aber nicht nach. Das gefiel Sampson. Er konnte es immer noch nicht fassen, wie zierlich sie war. Ihm kam der Gedanke, er könnte sie locker unter dem Arm tragen.

»Der zweite Grund, Mrs. Houston, ist, dass ich felsenfest überzeugt bin, dass Ellis Cooper unschuldig ist und diese Morde nicht begangen hat. Nennen Sie es einen sechsten

Sinn oder was auch immer, aber ich bin absolut sicher. Er hat es mir auch noch mal geschworen, ehe sie ihn hingerichtet haben. Darüber komme ich einfach nicht hinweg. Ich schaffe es nicht.«

Sie seufzte. Er sah den Schmerz in ihrem Gesicht. Ihm war bewusst, dass sie über den Tod ihres Mannes und die Umstände, unter denen er gestorben war, nicht hinweggekommen war, aber trotzdem hatte sie ihn nicht unterbrochen. Das war interessant. Offenbar war sie sehr einfühlsam.

Er blieb stehen, sie ebenfalls.

»Was ist los?«, fragte sie.

»Sie reden nicht gern über sich, nicht wahr?«, fragte er.

Sie lachte. »Ach ja? Wenn ich richtig loslege, gibt es kein Halten mehr. Dann rede ich manchmal zu viel, glauben Sie mir. Aber ich war interessiert, zu hören, was Sie zu sagen hatten und wie Sie es gesagt haben. Soll ich Ihnen jetzt von meinem Mann erzählen? Wie es ihm ergangen ist, und warum ich sicher bin, dass er auch unschuldig ist?«

»Ich möchte alles über Ihren Mann hören«, sagte Sampson. »Bitte.«

»Ich bin überzeugt, Laurence wurde ermordet«, fing sie an. »Er wurde vom Staat New Jersey ermordet. Aber jemand anders wollte seinen Tod. Ich möchte ebenso sehr wissen, wer meinen Mann umgebracht hat, wie Sie, wer Ihren Freund Ellis Cooper auf dem Gewissen hat.«

51

Sampson und Mrs. Billie Houston setzten sich vor einer Strandvilla, die mindestens ein Dutzend Schlafzimmer hatte, in den Sand. Jetzt stand sie leer, die Fensterläden waren geschlossen. Sampson kam es wir ungeheure Verschwendung vor. Er kannte in Washington Menschen, die in verlassenen Gebäuden lebten, wo es keine Fensterscheiben mehr gab, kein fließendes Wasser und keine Heizung.

Er konnte die Augen nicht abwenden. Das Haus hatte drei Etagen, um die beiden oberen lief rundum eine Veranda. In der Düne nahe dem Haus steckte ein Tafel, worauf stand: DIESE DÜNEN SIND GESCHÜTZT. BLEIBEN SIE AUF DEM GEHWEG. $ 300 STRAFE. Diese Menschen verstanden bezüglich ihres Besitzes oder seiner Schönheit oder beidem keinen Spaß, dachte er.

Billie Houston schaute aufs Meer hinaus, als sie anfing zu sprechen.

»Ich will Ihnen etwas über den Abend des Mordes erzählen«, sagte sie. »Ich war Krankenschwester im Community Medical Center in Toms River. Meine Schicht endete um elf Uhr abends, etwa eine halbe Stunde später war ich zu Hause. Laurence wartete fast immer auf mich. Für gewöhnlich erzählten wir uns dann, was tagsüber so passiert war. Wir saßen auf der Couch, schauten manchmal noch ein bisschen fern, hauptsächlich Komödien. Laurence war ein großer Kerl, so wie Sie. Er sagte immer, er könne mich in der Tasche tragen.«

Sampson unterbrach sie nicht, sondern ließ ihre Geschichte Gestalt annehmen.

»Am deutlichsten erinnere mich, dass dieser Abend so *gewöhnlich* war, Detective. Laurence schaute sich die *Steve Harvey Show* an, ich beugte mich über ihn und gab ihm einen Kuss. Er zog mich auf den Schoß, und wir redeten eine Zeit lang. Dann ging ich ins Schlafzimmer, um meine Arbeitskleidung auszuziehen.

Als ich zurückkam, goss ich mir ein Glas Shiraz ein und fragte ihn, ob ich Popcorn machen sollte. Er wollte nicht. Er achtete auf sein Gewicht, was manchmal im Winter drastisch anstieg. Er war in fröhlicher Stimmung, völlig entspannt, in keiner Weise nervös. Das werde ich nie vergessen.

Dann klingelte es an der Tür. Da ich gerade den Wein eingeschenkt hatte und noch stand, ging ich zur Tür. Die Militärpolizei war draußen. Sie drängten sich an mir vorbei ins Haus und verhafteten Laurence. Sie beschuldigten ihn, am selben Abend, vor wenigen Stunden, einen grauenvollen Mord begangen zu haben.

Ich erinnere mich, wie ich meinen Mann angeschaut habe und er mich. Er schüttelte total verblüfft den Kopf. Nie und nimmer hätte er diesen Blick vortäuschen können. Dann sagte er zur Polizei: ›Sie machen einen Fehler. Ich bin Sergeant in der Armee der Vereinigten Staaten.‹ Und da hat ihn einer der Polizisten mit dem Schlagstock niedergeschlagen.«

52

Ich bemühte mich, zu vergessen, dass ich an einem Fall arbeitete und widerliche Strohpuppen und das böse Auge mit mir herumschleppte. Alles wegen der Verfolgung der Mörder. Gnadenlos, wie ich immer gewesen war.

Ich ging in die Empfangshalle des Wyndham Buttes Resort in Tempe. Da war Jamilla. Sie war von San Francisco nach Osten geflogen, um sich mit mir zu treffen. Das war unser Plan gewesen.

Sie trug eine orangefarbene Seidenbluse, einen etwas dunkleren, ebenfalls orangefarbenen Pullover über den Schultern, dazu dünne goldene Armreifen und winzige Ohrringe. Sie sah für das Valley of the Sun, das Sonnental, genau richtig aus. So nannte man die Gegend um Phoenix, Scottsdale, Mesa, Chandler und Tempe.

»Ich nehme an, du weißt das bereits, aber du siehst absolut hinreißend aus«, sagte ich, als ich sie in die Arme schloss. »Mir bleibt die Luft weg.«

»Ach ja?«, meinte sie und spielte die Überraschte. »Was für eine schöne Art, unser Wochenende zu beginnen.«

»Und ich bin nicht der Einzige, der so denkt. Alle in der Lobby schauen dich an.«

Sie lachte. »Jetzt machst du dich über mich lustig.«

Jamilla nahm meine Hand, und wir gingen durch die Halle. Abrupt blieb ich stehen und nahm sie noch mal in die Arme. Ich schaute ihr einen Moment lang ins Gesicht, dann küsste ich sie. Es war ein langer und zärtlicher Kuss, ich hatte lange darauf gewartet.

»Du siehst auch ziemlich gut aus«, sagte sie nach dem Kuss. »Du siehst immer gut aus. Ich verrate dir ein Geheimnis. Als ich dich zum ersten Mal im Flughafen in San Francisco gesehen habe, blieb *mir* die Luft weg.«

Ich lachte und verdrehte die Augen. »Also, das sollten wir lieber oben in einem Zimmer besprechen, ehe wir hier unten Schwierigkeiten bekommen.«

Jamilla lehnte sich an mich und gab mir noch schnell einen Kuss. »Wir könnten sogar in ernste Schwierigkeiten geraten.« Dann noch ein Kuss. »Normalerweise benehme ich mich nicht so, Alex. Was ist über mich gekommen? Was geschieht mit mir?«

Noch eine Umarmung, dann gingen wir zu den Aufzügen des Hotels.

Unser Zimmer war in der obersten Etage mit Ausblick auf

die Silhouette von Phoenix und auf einen herrlichen Wasserfall, der in einen Bergsee stürzte, der als Swimmingpool diente. In der Ferne sah man Wanderwege, Tennisplätze und einen Golfplatz. Ich erklärte Jamilla, dass das Footballstadion, das wir in der Nähe sehen konnten, das der Sun Devils sein müsste. »Ich glaube, Arizona State spielt dort.«

»Ich will alles über Tempe und Arizona State Football erfahren«, sagte Jamilla. »Aber später.«

»Oh, in Ordnung.«

Ich berührte mit den Fingerspitzen ihre Rohseidenbluse. »Das fühlt sich gut an.«

»Soll es auch.«

Langsam glitten meine Finger über ihre Schultern, die Spitzen ihrer Brüste und ihren Bauch. Ich massierte ihre Schultern, sie schmiegte sich an mich und gab ein lang gedehntes wohliges Stöhnen von sich. »Hm, ja, danke.« Es war wie ein improvisierter Tanz, keiner von uns wusste, was als Nächstes geschehen würde. Es war so schön, wieder mit ihr zusammen zu sein.

»Wir haben es doch nicht eilig, oder?«, flüsterte sie.

»Nein, wir haben alle Zeit der Welt. Weißt du, dass man das in Polizeikreisen Verführung nennt?«

»Ja, stimmt. Dessen bin ich mir voll bewusst. Es ist auch ein Hinterhalt. Vielleicht solltest du dich jetzt ergeben.«

»In Ordnung, Inspector, ich ergebe mich.«

Es gab nichts mehr außer uns beiden. Ich hatte keine Ahnung, wohin das führen würde, aber ich lernte, mich treiben zu lassen, jeden Moment zu genießen, mir nicht zu sehr den Kopf über das Ziel zu zerbrechen. Seit dem Tag mit Jamilla in Washington war ich mit niemandem zusammen gewesen und davor auch lange Zeit nicht.

»Du hast die zärtlichsten Hände der Welt«, flüsterte sie. »Unglaublich. Hör nicht auf.«

»Du auch.«

»Das scheint dich zu überraschen.«

»Ein bisschen«, gab ich zu. »Wahrscheinlich weil ich dich so knallhart erlebt habe, als wir zusammengearbeit haben.«

»Ist das für dich ein Problem? Meine knallharte Seite?«

»Nein, überhaupt nicht«, versicherte ich ihr. »Ich mag auch deine harte Seite, solange du mich nicht allzu schlecht behandelst.«

Jam stieß mich aufs Bett und ließ sich auf mich fallen. Ich küsste ihre Wangen, ihre Lippen. Sie roch und schmeckte wunderbar. Ich konnte den Puls unter ihrer Haut fühlen. *Keine Eile.*

»Als Kind in Oakland war ich wie ein Junge«, sagte sie. »Ich habe Baseball gespielt und Softball. Ich wollte, dass mein Vater und meine Brüder stolz auf mich sind.«

»Und waren sie es?«

»O ja! Machst du Scherze? Ich war in Baseball und Leichtathletik ein As.«

»Und sind sie jetzt immer noch stolz auf dich?«

»Ich glaube schon. Ja. Papa ist allerdings etwas enttäuscht, dass ich nicht für die Giants spiele«, sagte sie und lachte. »Er glaubt, ich könnte Barry Bonds Konkurrenz machen.«

Jamilla half mir mit den Hosen, während ich ihre Bluse aufknöpfte. Ich bebte, konnte es nicht kontrollieren. *Alle Zeit der Welt.*

53

Als John Sampson mit der Befragung von Mrs. Billie Houston fertig war, war es zu spät, um nach Washington zurückzufahren. Außerdem gefiel ihm die Atmosphäre am Strand. Daher hatte er in der Conover's Bay Inn ein Zimmer genommen. Billie hatte ihm die Pension empfohlen.

Gerade hatte er sein Zimmer im zweiten Stock betreten, als das Telefon klingelte. Er wunderte sich. Wer konnte ihn hier in der Conover's Bay Inn anrufen?

»Ja, John Sampson«, meldete er sich.

»Hier ist Billie. Mrs. Houston.«

Er setzte sich auf die Bettkante. Er war überrascht, lächelte aber. Mit diesem Anruf hatte er wirklich nicht gerechnet. Er hatte überhaupt nicht erwartet, noch einmal von ihr zu hören. »Hallo, ich habe seit mehreren Minuten nicht mit Ihnen geredet. Haben Sie etwas vergessen, das Sie mir noch sagen wollen?«

»Nein. Na ja, eigentlich schon. Sie geben sich solche Mühe, Laurence zu helfen, und ich tue absolut nichts, um Ihren Aufenthalt ein bisschen angenehmer zu machen. Möchten Sie nicht bei mir zu Hause zu Abend essen? Ich koche bereits, bitte, sagen Sie nicht nein. Was haben Sie schon zu verlieren? Und ich bin eine gute Köchin.«

Sampson zögerte. Er war nicht sicher, ob das eine gute Idee war. Es ging nicht darum, dass die Vorstellung, mit Billie Houston zu Abend zu essen, schrecklich war, nein, aber er empfand die Situation als irgendwie unangenehm, vielleicht ein Interessenskonflikt.

Aber so, wie sie ihn eingeladen hatte, blieb ihm eigentlich keine Wahl. Und was konnte es schon schaden?

»Das ist eine prima Idee. Ich komme gern zum Essen. Und welche Zeit soll ich bei Ihnen sein?«

»Wann es Ihnen passt. Nichts Besonderes, Detective. Ich werfe den Grill an, wenn Sie da sind.«

»Wie wär's in einer Stunde? Ist Ihnen das recht? Übrigens heiße ich John, nicht ›Detective‹.«

»Ja, ich glaube, das haben Sie mir schon gesagt. Sie wissen ja, dass ich Billie heiße. Und wenn es Ihnen recht ist, wäre mir Billie lieber als Mrs. Houston. Also dann, ich sehe Sie in einer Stunde.«

Sie legte auf. Sampson hielt den Hörer noch einige Sekunden in der Hand. Jetzt, da er genauer darüber nachdachte, erschien ihm die Idee, mit Billie Houston zu essen, gar nicht mehr so schlecht zu sein. Er freute sich darauf, als er sich auszog und unter die Dusche ging.

Nichts Besonderes klang ziemlich gut.

54

Sampson kaufte noch einen kleinen Blumenstrauß und im Central Market von Bay Head eine Flasche Rotwein. Als er zum Strandhaus fuhr, überlegte er, ob er nicht ein wenig übertrieb. *Blumen? Wein? Was war los mit ihm*?

Hatte er Schuldgefühle, weil der Mann dieser Frau vielleicht ermordet worden war? Oder hatte es etwas mit Ellis Cooper zu tun? Oder ging es nur um Billie Houston und ihn?

Er ging ums Haus zur Fliegengittertür, die in die Küche führte. Leise klopfte er an den Holzrahmen.

»Hallo, Billie?«, rief er.

Billie? Sollte er sie wirklich so nennen?

Er hatte keine Ahnung, weshalb er sich um ihre Sicherheit Sorgen machte. Warum? Niemand würde Billie Houston ein Leid antun wollen, oder? Er konnte seine Gefühle nicht unterdrücken, denn die echten Killer waren irgendwo da draußen. Weshalb nicht hier in New Jersey?

»Tür ist offen. Kommen Sie rein«, rief sie. »Ich bin draußen auf der Veranda.«

Er ging durch die Küche und sah, wie sie auf der offenen Veranda mit Blick aufs Meer den Tisch deckte. Ein wunderbarer Ort für ein Abendessen. Überall auf der Veranda standen bequeme Liegen, dazu ein blau gestrichener Rattanschaukelstuhl, der farblich zu den Fensterläden passte.

»Hallo. Ich dachte, wir essen hier draußen. Es ist doch nicht zu kalt für Sie, oder?«, fragte sie und zwinkerte ihm zu.

Sampson trat auf die breite Veranda hinaus. Vom Meer her wehte eine leichte Brise, aber es war nicht zu kalt. Er konnte das Meer riechen, dazu noch Lavendel und Astern.

»Es ist einfach perfekt«, sagte er. Das war die Wahrheit. Die Temperatur war genau richtig und auch der Tisch, den sie gedeckt hatte. Dazu noch dieser atemberaubend schöne Blick auf den Ozean. So etwas gab es nicht in Southeast von Washington.

»Kann ich Ihnen irgendwie helfen?«, fragte er.

»Ja, Sie können das Gemüse klein schneiden und den Salat anrichten. Oder Sie können grillen.«

Sampson lächelte unwillkürlich. »Keine große Wahl. Ich nehme den Salat. Nein, das war ein Scherz. Ich übernehme gern den Grill, solange ich keine Mütze aufsetzen und eine Schürze mit einem blöden Spruch darauf anziehen muss.«

Sie lachte. »So was habe ich nicht. Sie sind doch an dem CD-Player auf dem Weg aus der Küche vorbeigekommen. Ich habe einen Stapel CDs hingelegt. Suchen Sie was aus.«

»Ist das ein Test?«, fragte er.

Wieder lachte Billie. »Nein. Bis jetzt haben sie alle Tests glänzend bestanden. Deshalb habe ich Sie zum Essen eingeladen. Hören Sie auf, sich wegen uns beiden Sorgen zu machen. Wir sind stark und zerbrechen nicht so schnell. Es wird richtig Spaß machen. Mehr, als Sie glauben.«

55

Billie hatte Recht gehabt. Der Abend wurde etwas Besonderes. Es war Sampson fast peinlich, dass er Ellis Cooper für etliche Stunden völlig vergessen hatte. Für gewöhnlich war Sampson sehr ruhig, wenn er jemanden nicht wirklich gut kannte. Zum Teil war das Schüchternheit, weil er durch seine Größe in jeder Gesellschaft aufgefallen war. Aber ehrlich gesagt, hatte er keine Lust, Zeit mit Menschen zu verschwenden, die ihm nichts bedeuteten und ihm auch nie etwas bedeuten würden.

Billie war anders. Das hatte er auf Anhieb gemerkt, als sie mit ihm gesprochen hatte. Er war selbst überrascht, dass er sie so gern reden hörte – ganz gleich, über welches Thema. Ihr Alltag in Mantoloking, ihre beiden erwachsenen Kinder, Andrew, Erstsemester am Rutgers, Kari, letzte Klasse Monmouth Highschool, die Gezeiten des Meeres und wie sie das Surfen beeinflussten und ein halbes Dutzend anderer Dinge. Sie passte nicht nur auf das Strandhaus auf, sondern arbeitete auch Vollzeit als Krankenschwester in der Notaufnahme. Sie war mit Notarztteams im Hubschrauber mit Schwerverletzten in Spezialkliniken nach Newark und Philadelphia geflogen. Früher hatte sie sogar als Krankenschwester im Frontlazarett gearbeitet, in einer M.A.S.H.-Einheit.

Sie sprachen erst nach dem Abendessen über ihren Mann. Sampson schnitt das Thema wieder an. Es war kühler geworden, und sie waren ins Wohnzimmer umgezogen. Billie zündete im Kamin ein Feuer an, das fröhlich knisterte und sie wärmte.

»Macht es Ihnen etwas aus, wenn wir noch mal ein paar Minuten über Laurence sprechen?«, fragte er, als sie auf der kleinen Couch beim Kamin saßen. »Wir müssen nicht, wenn Sie nicht wollen.«

»Nein, ist schon okay. Wirklich. Deshalb sind Sie ja gekommen.«

Plötzlich fiel Sampson etwas auf. Er erhob sich und ging zu der Vitrine neben dem Kamin, öffnete sie und holte eine Strohpuppe heraus.

Also das war sehr eigenartig. Er betrachtete die Puppe genau. Er war sicher, dass sie eine Kopie der Puppe war, die er in Ellis Coopers Haus gesehen hatte. Sie machte ihm Angst, weil sie in Billie Houstons Haus war. *Was tut diese Puppe hier*?

»Was ist denn?«, fragte Billie. »Was soll diese unheimliche Puppe? Die habe ich noch nie zuvor gesehen. Stimmt etwas nicht? Sie machen plötzlich so ein ernstes Gesicht.«

»Ich habe die gleiche Puppe in Ellis Coopers Haus gesehen«, antwortete Sampson. »Sie stammt aus Vietnam. In den Dörfern dort habe ich viele solcher Puppen gesehen. Sie haben etwas mit bösen Geistern und den Toten zu tun. Diese Puppen sind schlechte Medizin.«

Billie kam zu ihm zur Vitrine. »Darf ich sie mal sehen?«

Sie untersuchte die Strohpuppe und schüttelte den Kopf.

»Sieht so aus, als hätte Laurence sie mit nach Hause gebracht. Ein Souvenir. Memento mori. Aber ich kann mich wirklich nicht erinnern, sie schon mal gesehen zu haben. Ist das nicht komisch. Da fällt mir übrigens noch was ein – neulich fand ich ein großes hässliches Auge in derselben Vitrine. Es sah so… *böse* aus, dass ich es weggeworfen habe.«

Sampson blickte ihr tief in die Augen. »Eigenartiger Zufall«, sagte er und schüttelte den Kopf. Dann dachte er daran, dass Alex sich strikt weigerte, an Zufälle zu glauben. »Soweit Sie sich erinnern, hat Ihr Mann nie Segeant Ellis Cooper erwähnt, richtig?«, fragte er.

Billie schüttelte den Kopf. Sie schien ein bisschen verschreckt zu sein. »Nein, aber er hat selten vom Krieg gesprochen. Es hat ihm drüben in Vietnam nicht gefallen, und er fand alles noch schrecklicher, als er heimgekommen war und Zeit hatte, über seine Kriegserlebnisse nachzudenken.«

»Das kann ich gut verstehen. Als ich zurück nach Washington, D.C., kam, war ich ein paar Monate in Fort Myer in Arlington stationiert. Eines Samstags bin ich in meiner grünen Ausgehuniform nach Hause gefahren. Als ich im Zentrum von Washington aus dem Bus stieg, kam ein weißes Mädchen in weiten Schlaghosen und Sandalen zu mir und hat auf meine Uniform gespuckt. Dann nannte sie mich einen Babymörder. Das vergesse ich für den Rest meines Lebens nicht. Ich war so wütend, dass ich mich umgedreht habe und so schnell ich konnte weitergegangen bin. Dieses Hippie-Mädchen hatte keine Ahnung, was sich dort drüben abspielte, wie es ist, wenn man beschossen wird, Freunde verliert und für sein Vaterland kämpft.«

Billie faltete die Hände und wiegte sich auf den Ballen vor und zurück. »Ich weiß nicht, was ich Ihnen über Laurence erzählen kann. Aber ich glaube, Sie hätten ihn gemocht. Alle mochten ihn. Er war verantwortungsvoll, ein guter Vater für unsere Kinder. Er war ein einfühlsamer liebevoller Ehemann. Ehe er starb – ich spreche jetzt von zwanzig Minuten vor seiner Hinrichtung –, saßen wir noch im Gefängnis beisammen. Er blickte mir in die Augen und sagte: ›Ich habe diesen jungen Mann nicht umgebracht. Bitte, sorge dafür, dass unsere Kinder das wissen. Sorge dafür, Billie.‹«

»Ja, Ellis Cooper hat etwas Ähnliches gesagt«, meinte Sampson.

Es wurde still im Wohnzimmer. Ein bisschen ungemütlich fürs erste Mal. Schließlich war Sampson gezwungen, etwas zu sagen. »Ich bin froh, dass Sie angerufen haben, Billie. Es war für mich ein wunderbarer Abend. Vielen Dank, aber jetzt muss ich los. Es ist schon spät.«

Sie stand neben ihm, bewegte sich aber nicht. Sampson beugte sich hinab und küsste sie auf die Wange. Gott, war sie winzig.

»Sie denken doch, dass ich leicht zerbreche«, sagte sie, lächelte aber. »Ist schon gut.«

Sie begleitete ihn zum Auto. Sie mussten noch weiter miteinander sprechen. Es war wie ein Zwang. Hauptsächlich über den Nachthimmel über dem Meer, wie schön und unendlich er war.

Sampson stieg in den Cougar, und Billie begann, zurück zum Haus zu gehen. Er schaute ihr hinterher. Es tat ihm Leid, dass dieser Abend zu Ende war und er sie wohl nie wiedersehen würde. Außerdem machte er sich um sie Sorgen. Wie war die Strohpuppe in ihr Haus gelangt?

Sie blieb bei der Verandatreppe stehen, eine Hand auf dem Geländer. Dann – als hätte sie etwas vergessen – ging Billie zurück zum Auto.

»Ich… äh…«, sagte sie und brach ab. Zum ersten Mal war sie nervös und unsicher.

Sampson nahm ihre Hände in seine. »Ich habe mich gefragt, ob ich vielleicht noch eine Tasse Kaffee bekommen könnte«, sagte er.

Sie lachte und schüttelte den Kopf. »Sind Sie immer so galant?«

Sampson zuckte mit den Schultern. »Nein«, sagte er. »In meinem ganzen Leben war ich noch nie galant.«

»Komm rein!«

56

Es war beinahe Mitternacht. Jamilla und ich lagen bis zum Hals in dem schimmernden Bergteich, von dem aus man in der Ferne Phoenix und in der Nähe die Wüste überblickte. Der Himmel über uns schien grenzenlos zu sein. Von Phoenix startete ein großer Jet, und ich musste an die Tragödie des World Trade Centers denken. Ich fragte mich, ob einer von uns je wieder ein Flugzeug am Himmel sehen könnte, ohne daran zu denken.

»Ich will nicht aus diesem Wasser raus. Niemals«, sagte Jamilla. »Ich finde es hier herrlich. Der Himmel über der Wüste hört nie auf.«

Ich hielt Jam an mich gepresst, spürte ihren kräftigen Herzschlag an meiner Brust. Die Nacht in der Wüste war kühl, deshalb fühlte man sich im lauen Wasser umso wohler.

»Ich will auch nie weg von hier«, flüsterte ich an ihrer Wange.

»Warum tun wir, was wir tun? Warum leben wir in einer Großstadt und jagen Killer? Arbeiten viele viele Stunden für wenig Geld? Sind von Morden besessen?«

Ich blickte in ihre tiefbraunen Augen. Das waren gute Fragen, die ich mir selbst schon oft gestellt hatte, besonders während der vergangenen Monate. »Irgendwie kommt es einem immer wie eine gute Idee vor. Aber nicht in diesem Moment.«

»Glaubst du, du könntest je aufhören? Ohne die Adrenalinstöße leben? Ohne die Bestätigung zu erhalten, dass es wichtig ist, was du tust? Ich bin nicht sicher, dass ich das könnte, Alex.«

Ich hatte Jamilla erzählt, dass ich wahrscheinlich den Polizeidienst in Washington quittieren würde. Sie nickte und verstand, aber verstand sie mich wirklich? Das fragte ich mich. Wie oft hatte sie Mördern von Angesicht zu Angesicht gegenübergestanden? War einer ihrer Partner je gestorben?

»Wir haben jetzt genug um den heißen Brei herumgeredet, Alex«, sagte sie. »Was denkst du über uns? Gibt es Hoffnung für uns zwei Bullen?«

Ich lächelte. »Ich finde, wir machen unsere Sache hervorragend. Aber das ist natürlich nur meine Meinung.«

»Ich glaube, ich stimme dir zu.« Jamilla lächelte. »Aber es ist noch zu früh, um etwas Bestimmtes zu sagen, richtig? Auf alle Fälle haben wir Spaß, nicht wahr? Ich habe den ganzen Tag nicht ein Mal daran gedacht, dass ich Polizistin bin. Das ist für mich das erste Mal.«

Ich küsste ihre Lippen. »Ich auch nicht. Und nichts gegen Spaß. Ich könnte in meinem Leben viel mehr Spaß gebrauchen. Das ist besser, als Mordfälle lösen.«

»Wirklich, Alex?« Sie lächelte schelmisch und zog mich an sich. »Ist es so gut für dich? Für mich ist es auch gut. Das ist genug für heute. Ich bin liebend gern hier. Ich liebe diesen Abend, und ich vertraue dir, Alex.«

Ich konnte ihr nur aus vollem Herzen zustimmen.

Es war kurz vor Mitternacht.

Im Bergteich hoch über Phoenix und der Wüste.

»Ich vertraue dir auch«, sagte ich, als der große Jet von American Airlines über unsere Köpfe flog.

Dritter Teil

Der Fußsoldat

57

Ich kam Sonntagabend um elf Uhr zurück nach Washington. Mein Schritt war beschwingt, und ich lächelte unentwegt. Ich hatte ein paar Tage lang die mühsamen Ermittlungen im Mordfall vergessen, und der Grund war Jamilla.

Nana war noch wach und wartete auf mich in der Küche. Was war das? Sie saß am Tisch, ohne die übliche Tasse Tee und ohne Buch. Als sie mich hereinkommen sah, winkte sie mich zu sich und umarmte mich. »Hallo, Alex. Hattest du eine gute Reise? Hoffentlich hast du Jamilla herzlich von mir gegrüßt.«

Ich schaute in ihre braunen Augen. Sie schienen ein wenig traurig zu sein. Das konnte sie vor mir nicht verbergen. »Ist etwas nicht in Ordnung?«

Angst hatte mich gepackt. War sie krank? Wie krank?

Nana schüttelte den Kopf.

»Nein, wirklich nicht, Schätzchen. Ich konnte nur nicht schlafen. Und jetzt erzähle mir von deiner Reise. Wie geht's Jamilla?«, fragte sie, und ihre Augen leuchteten auf. Nana mochte Jamilla. Auch das konnte sie nicht vor mir verbergen.

»Es geht ihr prächtig, und sie lässt dich auch herzlich grüßen. Sie vermisst alle. Ich hoffe, ich kann sie überreden, wieder in den Osten zu fliegen, aber du weißt ja, im Herzen ist sie Kalifornierin.«

Nana nickte. »Ich hoffe, sie kommt«, sagte sie. »Jamilla ist eine sehr starke Frau. In ihr hast du eine gleichwertige Partnerin gefunden. Ich nehme es ihr auch nicht übel, dass sie von der Westküste stammt. Und übrigens ist Oakland eher wie Washington als San Francisco. Meinst du nicht auch?«

»Absolut.«

Ich schaute Nana immer noch in die Augen. Ich begriff die Welt nicht mehr. Sie schimpfte nicht mit mir – wie sonst. Was war los? Eine Minute oder so schwiegen wir, was für uns ausgesprochen ungewöhnlich war. Normalerweise diskutieren wir heftig, bis einer aufgibt.

»Weißt du, ich bin zweiundachtzig. Ich habe mich nie so gefühlt, eher wie siebzig oder fünfundsiebzig, na ja, sogar achtzig. Aber, Alex, jetzt spüre ich plötzlich mein Alter. Ich bin *zweiundachtzig.* Ob mir's gefällt oder nicht.«

Sie nahm meine Hand und drückte sie. Die Traurigkeit war wieder in ihren Augen zu sehen, vielleicht sogar ein wenig Angst.

Ich spürte einen Kloß im Hals. Etwas stimmte nicht mit ihr. Was war es? Warum wollte sie es mir nicht sagen?

»In letzter Zeit hatte ich Schmerzen in der Brust und Kurzatmigkeit. Angina soundso. Nicht so gut, nicht so gut.«

»Warst du bei Dr. Rodman? Oder bei Bill Montgomery?«, fragte ich.

»Ich war bei Kayla Coles. Sie war in der Nachbarschaft und hat einen Mann ein paar Häuser weiter behandelt.«

Ich begriff nicht. »Wer ist Kayla Coles?«

»Dr. Kayla Coles macht im Southeast Hausbesuche. Sie hat ungefähr ein Dutzend Ärzte und Krankenschwestern zusammengetrommelt, die den Menschen in dieser Gegend helfen. Sie ist eine fantastische Ärztin und ein guter Mensch, Alex. Sie tut im Southeast viel Gutes. Ich mag sie sehr.«

Ich ärgerte mich ein wenig. »Nana, du bist kein Fall für die Wohlfahrt. Wir haben genug Geld, dass du dir den Arzt aussuchen kannst.«

Nana presste die Augen zusammen. »Bitte, hör mir zu, und zwar aufmerksam. Ich bin zweiundachtzig und werde nicht ewig leben. Auch wenn ich das gern täte. Aber ich kümmere mich selbst um mich, und das werde ich auch in Zukunft tun.

Ich mag Kayla Coles, und ich vertraue ihr. Deshalb habe ich sie mir ausgesucht.«

Langsam stand Nana auf, küsste mich auf die Wange und ging ins Bett. Zumindest stritten wir uns wieder.

58

Später ging ich in mein Arbeitszimmer auf dem Dachboden. Alle schliefen, und im Haus war es still.

Ich arbeite gern, wenn alles so friedlich ist. Ich machte mich wieder an die Armee-Fälle. Ich konnte sie nicht vergessen, wollte es auch nicht. Die Leichen bunt bemalt. Diese unheimlichen Strohpuppen. Das noch unheimlichere, alles sehende Auge. Unschuldige Soldaten zu Unrecht mit dem Tod bestraft.

Und wer wusste schon, wie viele weitere Soldaten für eine Hinrichtung vorgesehen waren?

Vor mir lag jede Menge Material, das ich durchsehen musste. Selbst wenn nur einige dieser Hinrichtungen miteinander verknüpft werden konnten, würde das in der Armee wie eine Bombe einschlagen. Ich setzte meine Nachforschungen fort, dazu suchte ich nach Hintergrundinformationen über die Strohpuppen und das böse Auge. Ich suchte im Internet über Lexis-Nexis, das Informationen aus den meisten lokalen und nationalen und auch einigen internationalen Zeitungen enthielt. Viele Polizisten unterschätzen die Nützlichkeit von Recherchen in der Presse, ich nicht. Ich habe Verbrechen mit Hilfe von Informationen gelöst, die Polizisten an die Presse weitergegeben hatten.

Ich las Berichte über einen ehemaligen Privat First Class in Hawaii. Er war angeklagt, fünf Männer während Sex-Sklaverei-Folter-Orgien in den Jahren 1998 bis 2000 getötet zu haben. Er saß zur Zeit in der Todeszelle.

Ein Captain in der Armee hatte vor nicht ganz drei Monaten zwei junge Offiziere getötet. Er war verurteilt worden und wartete auf seine Hinrichtung. Seine Frau war in Berufung gegangen. Man hatte ihn aufgrund von DNA-Beweisen überführt.

Ich machte mir eine Notiz: *Vielleicht mit ihm reden.*

Plötzlich wurde ich bei meiner Lektüre durch Schritte unterbrochen, die zu mir heraufkamen.

Jemand kam die Treppe herauf.

Adrenalin schoss durch meinen Körper. Ich griff in die Schreibtischschublade und legte die Hand auf meine Pistole.

Plötzlich stürzte Damon ins Zimmer. Er war schweißgebadet und wirkte völlig verstört. Nana hatte mir gesagt, dass er in seinem Zimmer schliefe. Offensichtlich war dem nicht so. Er war wohl gar nicht im Haus gewesen.

»Damon?«, sagte ich und stand auf. »Wo bist du gewesen?«

»Komm mit, Dad. Bitte. Es geht um meinen Freund. Ramon ist krank! Dad, ich glaube, er stirbt.«

59

Wir rannten zu meinem Wagen, und unterwegs berichtete Damon mir, was mit seinem Freund Ramon los war. Beim Sprechen zitterten seine Hände.

»Er hat E genommen, Dad. Er nimmt schon seit ein paar Tagen E.«

Ich kannte E. Es war eine der Modedrogen in Washington, besonders unter Highschool-Schülern und Studenten an der George Washington und Georgetown University.

»Dann ist Ramon nicht in die Schule gegangen?«, fragte ich.

»Nein. Er ist auch nicht nach Hause gegangen, sondern war in einem verlassenen Wohnblock unten am Fluss.«

Ich kannte diese Gegend am Fluss und raste mit rotem Polizeilicht auf dem Wagendach und mit Sirene dorthin. Ich hatte Ramon Ramirez kennen gelernt und wusste auch über seine Eltern Bescheid. Beide waren Musiker und rauschgiftsüchtig. Ramon spielte mit Damon Baseball. Er war zwölf. Ich fragte mich, wie weit Damon in die Sache verstrickt war, aber jetzt war keine Zeit für derartige Fragen.

Ich parkte, dann gingen Damon und ich in den heruntergekommenen Wohnblock beim Anacostia River. Er war drei Stockwerke hoch, die meisten Fenster waren vernagelt.

»Warst du hier schon mal?« fragte ich Damon.

»Ja, ich war hier. Ich wollte Ramon helfen. Ich konnte ihn doch nicht einfach im Stich lassen, oder?«

»War Roman bei Bewusstsein, als du ihn verlassen hast?«, fragte ich.

»Ja, aber er hatte die Zähne zusammengebissen, und dann hat er gekotzt. Seine Nase hat geblutet.«

»Okay, schauen wir mal, wie's ihm geht. Bleib dicht bei mir.«

Wir rannten einen dunklen Korridor entlang, dann um eine Ecke. Ich roch den Gestank von Müll und einem Feuer, das vor kurzem noch gebrannt hatte.

Dann kam die Überraschung. Zwei Sanitäter und eine Notärztin waren bereits in dem kleinen Zimmer und arbeiteten an einem Jungen. Ich konnte Ramons schwarze Turnschuhe und hochgerollte Hosen sehen. Nichts bewegte sich.

Die Ärztin hatte über Ramon gekniet und stand jetzt auf. Sie war groß und kräftig und hatte ein hübsches Gesicht. Ich hatte sie noch nie gesehen. Ich ging zu ihr und zeigte ihr meine Polizeimarke, was sie aber nicht sehr zu beeindrucken schien.

»Ich bin Detective Cross«, sagte ich. »Wie geht's dem Jungen?«

Die Frau musterte mich scharf. »Ich bin Kayla Coles. Wir bemühen uns um ihn. Genaues kann ich noch nicht sagen. Jemand hat neun-eins-eins angerufen. Hast du angerufen?« Sie schaute Damon an. Jetzt wurde mir klar, dass sie die Ärztin war, von der Nana gesprochen hatte.

Damon beantwortete ihre Frage. »Jawohl, Ma'am.«

»Hast du auch irgendwelche Drogen genommen?«, fragte sie.

Damon schaute mich an, dann Dr. Coles. »Ich nehme keine Drogen. Das ist blöd.«

»Aber deine Freunde schon, oder? Hast du blöde Freunde?«

»Ich wollte ihm doch bloß helfen.«

Dr. Cole schaute ihn ernst an, dann nickte sie. »Wahrscheinlich hast du deinem Freund das Leben gerettet.«

Ich wartete mit Damon in dem tristen stinkenden Zimmer, bis wir erfuhren, dass Ramon durchkommen würde. Diesmal. Dr. Kayla Coles blieb die ganze Zeit über bei ihm. Wie ein Schutzengel schwebte sie über Ramon. Damon konnte noch kurz mit Ramon sprechen, ehe sie ihn in den Krankenwagen trugen. Ich sah, wie er seinem Freund die Hand drückte. Es war fast zwei Uhr morgens, als wir endlich den Wohnblock verließen.

»Alles in Ordnung?«, fragte ich Damon.

Er nickte, aber dann fing er am ganzen Leib an zu zittern, lehnte sich an meinen Arm und schluchzte.

»Ist schon gut. Ist schon gut«, tröstete ich ihn.

Ich legte den Arm um seine Schultern, und wir fuhren nach Hause.

60

Thomas Starkey, Brownley Harris und Warren Griffin flogen getrennt nach New York City. Alle starteten vom Raleigh-Durham-Flughafen aus. So war es sicherer und klüger, und sie arbeiteten immer unter der Voraussetzung, dass sie schließlich die Besten waren. Sie durften keine Fehler machen, besonders jetzt nicht.

Starkey saß in der Fünf-Uhr-Maschine, die North Carolina verließ. Er plante, die anderen im Palisade Motel in Highland Falls, New York, zu treffen, dicht bei der Militärakademie der Vereinigten Staaten, West Point. Dort würde es einen Mord geben. Eigentlich zwei Morde.

Dann würde die Mission vorüber sein.

Was hatte Martin Sheens kommandierender Offizier in dem Film *Apokalypse Now* zu ihm gesagt? »Vergessen Sie nicht, Captain, es gibt keine Mission. Es hat nie eine Mission gegeben.« Unwillkürlich zog Starkey den Vergleich. Ja, ihr Job war auch so. Diese Mission hatte sich über eine lange Zeit erstreckt. Jeder Mord war kompliziert gewesen. Während der letzten zwei Monate war Starkey schon dreimal nach New York geflogen, dies war sein vierter Flug. Immer noch hatte er keine Ahnung, für wen er arbeitete. Er hatte den Bastard nie kennen gelernt.

Trotz allem hatte er sich sehr zuversichtlich gefühlt, als die Maschine der Delta abends abgehoben hatte. Er unterhielt sich mit der Flugbegleiterin, vermied aber jeden Flirt, dem er unter anderen Umständen keineswegs abgeneigt gewesen wäre. Er wollte nicht, dass man sich an ihn erinnerte, deshalb steckte er den Kopf in einen Tom-Clancy-Thriller, den er am Flughafen gekauft hatte. Starkey identifizierte sich mit Clancys Personen wie Jack Clark und John Patrick Ryan.

Sobald die Flughöhe erreicht war und Drinks serviert wurden, dachte Starkey noch mal den Plan für die bevorstehenden letzten Morde durch. Es war alles in seinem Kopf, nichts war je aufgeschrieben worden. Es war auch in Harris' und Griffins Köpfen. Er hoffte, die beiden würden nicht in irgendwelche Schwierigkeiten geraten, ehe sie heute Abend nach West Point kamen. In der Nähe, in New Windsor, gab es einen ziemlich üblen Striptease-Schuppen, der Bed Room hieß, aber sie hatten ihm versprochen, im Motel zu bleiben.

Schließlich lehnte Starkey sich zurück, schloss die Augen und widmete sich wieder der Mathematik. Es war ein beruhigendes Ritual, besonders, da sie kurz vor dem Abschluss standen.

$ 100 000 pro Mann für die ersten drei Treffer,
$ 150 000 für den vierten,
$ 200 000 für den fünften,
$ 250 000 für West Point,
$ 500 000 Bonus, wenn alles erledigt war.

Es war beinahe vorbei.

Und Starkey hatte immer noch keinen blassen Schimmer, wer für die Morde bezahlte oder weshalb.

61

Scharfe steile Granitklippen überragten den Hudson River in West Point. Starkey kannte die Gegend gut. Später am Abend fuhr er die Hauptstraße von Highland Falls hinunter, vorbei an Zuckerbäckerhotels, Pizzerien und Souvenirläden. Er fuhr durchs Thayer Gate, mit dem mit Türmchen verzierten Wachturm, wo ein Militärpolizist mit steinerner Miene Wache stand. *Mord in West Point*, dachte er. *Mann, o Mann*!

Für die nächsten Minuten verdrängte Starkey die Gedanken an den Job und ließ die Eindrücke von West Point an sich vorbeiziehen. Eindrücke und Erinnerungen. Starkey war hier Kadett gewesen wie die zwei Jungs, die er zurück zu den Unterkünften laufen sah. Damals hatte er das Motto der Kadetten »Immer auf die harte Tour, Sir!« über tausend Mal gebrüllt.

Gott, er liebte hier alles: die moralische Haltung, die Disziplin, die Körperertüchtigung.

Die Kadettenkapelle stand oben auf einem Hügel, von dem aus man über die Ebene hinwegschaute. Sie war eine Mischung aus einer mittelalterlichen Kathedrale und einer Festung und beherrschte die gesamte Umgebung. Der Campus bestand aus mammutgrauen Steingebäuden, die ebenfalls den Eindruck einer Festung erweckten. Ein überwältigendes Gefühl von Festigkeit und Beständigkeit. *Schon bald würde alles kräftig erschüttert werden.*

Harris und Griffin warteten auf ihn auf dem Gelände. In der nächsten Stunde beobachteten sie abwechselnd das Bennett-Haus am Bartlett Loop, einem Teil West Points, das für Offiziere und deren Familien reserviert war. Das Haus war aus rotem Backstein gebaut und hatte weiße Festerrahmen. Efeu wucherte die Wände empor. Langsam kräuselte sich Rauch aus dem Kamin. Es hatte vier Schlafzimmer und zwei Badezimmer. Auf der Unterkunftskarte war es als Quartier Nr. 130 eingetragen.

Gegen halb zehn Uhr erkundeten die drei Killer den Golfplatz von West Point, am Seventeenth Fairway. Sie sahen nicht einen Menschen auf dem hügeligen Golfkurs, der die Grenze der Militärakademie bildete. Route 9 W verlief direkt westlich davon.

»Das könnte leichter werden, als wir gedacht haben«, sagte Warren Griffin. »Beide sind zu Hause, machen es sich gemütlich, ahnen nichts Böses.«

Starkey schaute Griffin missbilligend an. »Das finde ich nicht. Es gibt eine Redensart: ›Immer auf die harte Tour, Sir.‹ Vergiss das nicht. Und vergesst nicht, dass Robert Bennett bei den Special Forces war. Das ist kein Architekt aus der Großstadt, der mal auf dem Appalachian Trail übernachtet.«

Griffin nahm Haltung an. »Tut mir Leid, Sir. Wird nicht wieder vorkommen.«

Kurz vor zehn Uhr bahnten sich die drei einen Weg durch den Wald und das Unterholz, das an den hinteren Garten von Quartier Nr. 130 grenzte. Starkey schob einen widerspenstigen Fichtenast beiseite und sah das Haus vor sich.

Dann entdeckte er Colonel Robert Bennett in der Küche.

Kriegsheld, Vater von fünf Kindern, Ehemann seit sechsundzwanzig Jahren, ehemaliger Angehöriger der Special Forces in Vietnam.

Bennett hielt ein Glas mit Rotwein in der Hand und schien die Zubereitung des Abendessens zu überwachen. Barbara Bennett kam in Sicht. Sie leistete die gesamte Arbeit. Jetzt trank sie auch einen Schluck Wein. Robert Bennett küsste sie auf den Nacken. *Für ein Paar, das über zwanzig Jahre verheiratet ist, scheinen sie sich immer noch zu lieben. Pech für sie*, dachte Starkey, behielt den Gedanken aber für sich.

»An die Arbeit«, sagte er. »Das letzte Stück des Puzzles.«

Und es war in der Tat ein Puzzle – auch für die Mörder.

62

Robert und Barbara Bennett hatten sich gerade zum Abendessen hingesetzt, als die drei schwer bewaffneten Männer durch die Hintertür in die Küche stürmten. Colonel Bennett sah ihre Waffen und die Tarnuniformen. Es fiel ihm aber auch auf, dass keiner der Männer eine Maske trug. Er sah ihre Gesichter und wusste, dass es nicht schlimmer kommen konnte.

»Wer sind Sie? Robert, wer sind diese Männer?«, stammelte Barbara. »Was soll das alles bedeuten?«

Unglücklicherweise wusste Colonel Bennett genau, wer sie waren, vielleicht sogar, wer sie geschickt hatte. Er war nicht sicher, aber er glaubte, einen wiederzuerkennen, den er vor langer Zeit mal gekannt hatte. Er erinnerte sich jetzt sogar an den Namen – *Starkey. Ja, Thomas Starkey. Guter Gott, warum jetzt? Nach all den Jahren*?

Einer der Eindringlinge zog die bunten Gardinen vor die beiden Küchenfenster. Mit dem freien Arm wischte er Teller, Hühnchen, Salat und Weingläser vom Tisch auf den Fußboden. Bennett verstand, dass er das tat, um die dramatische Wirkung zu verstärken.

Ein anderer Mann hielt eine Maschinenpistole an Barbara Bennetts Schläfe.

In der Küche herrschte totale Stille.

Colonel Bennett schaute seine Frau an, es brach ihm fast das Herz. Ihre blauen Augen waren weit aufgerissen, sie zitterte am ganzen Leib. »Es wird alles gut«, sagte Bennett so ruhig, wie er konnte.

»Ach ja, Colonel?« Starkey sprach zum ersten Mal. Er gab dem dritten Mann ein Zeichen. Dieser packte Barbaras weiße Bauernbluse und riss sie auf. Barbara rang nach Luft und versuchte, ihre Blöße zu bedecken. Dann riss ihr das Schwein den Büstenhalter herunter. Selbstverständlich war das nur Effekthascherei, aber dann starrte der Mann auf Barbaras Brüste.

»Lasst sie in Ruhe! Tut ihr nicht weh!«, rief Bennett. Es klang wie ein Befehl, als sei er in der Position, einen solchen zu erteilen.

Der Mann, der Starkey hieß, verpasste ihm einen Schlag mit dem Pistolenkolben. Bennett ging zu Boden und glaubte, dass sein Unterkiefer gebrochen war. Beinahe verlor er das Bewusstsein, aber es gelang ihm, wach zu bleiben. Seine Wange wurde auf die kalten Fliesen des Küchenbodens gepresst. Er brauchte einen Plan – selbst ein verzweifelter Plan würde genügen.

Starkey stand direkt über ihm. Und jetzt wurde es total irre. Er sprach vietnamesisch.

Einige Worte verstand Colonel Bennett. Er hatte während des Krieges genügend Verhöre durchgeführt, als er etliche Kid-Carson-Späher in Vietnam und Laos befehligt hatte.

Dann sprach Starkey englisch. »Sie sollten Angst haben, Colonel. Sie werden heute Abend leiden. Und Ihre Frau ebenso. Sie müssen für etliche Sünden büßen. Sie wissen, um welche es sich handelt. Heute wird auch Ihre Frau alles über Ihre Vergangenheit erfahren.«

Colonel Bennett tat so, als hätte er das Bewusstsein verloren. Als einer der bewaffneten Männer sich über ihn beugte, stieß er sich vom Boden ab und packte dessen Pistole. Der einzige Gedanke in Bennetts Kopf war, diese Pistole zu bekommen. *Und jetzt hatte er sie*!

Doch dann traf ihn ein furchtbarer Schlag auf den Kopf, dann auf die Schultern und den Rücken. Man schrie ihn auf Vietnamesisch an und prügelte weiter auf ihn ein. Er sah, wie eines der Schweine seiner Frau mit der Faust ins Gesicht schlug. Aus keinem ersichtlichen Grund.

»Aufhören! Tut ihr nicht weh, um Himmels willen.«

»Mày sẽ nhìn cô ấy chết«, brüllte Starkey auf Vietnamesich.

Jetzt kannst du zusehen, wie sie stirbt.

»Trong lúc tao hỏi mày.«

Während ich dich verhöre, du Schwein.

»Mày thấy cảnh này có quen không, Robert?«

Klingt das vertraut, Robert?

Dann steckte Starkey seine Pistole in Colonel Bennetts Mund. »Erinnern Sie sich, Colonel? Erinnern Sie sich, was als Nächstes kommt?«

63

Sampson und ich kamen am Donnerstagnachmittag kurz nach fünf nach West Point. Dort war die Hölle los.

Ich hatte einen dringenden Anruf von Ron Burns beim FBI erhalten. In West Point hatte es einen Mord mit anschließendem Selbstmord gegeben, der auf Anhieb verdächtig klang, als er in Washington gemeldet worden war. Ein hochdekorierter Colonel hatte angeblich seine Frau umgebracht, dann sich selbst.

Sampson und ich flogen zum Stewart-Flughafen in Newburgh, dann fuhr ich die achtzehn Meilen nach West Point. Wir mussten unseren Mietwagen parken und die letzten Blocks zu den Offiziersquartieren zu Fuß gehen.

Die Straßen waren abgesperrt und für den Durchgangsverkehr geschlossen. Die Presse war vor Ort, aber die Militärpolizei drängte sie zurück. Selbst die Kadetten schauten neugierig und besorgt drein.

»Du und Burns und das FBI, ihr werdet ja bald dicke Freunde«, meinte Sampson, als wir zum Tatort Bartlett Loop gingen. »Er gibt dir viel Hilfestellung.«

»Er hat es sich in den Kopf gesetzt, dass ich fürs FBI arbeiten will«, erklärte ich Sampson.

»Und? Willst du?«

Ich lächelte Sampson an, bestätigte es nicht, leugnete es aber auch nicht.

»Ich dachte, du wolltest den Polizeidienst quittieren, Süßer. War das nicht der große Meisterplan?«

»Im Augenblick weiß ich überhaupt nichts sicher. Ich bin hier, mit dir, auf dem Weg zu einem neuen, total beschissenen Mordfall. Die gleiche Scheiße, nur ein anderer Tag.«

»Du bist immer noch besessen, Alex. So schlimm wie eh und je, richtig?«

Ich schüttelte den Kopf. »Nein, ich bin *nicht* besessen von diesem Fall, John. Ich helfe dir nur. Erinnerst du dich, wie alles angefangen hat? Rache für Ellis Cooper.«

»Ja, wir sind beide besessen. Du kannst dieses Puzzle nicht lösen. Das macht dich wütend und verflucht neugierig. So bist du nun einmal, Alex. Du bist und bleibst ein Jäger.«

»Ich bin, was ich bin, sagte Popeye der Matrose.« Ich schüttelte den Kopf, musste aber lächeln.

64

Das Haus der Bennetts war abgesperrt. Sampson und ich wiesen uns bei einem nervös wirkenden Militärpolizisten am Rande des Tatorts aus. Mir war klar, dass der junge Mann noch nie etwas so Schreckliches gesehen hatte. Ich leider schon.

Nachdem wir die Wegwerfstiefel aus Papier angezogen hatten, durften wir die drei Steinstufen hinaufgehen, die ins Haus führten. Dann suchten wir nach einen CID-Offizier, der Pat Conte hieß. Die Armee »kooperierte« wegen der anderen Fälle. Sie ließen auch ein Spurensicherungsteam vom FBI arbeiten, um ihren guten Willen zu zeigen.

Ich fand Captain Conte in dem schmalen Gang vor dem Wohnzimmer. Offenbar hatten sich die Morde in der Küche abgespielt. Die Beamten der Spurensicherung staubten überall nach Fingerabdrücken und fotografierten den Tatort aus jedem Winkel.

Wir schüttelten Conte die Hand, dann berichtete er uns alles, was er wusste oder zu diesem Zeitpunkt zu wissen glaubte.

»Bis jetzt kann ich Ihnen nur das Offensichtliche bieten. Wie es aussieht, hatten Colonel Bennett und seine Frau Streit, der anscheinend in Gewalttätigkeit ausartete. Eine Zeit lang muss sie ebenso gut ausgeteilt wie eingesteckt haben. Dann griff Bennett zu seinem Dienstrevolver. Er schoss sie in die Schläfe, dann erschoss er sich selbst. Freunde sagen, dass sich das Ehepaar sehr nahe stand, aber häufig stritt, manchmal kam es dabei auch zu Handgreiflichkeiten. Wie Sie sehen können, fand die Schießerei in der Küche statt. Irgendwann gestern Abend.«

»So war also Ihrer Meinung nach der Tathergang?«, fragte ich Conte.

»Zu diesem Zeitpunkt, ja, das ist meine Aussage.«

Ich schüttelte den Kopf und spürte, wie Wut in mir aufstieg. »Man hat mir gesagt, dass wir hier mit Kooperation rechnen könnten – wegen des möglichen Zusammenhangs mit anderen Morden.«

Captain Conte nickte. »Aber so ist es doch. Ich habe Ihnen gerade meine volle Kooperation gezeigt. Und jetzt entschuldigen Sie mich, auf mich wartet hier Arbeit.« Damit ging er.

Sampson zuckte mit den Schultern, als wir dem CID-Officer hinterherschauten. »Ich kann nicht sagen, dass ich es ihm besonders übel nehme. Ich würde auch nicht wollen, dass du und ich am Tatort herumpfuschen.«

»Dann los. Pfuschen wir herum.«

Ich ging in die Küche zu den FBI-Leuten von der Spurensicherung, um zu hören, ob sie uns etwas sagen konnten. Sie arbeiteten so sorgfältig wie üblich. Wenn man die normale Abneigung gegen das FBI in Betracht zog, war es erstaunlich, wie viel Achtung man der Spurensicherung entgegenbrachte. Der Grund dafür ist, dass sie sehr, sehr gut sind.

Zwei Mitglieder der Spurensicherung machten Polaroidfotos in der Küche. Ein anderer, im weißen Overall, »Häschenanzug« genannt, suchte mit einer speziellen Lichtquelle nach Haaren und Fasern. Alle trugen Gummihandschuhe und Papierschutz über den Schuhen. Der Leiter war ein Mann namens Michael Fescoe. Ich hatte ihn schon unten am Appalachian Trail kennen gelernt, wo er die Tatortuntersuchungen im Wald durchgeführt hatte.

»CID bietet Ihnen auch volle Kooperation an?«, fragte ich.

Er kratzte sich die kurzen hellbraunen Haare. »Ich kann Ihnen gern meine Version sagen, und die ist ein bisschen anders als die von Captain Conte.«

»Bitte«, sagte ich.

Fescoe begann. »Die Killer, wer auch immer sie gewesen sind, haben bei der Tat und bei der anschließenden Reinigung ganze Arbeit geleistet. Sie haben das schon früher gemacht.

Das sind Profis vom Scheitel bis zur Sohle. Genau wie die Mörder in West Virginia.«

»Wie viele waren es Ihrer Meinung nach?«, fragte ich.

Fescoe hielt drei Finger hoch. »Drei Männer. Sie haben die Bennetts beim Abendessen überrascht und ermordet. Diese Männer haben keine Hemmschwelle, gewalttätig zu werden. Sie können mich gern zitieren.«

65

Es war Zeit, zu feiern! Es war vorbei. Starkey, Harris und Griffin bestellten in Spark's Restaurant an der East Fortysixth Street in Manhattan obszön große Porterhouse-Steaks, selbstverständlich sehr blutig, dazu Jumbogarnelen. Für jemand mit jeder Menge Knete in der Tasche gibt es keinen Ort, schneller glücklich zu werden, als New York City.

»Drei Jahre – aber jetzt ist es endlich vorbei«, sagte Harris und hob das Glas mit Cognac, an diesem Abend sein vierter Drink nach dem Essen.

»Außer unser geheimnisvoller Wohltäter ändert seine Meinung«, warnte Starkey. »Das könnte passieren. Noch ein Schlag. Oder vielleicht eine Komplikation, mit der wir nicht gerechnet haben. Aber das heißt nicht, dass wir heute Abend nicht die Sau rauslassen sollten.«

Brownley Harris aß das letzte Stück Käsekuchen und tupfte sich den Mund mit einer Stoffserviette ab. »Morgen geht's zurück nach Rocky Mount. Das gute Leben, das nicht so übel ist. Endlich sind wir aus dem Spiel raus, unbesiegt und nie erwischt. Jetzt kann uns niemand mehr was anhaben.«

Warren Griffin grinste nur. Er war ziemlich betrunken, Harris ebenso. Aber nicht Starkey. Er sagte: »Wie gesagt, heute Abend lassen wir die Sau raus, Männer. Das haben wir uns, verdammt noch mal, verdient. Wie in den guten alten Zeiten, Saigon, Bangkok und Hongkong. Der Abend ist jung, und wir sind voller Unsinn, Pisse und Essig.« Er beugte sich zu den Freunden hinüber. »Heute Abend möchte ich vergewaltigen und plündern. Das ist unser Recht.«

Die drei Freunde verließen das Restaurant und schlenderten zur East Fiftysecond, zwischen First und York. Das Backsteinhaus, vor dem sie stehen blieben, hatte schon bessere Tage gesehen. Vier Stockwerke. Kein Portier. Starkey kannte es unter dem Namen Asien-Haus.

Er klingelte und lauschte auf die Haussprechanlage. Er war früher schon hier gewesen.

Eine Frau antwortete mit erotischer rauchiger Stimme. »Hallo. Darf ich um Ihr Kennwort bitten, Gentlemen?«

Starkey sagte auf Vietnamesisch: »Silber Mercedes 11.«

Man ließ sie ein. »Các em đang chờ. Em đẹp hết xảy«, sagte die Frau auf Vietnamesisch. *Die Ladys warten, und sie sind atemberaubend.*

»Das sind wir auch«, sagte Starkey und lachte.

Starkey, Harris und Griffin gingen die mit rotem Teppich belegten Treppenstufen hinauf. Auf dem Absatz im ersten Stock war eine schlichte graue Tür.

Eine junge schlanke Asiatin öffnete. Sie war nicht älter als achtzehn und sah traumhaft aus. Breitbeinig stand sie auf der Schwelle. Sie trug einen schwarzen Büstenhalter und den passenden Slip, hohe Strümpfe und Sandalen mit hohen Absätzen.

»Hallo«, sagte sie auf Englisch. »Ich bin Kym. Willkommen. Ihr seid wirklich gut aussehende Männer. Das wird auch für uns ein Riesenspaß.«

»Du bist sehr schön, Kym«, sagte Starkey wieder auf

Vietnamesisch. »Und dein Englisch ist perfekt.« Dann holte er einen Revolver heraus und zielte zwischen die Augen des Mädchens. »Kein Wort, oder du stirbst. Und zwar direkt hier, Kym. Dein Blut überall auf dem Teppich und an den Wänden.«

Er schob das Mädchen in ein Wohnzimmer, wo drei weitere Mädchen auf zwei kleinen Couchen saßen. Auch sie waren junge und ebenfalls sehr hübsche Asiatinnen.

Sie trugen Seidennegligees – lavendelfarben, rot und rosa, mit farblich passenden Strümpfen und hochhackigen Schuhen. Victorias Geheimnis.

»Ganz ruhig, Ladys. Kein Wort«, sagte Starkey und richtete abwechselnd die Waffe auf die Mädchen.

»Schscht!« Brownley Harris hielt den Zeigefinger an die Lippen. »Wir tun niemandem weh. Das wollen wir nicht. Vertraut mir, meine kleinen asiatischen Püppchen.«

Starkey riss die Tür hinten im Wohnzimmer auf. Er überraschte eine ältere Frau, wahrscheinlich die Stimme aus der Sprechanlage, und einen bulligen Rausschmeißer in schwarzem T-Shirt und Turnschuhen, auf denen ZERMALMEN stand. Sie aßen chinesisches Essen aus Pappkartons.

»Wir tun niemandem weh«, sagte Starkey auf Vietnamesisch, als er hinter sich die Tür schloss. »Hände hoch!«

Langsam hoben der Mann und die Frau die Hände. Starkey erschoss sie mit dem Revolver mit Schalldämpfer. Dann ging er ruhig zu den Hightech-Geräten und nahm ein Band heraus. Selbstverständlich hatte die Kamera am Vordereingang ihre Ankunft aufgezeichnet.

Starkey ließ die zusammengesunkenen blutigen Leichen liegen und ging zurück ins Wohnzimmer. Die Party hatte ohne ihn angefangen. Brownley Harris küsste das junge hübsche Mädchen, das ihnen aufgemacht hatte. Er hatte Kym hochgehoben und hatte ihren winzigen Mund auf seinen gepresst. Sie war zu verängstigt, um sich zu wehren.

»Mấy cái này mởi đem lại nhiều kỷ niệm«, sagte Starkey und lächelte seine Freunde an – und auch die Frauen.

Daraus sind Erinnerungen gemacht.

66

Sie hatten das schon viele Male getan und nicht nur in New York. Sie hatten Siege in Hongkong, Saigon, Frankfurt, Los Angeles, sogar in London »gefeiert«. Alles hatte in Südvietnam angefangen, als sie noch Teenager und Anfang zwanzig gewesen waren, als der Krieg tobte und der Irrsinn sie auf allen Seiten umgab. Starkey nannte es »Blutrausch«.

Die vier Asiatinnen waren vor Angst wie versteindert, das war der Kitzel für Starkey. Er fuhr total auf die Angst in ihren Augen ab. Starkey glaubte, das alle Männer darauf abfuhren, es aber nur wenige zugaben.

»Bọn tao muốn liên hoan!«, brüllte er.

Wir wollen jetzt eine Party feiern.

»Chỉ liên hoan, thế thôi.«

Es ist eine Feier.

Starkey erfuhr die Namen der Mädchen: Kym, Lan, Susie und Hoa. Sie waren hübsch, aber Kym war wirklich schön. Ein schlanker Körper mit kleinen Brüsten, zarte Gesichtszüge das Beste eines komplizierten Erbes, das chinesisch, französisch und indisch sein konnte.

Harris fand in der kleinen Küche Flaschen mit Scotch und Champagner. Er reichte den Stoff herum und zwang auch die Mädchen, mitzutrinken.

Der Alkohol beruhigte sie, aber Kym fragte immer wieder nach der Besitzerin. Gelegentlich klingelte es unten. Kyms

Englisch war am besten, deshalb wurde ihr befohlen, zu sagen, die Mädels seien heute Abend beschäftigt – eine Privatparty. »Kommen Sie ein anderes Mal wieder, danke.«

Griffin ging mit zwei Mädchen nach oben in die nächste Etage. Starkey und Harris schauten sich an und verdrehten die Augen. Starkey passte auf, sobald Griffin oben war. Wenigstens hatte er ihnen zwei Hübsche gelassen. Kym und Lan.

Starkey forderte Kym zum Tanz auf. Ihre Schlitzaugen glänzten wie dunkler Purpur. Abgesehen von ihren Sandalen mit den siebeneinhalb Zentimeter hohen Absätzen, war Kym jetzt splitterfasernackt. Ein altes Lied von den Yardbirds ertönte aus dem Radio. Beim Tanzen erinnerte sich Starkey, dass vietnamesische Frauen wegen ihrer Größe Komplexe hatten, zumindest wenn sie mit Amerikanern zusammen waren. Aber vielleicht hatten auch amerikanische Männer Probleme mit der Größe? Oder der Länge?

Harris sprach mit Lan englisch. Er reichte ihr eine Flasche Champagner. »Trink«, sagte er. »Nein, unten trinken, Baby.«

Das Mädchen verstand seine Worte oder obszönen Gesten. Schulterzuckend legte sie sich auf die Couch und steckte die Flasche Champagner in ihre Scheide und wischte sich lächelnd die Lippen ab. »Ich hatte Durst«, sagte sie auf Englisch.

Der Scherz wurde mit lautem Gelächter belohnt, die Spannung löste sich.

»Bạn cũng phải uống nữa«, sagte Lan.

Trink du auch.

Harris lachte und reichte Kym die Flasche. Sie hob ein Bein und schob die Flasche in sich hinein, ohne sich zu setzen. Dort hielt sie sie, während sie mit Starkey tanzte. Dabei verschüttete sie Champagner über den Teppich und ihre Schuhe. Jetzt lachten alle schallend.

»Das kitzelt«, sagte Kym und setzte sich auf die Couch.

»Jetzt juckt es mich da drinnen. Willst du kratzen?«, fragte sie Starkey.

Das Springmesser schien aus dem Nichts zu kommen. Kym stach damit nach Starkey, aber ohne ihn zu treffen. Sie schrie: »Du gehen! Jetzt gleich! Oder ich steche dich schlimm.«

Da hielt Starkey schon den Revolver in der Hand. Er war ganz ruhig. Er ging zum Radio und schaltete die laute Musik aus. Schweigen. Stille und Angst. Unglaubliche Spannung im Raum. Überall, nur nicht auf Starkeys Gesicht.

»Đứng, đứng!«, schrie Kym. »Hãy dẹp súng ống sang một bên đi bồ.«

Nein, nein! Steck den Revolver weg!

Starkey trat einen Schritt näher zu Kym. Er hatte vor dem Springmesser keine Angst, es war, als wüsste er genau, dass er nie so sterben würde. Er wand ihr das Messer aus der Hand und drückte ihr den Revolver an die Schläfe.

Tränen flossen über die zarten Wangen des Mädchens. Starkey wischte sie ab. Sie lächelte ihn an. »Hãy yêu tôi đi, anh bạn«, flüsterte sie.

Mach Liebe mit mir, Soldatenmann.

Starkey war hier in dieser Wohnung in New York, aber sein Kopf war in Vietnam. Kym bebte am ganzen Körper, das liebte er – und diese totale Kontrolle, das Böse, zu dem er fähig war, die Elektrizität, die jetzt durch seinen Körper floss.

Er schaute Harris an, der ebenfalls die Waffe gezogen hatte, und sein Freund wusste Bescheid. Er *wusste* es.

Sie feuerten die Revolver gleichzeitig ab.

Die Mädchen wurden zurück gegen die Wand geschleudert und glitten dann auf den Fußboden. Kym zitterte am ganzen Körper, sie war dem Tode nahe. »Warum?«, flüsterte sie.

Starkey zuckte nur die Schultern.

Oben hörte man zwei weitere *Pfffts*. Dann der Klang fallender Körper. Susie und Hoa. Warren Griffin hatte auf sie gewartet. Auch er wusste Bescheid.

Es war genau wie im An-Lao-Tal in Vietnam.

Wo der Irrsinn begonnen hatte.

67

Nachdem Sampson und ich im Haus von Colonel Bennett fertig waren, mieteten wir uns im Hotel Thayer, direkt auf dem Gelände West Points, zwei Zimmer. Ich dachte immer noch an die drei Killer und wie sie jedes Mal ungestraft davonkamen. Diesmal hatte es keine blaue Farbe gegeben, und bei keinem der anderen Morde war ein Opfer wie ein Selbstmord dargestellt worden. Aber mein *Gefühl* war dasselbe. Keine Hemmschwelle, gewalttätig zu werden. So hatte Agent Fescoe es bezeichnet.

Am Morgen traf ich Sampson zum Frühstück im Speisesaal des Hotels, von dem aus man den majestätischen Hudson überblickte, der in der Ferne wie ein stahlgraues Band mit weißen Wellenspitzen lag. Wir sprachen über die scheußlichen Bennett-Morde und fragten uns, ob sie mit den anderen in Verbindung stünden und ob die Mörder ihr Muster geändert hätten.

»Vielleicht gibt es noch mehr Morde, von denen wir nichts wissen«, sagte Sampson. »Wer weiß, wie viele bis zu diesem Zeitpunkt ermordet wurden oder wie weit diese Morde zurückgehen?«

Sampson goss sich noch eine dampfende Tasse Kaffee ein. »Es muss auf die drei Killer hinauslaufen. Sie waren hier, Alex. Es müssen dieselben drei Männer sein.«

Ich konnte ihm nicht widersprechen. »Ich muss noch ein paar Anrufe machen, dann hauen wir ab. Ich will sicher gehen, dass die örtliche Polizei nachprüft, ob jemand tatsächlich drei Männer gesehen hat, die nicht hierher oder nach Highland Falls gehören.«

Ich ging nach oben in mein Zimmer und rief Direktor Burns an. Er war nicht im Hause, daher hinterließ ich eine Nachricht. Ich wollte Jamilla anrufen, aber in Kalifornien war es noch zu früh, daher schaltete ich meinen Computer ein und schickte ihr eine lange E-Mail.

Dann sah ich, dass ich eine Nachricht hatte. *Von wem*?

Sie kam von Jannie und Damon. Sie beschwerten sich bitterlich, dass ich nicht zu Hause war, auch wenn es nur eine Nacht war. Wann ich zurückkäme? Würden sie aus West Point ein schönes Souvenir bekommen? Wie wäre es mit einem glänzenden Schwert für beide? Und eines auch für Klein-Alex.

Dann war noch eine Nachricht da.

Die stammte nicht von den Kindern.

Auch nicht von Jamilla.

Detective Cross, während Sie in West Point sind, sollten Sie mit Colonel Owen Handler sprechen. Er unterrichtet Politikwissenschaft. Er könnte einige Antworten für Sie haben. Er ist ein Freund der Bennetts. Vielleicht weiß er sogar, wer sie ermordet hat.

Ich will nur helfen. Sie brauchen alle Hilfe, die Sie bekommen können.

Fußsoldat

68

Die drei Killer waren hier gewesen. Diesen Gedanken konnte ich nicht aus dem Kopf vertreiben. Das Gefühl steckte in meinen Knochen, in meinem Blut.

Sampson und ich gingen auf der Hauptstraße zur Thayer Hall. Mehrere Kadetten übten auf der Ebene den Parademarsch. Als wir näher kamen, sahen wir, dass man in den Boden Holzpflöcke getrieben hatte, um den Kadetten genau anzuzeigen, wo sie ihre makelosen scharfen Kehrtwendungen zu machen hatten. Ich musste lächeln. Es erinnerte mich daran, dass so viele Dinge im Leben Illusionen waren. Vielleicht sogar die »Fakten«, die ich in diesem Fall sammelte.

»Was hältst du von dieser Hilfe, die wir bekommen? Dieser verrückte E-Mailer? Der Fußsoldat«, fragte Sampson. »Es gefällt mir nicht, Alex. Es ist zu einfach, zu glatt. Bei diesem gesamten Fall geht es darum, dass Verbrechen Unschuldigen in die Schuhe geschoben werden.«

»Du hast Recht. Wir haben keinen Grund, den Informationen zu glauben, die wir von ihm bekommen. Deshalb tue ich es auch nicht. Andererseits sind wir hier. Warum nicht mit Professor Handler reden? Es kann nichts schaden.«

Sampson schüttelte den Kopf. »Ich wünschte, es wäre so, Alex.«

Ich hatte bei der historischen Fakultät angerufen, gleich nachdem ich die »hilfreiche« E-Mail vom Fußsoldaten erhalten hatte. Man sagte mir, Professor Handler hätte von elf bis zwölf Uhr eine Vorlesung. Wir hatten bis dahin zwanzig Minuten Zeit und beschlossen, uns die Sehenswürdigkeiten anzuschauen: Washington Hall, ein höhlenartiges dreigeschossiges Gebäude, wo das gesamte Kadettencorps gleichzeitig die Mahlzeiten einnehmen konnte, die Eisenhower- und MacArthur-Baracken, die Kadettenkirche und mehrere unvergleichliche Ausblicke auf den Fluss.

Kadetten strömten auf dem Gehweg an uns vorbei, alle auf Hochglanz getrimmt. Sie trugen langärmelige graue Hemden mit schwarzen Krawatten und graue Hosen mit schwarzen Streifen. Ihre Messinggürtelschnallen glänzten wie Gold.

Alle bewegten sich im Eiltempo. Das steckte an.

Thayer Hall war ein riesiger grauer Bau und beinahe ohne Fenster. Drinnen sahen alle Unterrichtsräume identisch aus. In jedem waren die Tische in Hufeisenform aufgestellt, damit alle in der ersten Reihe saßen.

Ich wartete mit Sampson auf einem verlassenen Korridor, bis Handlers Vorlesung zu Ende war und die Kadetten herausmarschierten.

Für Studenten benahmen sie sich unglaublich ordentlich. Aber das überraschte mich nicht. Trotzdem war es ein beeindruckendes Schauspiel. Warum benehmen sich nicht alle Studenten in allen Universitäten ordentlich? Weil es niemand verlangt? Ach was, zum Teufel, ist doch egal. Aber der Anblick war wirklich stark. Alle diese jungen Menschen waren so zielstrebig und entschlossen. Zumindest an der Oberfläche.

Professor Handler kam nach seinen Studenten aus dem Seminarraum. Er war ein kräftiger Mann, etwa eins zweiundachtzig groß, mit kurz geschnittenem grauem Haar. Ich wusste bereits, dass er in Vietnam gedient und ein Magisterdiplom von der University of Virginia und an der Penn State promoviert hatte. Das alles stand auf der Website von West Point.

»Wir sind die Detectives Sampson und Cross«, sagte ich, als ich zu ihm ging. »Könnten wir einen Moment mit Ihnen sprechen?«

Handler verzog das Gesicht. »Um was geht es denn, Detectives? Steckt einer unserer Kadetten in einem Schlamassel?«

»Nein, nein.« Ich schüttelte den Kopf. »Die Kadetten scheinen alle tadellos zu sein.«

Ein Lächeln breitete sich auf Handlers Gesicht aus. »Oh, Sie wären überrascht, Detectives. Sie wirken nur so tadellos. Also, wenn es nicht um einen meiner Schützlinge geht, weshalb wollen Sie dann mit mir sprechen? Robert und Barbara Bennett? Ich habe bereits mit Captain Conte geredet. Ich dachte, das CID würde sich darum kümmern.«

»So ist es«, sagte ich. »Aber die Morde sind wohl etwas komplizierter, als es den Anschein hat. Genau wie die Kadetten hier in West Point.«

Ich berichtete Handler so präzise wie möglich von den anderen Mordfällen, in denen Sampson und ich ermittelten. Ich erzählte ihm nichts von der E-Mail vom Fußsoldaten, die uns zu ihm geführt hatte. Beim Sprechen fiel mir ein Professor in dem Raum neben Handlers auf. Er hatte einen Eimer mit Wasser und einen Schwamm und reinigte tatsächlich die Tafel vor der nächsten Stunde. Alle Unterrichtsräume hatten identische Eimer und Schwämme. Ein teuflisches System.

»Wir glauben, dass eine Verbindung zu einem besonders schlimmen Ereignis besteht, das sich in Vietnam ereignet hat«, sagte ich zu Professor Handler. »Vielleicht haben die Morde tatsächlich dort angefangen.«

»Ich habe in Südostasien gedient. Zweimal«, erzählte Handler bereitwillig. »Vietnam und Kambodscha.«

»Ich auch«, sagte Sampson, »auch zweimal.«

Plötzlich war Colonel Handler aus unbegreiflichem Grund nervös. Seine Augen verengten sich, und er blickte auf dem Gang hin und her. Die Kadetten waren inzwischen verschwunden, zweifellos waren sie zur Washington Hall zum Essen gestürmt.

»Ich spreche mit Ihnen«, sagte er. »Aber nicht hier auf dem Gelände. Holen Sie mich heute Abend in meiner Wohnung ab. Quartier achtundneunzig. Wir gehen woanders hin. Kommen Sie pünktlich um acht Uhr.«

Professor Handler schaute Sampson und mich an, dann drehte er sich um und ging fort.

Im Eilschritt.

69

Ich hatte das Gefühl, dass wir hier in West Point etwas ungemein Wichtiges erfahren würden, vielleicht durch Colonel Handler. Ich hatte etwas Undefinierbares in seinen Augen gesehen, als das Thema auf Vietnam gekommen war. *Vielleicht haben die Morde dort ihren Ursprung.*

Der Colonel hatte in dem italienischen Restaurant »Il Cenacolo« in Newburgh einen Tisch reserviert. Er nannte es »außergewöhnlich deplaziert«. Wir waren auf dem Weg dorthin, auf dem Storm King Highway, einer sich windenden Achterbahn mit unglaublichen Ausblicken auf den Hudson, der tief unter uns dahinfloss.

»Warum wollten Sie nicht mit uns irgendwo näher bei Ihrem Haus sprechen?«, fragte ich den Colonel.

»Zwei meiner besten Freunde wurden dort vor kurzem ermordet«, antwortete Handler. Er steckte sich eine Zigarette an und blies den Rauch aus. Draußen war es stockdunkel, und die hügelige Straße hatte keine Straßenbeleuchtung.

»Glauben Sie, dass die Bennetts ermordet wurden?« fragte ich.

»Das *weiß* ich.«

»Und wissen Sie auch, weshalb?«

»Vielleicht. Sie haben doch von der blauen Mauer des Schweigens bei der Polizei gehört, in der Armee ist es genauso, nur die Mauer ist grau, höher und dicker und steht seit verdammt langer Zeit.«

Ich musste noch eine Frage stellen. Ich konnte sie nicht zurückhalten. »Sind Sie der Fußsoldat, Colonel? Wenn ja, brauchen wir Ihre Hilfe.«

Handler schien mich nicht zu verstehen. »Was, zum Teufel, soll der Fußsoldat sein? Wovon reden Sie?«

Ich berichtete ihm, dass mir eine mysteriöse Person ab und zu Informationen schickte, darunter auch seinen Namen. »Vielleicht hatten Sie geglaubt, es sei an der Zeit, dass wir uns Angesicht zu Angesicht träfen«, sagte ich.

»Nein, ich *könnte* vielleicht für Sie eine Quelle sein, aber nur wegen Bob und Barbara Bennett. Ich bin nicht der Fußsoldat und habe nie Kontakt mit Ihnen aufgenommen. Sie wollten mich sprechen, erinnern Sie sich?«

Er klang zwar sehr überzeugend, dennoch war ich nicht sicher, ob ich ihm glauben durfte. Ich musste die Identität von Fußsoldat herausbringen. Ich fragte Handler nach Namen, die mir bei diesen Ermittlungen helfen könnten. Er nannte einige Amerikaner, sogar etliche Südvietnamesen, die mir womöglich helfen könnten.

Handler sprach vom dunklen Rücksitz aus. »Ich habe keine Ahnung, wer mit Ihnen Kontakt aufgenommen hat, aber ich bin nicht sicher, dass ich diesem Jemand trauen würde, ganz gleich, wer es ist. Im Augenblick traue ich nämlich niemandem.«

»Nicht mal sich selbst, Colonel?«

»Besonders nicht mir«, antwortete er und lachte. »Schließlich bin ich ein Professor, verdammt noch mal.«

Ich warf einen Blick in den Rückspiegel und sah hinter uns Scheinwerfer, die schnell näher kamen. Bis jetzt war mir noch nicht viel Verkehr aufgefallen, und die meisten Wagen waren in der Gegenrichtung nach Süden gerauscht.

Plötzlich hob Sampson die Stimme und drehte sich zu

Handler um. »Warum sagen Sie uns nicht, was wirklich läuft, Colonel? Wie viele müssen noch sterben? Was wissen Sie über diese Morde?«

In diesem Moment hörte ich den Gewehrschuss. Glas splitterte. Der Wagen, der uns gefolgt war, war jetzt praktisch an unserem Auspuff.

Ich sah den Fahrer, dann den Schützen, der sich vom Rücksitz aus durchs Fenster lehnte.

»Runter!«, brüllte ich Handler und Sampson an. »In Deckung!«

Mehr Schüsse aus dem Verfolgerwagen. Ich riss das Lenkrad nach links. Wir schlitterten über dic gelbe Doppellinie in Richtung Berg. Handler schrie: »*Aufpassen! O Gott, aufpassen!*«

Gott sei Dank erwischten wir eine gerade Strecke. Ich trat aufs Gas und beschleunigte. Aber ich konnte den anderen Wagen nicht abschütteln.

Er war immer noch auf der rechten Fahrspur, aber ich war auf der falschen, auf der, die für den Gegenverkehr bestimmt war.

Sampson hatte seine Waffe gezückt und zurückgeschossen. Wieder trafen Schüsse unseren Wagen.

Der andere große Wagen blieb bei uns. Ich konnte ihn nicht abschütteln. Ich fuhr neunzig Meilen auf einer kurvenreichen Strecke, dir für höchstens fünfzig oder sechzig vorgesehen war. Links von mir war die Bergwand, rechts, jenseits der anderen Fahrspur, ging es tief hinunter zum Hudson River und in den sicheren Tod.

Ich fuhr zu schnell, um die Gesichter im anderen Wagen zu erkennen. Wer, zum Teufel, waren diese Kerle?

Unvermittelt trat ich auf die Bremse, unser Wagen geriet übel ins Schlingern. Wir endeten mit der Schnauze in der Gegenrichtung, nach Süden.

Ich raste los, zurück nach West Point.

Erneut trat ich das Gaspedal durch und war im Nu wieder auf neunzig.

Ich kam an zwei Autos vorbei, die nach Norden fuhren und wie verrückt hupten. Das konnte ich ihnen nicht übel nehmen. Ich war jenseits der Doppellinie und über vierzig Meilen über der Höchstgeschwindigkeit. Sie mussten mich für betrunken oder geisteskrank halten – oder beides.

Als ich sicher war, dass uns keiner mehr folgte, wurde ich langsamer.

»Handler? Colonel?«, rief ich.

Keine Antwort. Sampson beugte sich nach hinten, um nach ihm zu sehen. »Er hat ihn erwischt, Alex.« Ich fuhr an die Seite und schaltete die Innenbeleuchtung ein.

»Wie schlimm ist es? Lebt er?«

Ich sah, dass Handler zweimal getroffen worden war. Einmal in die Schulter und einmal in die Schläfe.

»Er ist tot«, erklärte Sampson.

»Mit dir alles in Ordnung?«, fragte ich.

»Ja, ich war nicht das Ziel«, sagte er. »Und der Junge im anderen Auto konnte schießen. Er war hinter Handler her. Wir haben gerade unseren ersten richtigen Zeugen verloren.«

Ich fragte mich, ob wir auch den Fußsoldaten verloren hatten.

70

Es gibt nichts Besseres als einen Mordanschlag auf dich, um alles wieder richtig ins Bild zu rücken, und auch, um dein Blut brodeln zu lassen.

Es war zwar vergebliche Liebesmüh, aber Sampson und ich brachten Owen Handler so schnell wir konnten in die Notaufnahme des Krankenhauses von West Point. Gegen einundzwanzig Uhr wurde er für tot erklärt. Ich bin sicher, dass er bereits tot war, als wir ihn hinbrachten. Der Schütze im anderen Auto war ein so hervorragender Scharfschütze, dass es mir kalt über den Rücken lief, ein Profikiller. *Hatten die drei Männer tatsächlich in diesem Wagen gesessen*?

Die örtliche Polizei und auch die Leute vom CID von West Point stellten uns jede Menge Fragen. Captain Conte kam, um mit uns zu sprechen. Er tat ungemein besorgt um unsere Sicherheit, stellte uns aber gleichzeitig zwanzig Fragen, als wären wir verdächtig. Conte informierte uns, dass der Kommandant von West Point, General Mark Hutchinson, jetzt persönlich die Ermittlungen beaufsichtigte. Was immer das zu bedeuten hatte.

Dann zeigte sich General Hutchinson tatsächlich im Krankenhaus. Ich sah, wie er mit Captain Conte sprach. Danach versammelten sich etliche Offiziere mit grimmigen Gesichtern auf dem Korridor. Aber Hutchinson kam nicht zu Sampson und mir. Kein Wort des Beileids oder der Sorge.

Verdammt! Wie seltsam und wie gefühllos. Es war zum Verrücktwerden. *Die graue Mauer des Schweigens,* dachte ich und erinnerte mich an Owen Handlers Worte. General Mark Hutchinson verließ das Krankenhaus, ohne mit uns Kontakt aufzunehmen. Das würde ich nicht vergessen.

Während der ganzen Zeit, in der ich mich im Krankenhaus in West Point aufhielt, ging mir ein Gedanke nicht aus dem Kopf: *Nichts bringt dein Blut mehr zum Brodeln als ein Mord-*

anschlag auf dich. Mir zitterten immer noch die Knie von dem Angriff auf Colonel Handler, aber ich war auch höllisch wütend.

War das nicht ein Motiv gewesen hinter dem Massaker in My Lai und anderen? Wut? Angst? Das Bedürfnis, sich zu rächen? Während des Krieges geschehen unglaubliche Dinge. Das war schon immer so. Was wollte die Armee jetzt vertuschen? Wer hatte uns heute Abend die Mörder auf den Hals gehetzt? Wer hatte Colonel Handler umgebracht und warum?

Ich verbrachte die Nacht wieder mit Sampson im Hotel Thayer. General Hutchinson beschloss, im ersten Stock Militärpolizisten aufzustellen, um uns zu schützen. Ich hielt das nicht für nötig. Wären die Scharfschützen hinter uns her gewesen, wären sie nicht davongefahren und hätten uns leben lassen.

Ich dachte immer daran, dass *zwei* Männer in dem Auto gewesen waren, das uns angegriffen hatte.

Aber an den Morden in Fort Bragg und West Point waren *drei* Männer beteiligt.

Diese Fakten gingen mir nicht aus dem Kopf.

Drei, nicht zwei.

Schließlich rief ich Jamilla an und besprach mit ihr alles, was geschehen war. Von Detective zu Detective, von Freund zu Freund. Ihr gefiel auch nicht, wie General Hutchinson und die Armee sich verhalten hatten. Nur mit ihr zu reden, half mir schon gewaltig.

Ich dachte daran, es öfter zu tun, vielleicht jeden Abend.

Schließlich schlief ich mit diesem Gedanken ein.

71

Am nächsten Morgen waren die New Yorker Zeitungen voll mit der Geschichte über den Mord von vier Callgirls, einer Madame und einem Rauschmeißer in der East Side. Die Frauen waren Vietnamesinnen und Thailänderinnen. Deshalb sprach ich mit dem für die Ermittlungen zuständigen Detective in Manhattan. Bis jetzt war die New Yorker Polizei in diesem grauenvollen Mordfall noch keinen Schritt weitergekommen. Ich überlegte, nach New York zu fahren, aber dringendere Dinge standen an.

Es gab einen wichtigen Hinweis, den ich noch nicht richtig überprüft hatte. Fußsoldat. Wer, zum Teufel, war er? Oder sie? Und warum hatte Fußsoldat mit mir per E-Mail Kontakt aufgenommen? Was wollte diese geheimnisvolle Person mir mitteilen?

Owen Handler hatte mir ein paar Namen genannt, und ich hatte Ron Burns gebeten, etliche davon für mich zu überprüfen. Am interessantesten schien mir Tran Van Luu, ein früherer Kundschafter für die amerikanische Armee in Vietnam, zu sein, der jetzt in den Vereinigten Staaten lebte.

Aber da gab es einen Haken, einen großen. Tran Van Luu saß in der Todeszelle in Florence, Colorado. Man hatte ihn für schuldig befunden, neun Menschen in Newark und New York City ermordet zu haben. Ich kannte das Gefängnis in Florence, weil ich schon mal dortgewesen war. *Das war der zweite Haken.* Kyle Craig saß dort ein, mein alter Todfeind. Kyle war ebenfalls ein Todeskandidat.

Die Anstalt in Florence war ein so genanntes Hochsicherheitsgefängnis. Sechsunddreißig Staaten hatten mittlerweile solche Einrichtungen. Der Todeszellentrakt befand sich im Sicherheitsgebäude, einer Art Gefängnis innerhalb eines Gefängnisses. Es war ein langweiliger sandfarbener Bau mit außergewöhnlichen Sicherheitsvorkehrungen drinnen und draußen.

Das war beruhigend, dass Kyle Craig dort drinnen saß – Kyle verachtete jegliche Sicherheitsvorkehrung in einem Gefängnis.

Zwei schwer bewaffnete Wachposten begleiteten mich zu den Todeszellen. Als wir die ansonsten leeren, von fluoreszierendem Licht erhellten Korridore entlanggingen, hörte ich nicht den üblichen chaotischen Lärm eines Gefängnisses. Außerdem war ich in Gedanken ganz woanders.

Ich war um die Mittagszeit in Colorado eingetroffen. Alles lief glatt, und ich würde hoffentlich abends zurück in Washington sein. Nana verpasste allerdings keine Gelegenheit. Ehe ich das Haus verließ, musste ich mich zu ihr setzen und mir eines ihrer Gleichnisse anhören. Sie nannte es die »Geschichte von den tausend Murmeln«. »Die habe ich im Radio gehört, Alex. Es ist eine wahre Geschichte, und ich gebe sie an dich weiter. Vielleicht nutzt es ja etwas. Dieser Mann, ich glaube, er lebte in Südkalifornien, in San Diego. Er hatte eine Familie, eine nette Familie. Und er arbeitete sehr schwer, machte oft Überstunden und arbeitete auch oft an Wochenenden. Klingt das bekannt?«

»Das trifft auf eine Menge Menschen zu«, sagte ich. »Männer und Frauen. Aber nur zu, Nana. Dieser hart arbeitende Mann mit der außergewöhnlich netten Familie lebt außerhalb von San Diego. Was ist ihm passiert?«

»Also, dieser Mann, hatte einen liebevollen Großvater, der ihn und die Familie vergötterte. Ihm fiel auf, dass sein Enkel zu viel arbeitete, und er erzählte ihm deshalb die Geschichte von den Murmeln, und zwar folgendermaßen: Die durchschnittliche Lebenserwartung eines Mannes beträgt ungefähr fünfundsiebzig Jahre. Das bedeutet dreitausendneunhundert Samstage – an denen du gespielst hast, als du noch ein Kind warst, und die du mit deiner Familie verbringen kannst, wenn du älter und weiser geworden bist.«

»Verstehe«, sagte ich. »Oder auch spielen kannst, wenn

du älter bist, oder jedem, der es hören will, Vorträge halten.«

»Still, Alex. Hör mir gut zu. Dieser Großvater berechnete, dass seinem Enkel, der gerade dreiundvierzig war, ungefähr tausendsechshundertsechzig Samstage im Leben blieben. Statistisch gesprochen. Er kaufte zwei große Glasbehälter und füllte sie mit wunderschönen Katzenaugenmurmeln und gab sie seinem Enkel. Dabei sagte er ihm, dass er jeden Samstag *eine* Murmel herausnehmen sollte. Nur eine einzige und nur als Erinnerung, dass ihm nur noch eine gewisse Anzahl Samstage bliebe und dass sie das Kostbarste seien, was er besäße. Denk darüber mal nach, Alex – falls du Zeit hast«, schloss Nana.

Und jetzt war ich hier in diesem Hochsicherheitsgefängnis – an einem Samstag. Ich glaubte jedoch ganz und gar nicht, dass ich diesen Tag vergeudete. Aber Nanas Botschaft hatte sich in mir festgesetzt.

Dieser Fall war meine letzte Mordermittlung, musste es sein. Das war das Ende des Weges für Detective Alex Cross.

Ich konzentrierte mich auf den verwirrenden Fall, als ich zur Zelle Tran Van Luus ging. Er würde meine Reise wenigstens eine Murmel wert machen.

Zumindest hoffte ich das.

72

Tran Van Luu war vierundfünfzig Jahre alt und teilte mir mit, er spräche fließend Vietnamesisch, Französisch und Englisch. Sein Englisch war hervorragend. Mir drängte sich der Eindruck auf, als sei er eher ein Universitätsprofessor als ein wegen mehrfacher Morde verurteilter Verbrecher. Luu trug eine Brille mit dünnem Goldgestell und hatte einen langen grauen Bart. Er war ein Philosoph – offenbar in allem. Aber war er Fußsoldat?

»Nominell bin ich Buddhist«, sagte er, als er in der ein Meter fünfundsiebzig mal vier Meter großen Zelle saß. Ein Bett, ein Stuhl und ein Bücherbord mit Schreibplatte füllte den halben Raum. Regal, Bett und Schreibplatte waren aus Beton gegossen, so dass man sie nicht auseinander nehmen oder verrücken konnte.

»Ich werde Ihnen etwas über die Hintergründe berichten«, sagte er.

Ich nickte. »Das wäre ein guter Anfang.«

»Geboren wurde ich in Son Trach, einem Dorf in der Provinz Quang Binh, knapp nördlich der damaligen demilitarisierten Zone. Es ist eine der ärmsten Provinzen des Landes, aber alle sind relativ arm. Mit fünf Jahren begann ich auf den Reisfeldern meiner Familie zu arbeiten. Alle hatten stets Hunger, obwohl wir Nahrungsmittel anbauten. Wir hatten nur eine richtige Mahlzeit pro Tag, für gewöhnlich Yams oder Cassava. Ironischerweise mussten wir unseren Reis dem Landbesitzer übergeben. Unsere gesamte Loyalität galt der Familie, die Ahnen eingeschlossen, einem Stück Land und dem Dorf. Nationalismus existierte nicht, eine westliche Vorstellung, die von Ho Chi Minh eingeführt wurde.

Meine Familie zog neunzehnhundertdreiundsechzig nach Süden und trat in die Armee ein. Die Alternative war: verhungern, außerdem war ich mit dem Hass auf die Kommunisten aufgewachsen. Ich erwies mich als ausgezeichneter Kundschafter und wurde der MACV Recondo School, dem Aufklärungsdienst der US-Army Special Forces, empfohlen. Das war meine erste Begegnung mit Amerikanern. Anfangs mochte ich sie.«

»Was ist passiert, dass sich das geändert hat?«, fragte ich.

»Vieles. Vor allem, als ich feststellen musste, dass viele Amerikaner auf mich und meine Landsleute herabblickten. Trotz wiederholter Versprechungen ließ man mich in Saigon zurück. Ich wurde einer der Boat-People.

Neunundsiebzig gelangte ich schließlich doch nach Amerika. Orange County, Kalifornien. Dort gibt es sehr viele Vietnamesen. Wir konnten nur überleben, indem wir familien- und dorfähnliche Strukturen wie in unserer Heimat aufbauten. Ich tat das mit einer Gang – den Ghost Shadows. Wir hatten in Kalifornien Erfolg, dann auch in der Gegend um New York, eingeschlossen Newark. Man wirft mir vor, ich hätte in New York und Jersey Mitglieder einer rivalisierenden Gang umgebracht.«

»Und haben Sie?«, fragte ich Luu.

»Selbstverständlich. Aber das war gerechtfertigt. *Wir befanden uns in einem Krieg.*« Er brach ab und schaute mich an.

»Und jetzt sind Sie hier im Hochsicherheitsgefängnis. Haben Sie schon das Datum für die Hinrichtung bekommen?«

»Nein. Das finde ich sehr komisch. Ihr Land hat Angst, verurteilte Mörder hinzurichten.«

»Das ist komisch? Wegen der Dinge, die Sie in Vietnam gesehen haben?«

»Selbstverständlich. Das ist mein Bezugssystem.«

»Gräueltaten, begangen im Namen militärischer Aktivitäten.«

»Es war Krieg, Detective.«

»Kannten Sie diese Männer in Vietnam: Ellis Cooper, Reece Tate, James Etra, Robert Bennett, Laurence Houston?«

Luu zuckte mit den Schultern. »Das ist alles so lange her.

Über dreißig Jahre. Und es gab so viele amerikanische Nachnamen, wie soll man sich an die alle erinnern?«

»Colonel Owen Handler?«

»Den kenne ich nicht.«

Ich schüttelte den Kopf. »O doch, Sie kennen ihn. Colonel Handler leitete die MACV Recondo School, als man sie dort zum Kundschafter ausgebildet hat.«

Zum ersten Mal lächelte Luu. »Sie können es mir glauben oder auch nicht, Detective Cross, die Kundschafter haben den Leiter für gewöhnlich nicht kennen gelernt.«

»Aber Sie haben Colonel Handler getroffen. Er hat sich an Sie an dem Tag erinnert, als er erschossen wurde. Können Sie mir helfen, diese Morde zu stoppen?«, fragte ich Luu. »Sie wissen, was da drüben passiert ist, nicht wahr? Warum haben Sie eingewilligt, mit mir zu sprechen?«

Wieder zuckte er die Schultern. »Ich habe eingewilligt, weil... mein guter Freund mich darum gebeten hat. Mein Freund Kyle Craig.«

73

Ich spürte einen Eisklumpen, dort, wo eigentlich mein Herz sein sollte. Das konnte doch nicht alles zu Kyle Craig führen! Ich hatte ihn hier nach Florence gebracht, wegen all der Morde, die er begangen hatte – und jetzt hatte er es irgendwie geschafft, das ich ihn hier besuchte.

»Hallo, Alex. Ich dachte schon, du hättest mich vollkommen vergessen«, sagte Kyle, als er mich sah. Wir trafen uns in einem kleinen Raum in der Nähe seines Zellenblocks. Mein Kopf war voll paranoider Gedanken über den »Zufall«, ihn wiederzusehen. Er konnte das nicht manipuliert haben. Nicht einmal er schaffte das.

Kyle hatte sich körperlich verändert, so sehr, dass er jetzt einem seiner älteren Brüder oder vielleicht seinem Vater mehr ähnelte als sich selbst. Als ich ihn verfolgt hatte, hatte ich Kyles Familie kennen gelernt. Er war immer schon hager gewesen, aber im Gefängnis hatte er fast zehn Kilo verloren. Sein Kopf war kahl rasiert, an einer Seite hatte er eine Tätowierung: teils Schlange, teils Drache. Jetzt sah er tatsächlich wie ein Killer aus.

»Setz dich, Alex. Ich habe dich mehr vermisst, als ich gedacht hätte. Bitte, setz dich. Lass uns reden, alles auf den neuesten Stand bringen.«

»Danke, ich stehe lieber. Ich bin nicht hergekommen, um mit dir zu plaudern, Kyle. Was weißt du über diese Morde?«

»Alle wurden von der Polizei oder der Armee *gelöst,* Alex. Die Schuldigen wurden angeklagt und in einigen Fällen hingerichtet. So wie ich irgendwann. Warum verschwendest du deine Zeit damit? Ich bin hundertmal interessanter. Du solltest mich studieren.«

Er sprach betont gedämpft, aber seine Worte schossen durch mich wie elektrischer Strom. War Kyle die verfluchte Verbindung, die uns fehlte? Er konnte nicht hinter den Morden stecken. Sie hatten lange vor seiner Festnahme begonnen. *Aber spielte das wirklich eine Rolle*?

»Also, du weißt nichts, was mir helfen könnte? Dann gehe ich. Genieße dein Leben.«

Kyle hob die Hand. »Ich würde dir gern helfen, Alex. Das meine ich ernst. Wie in den guten alten Zeiten. Das vermisse ich. Die Jagd. Was wäre, wenn ich doch helfen könnte?«

»Wenn du kannst, tu es, Kyle. Und zwar jetzt. Danach sehen wir weiter.«

Kyle lehnte sich auf dem Stuhl zurück. Schließlich lächelte

er – oder lachte er mich aus? »Nun, da du nicht gefragt hast… Hier im Gefängnis ist es besser, als ich befürchtet hatte. Ob du es glaubst oder nicht – hier bin ich eine kleine Berühmtheit. Und nicht nur bei meinen Zellengenossen. Selbst die beschissenen Aufseher erfüllen meine Wünsche. Ich habe viele Besucher. Ich schreibe ein Buch, Alex. Und selbstverständlich überlege ich, wie ich hier rauskomme. Glaube mir, ich werde es eines Tages schaffen. Es ist nur eine Frage der Zeit. Vor einem Monat wäre es beinahe geschehen. Es war *sooo* knapp. Natürlich hätte ich dich dann besucht. Dich, Nana und die süßen Kinderchen.«

»Weiß Luu *irgendwas*?«, fragte ich.

»Oh, selbstverständlich. Er ist sehr belesen und spricht drei Sprachen fließend. Ich mag Luu sehr. Wir sind enge Freunde. Ich mag auch Ted Kaczynski, Yu Kikimura, den japanischen Terroristen, und Ramon Matta, der früher beim Medellín-Kartell tätig war. Interessante Menschen sitzen hier, faszinierende Lebensläufe, allerdings viel konservativer, als ich gedacht habe. Nicht Ted, aber die anderen.«

Mir reichte es. Ich hatte genug von Kyle Craig, von Luu, von Florence.

»Ich gehe«, erklärte ich und ging zur Tür.

»Du kommst wieder«, flüsterte Kyle. »Vielleicht besuche ich dich beim nächsten Mal. Wie auch immer, viel Glück bei deinen faszinierenden Mordfällen.«

Ich drehte mich um. »Du wirst hier für den Rest deines Lebens bleiben. Nicht mehr allzu lang, hoffe ich.«

Kyle Craig lachte schallend. Mir lief es eiskalt über den Rücken.

74

Als John Sampson in Bay Head, New Jersey, hineinfuhr, spürte er, wie sich seine Stimmung dramatisch verbesserte. Dieses angenehme Gefühl brachte ihn zum Lächeln. In letzter Zeit lächelte er viel. Verdammt, er ruinierte sein Image als knallharter Bursche, wenn er mit dieser Scheiße nicht aufhörte.

Er fuhr auf der Route 35 dahin, vorbei an großzügig gebauten Strandhäusern, dem Central Market und einigen pittoresken, weiß gestrichenen Kirchen. Dieser Teil des Jerseystrands war ruhig und unbestreitbar schön. Unwillkürlich bewunderte er die Ruhe und die gut erhaltene Schönheit. Vom Meer her wehte eine leichte Brise durch die offenen Fenster seines Cougar. Geranien und Hagebutten blühten entlang der Straße, offenbar von den Dorfbewohnern angepflanzt.

Was gab es hier, das man nicht mögen konnte? Er war froh, wieder hier zu sein.

Weit weg von Washington, D.C., dachte er. *Nicht alles ist schlecht. Auf alle Fälle ein Tapetenwechsel. Eine Pause von all dem Morden.*

Während der Fahrt von Washington hatte John Sampson sich bemüht, sich einzureden, dass es bei dieser Fahrt zum Jerseyufer nur um Ellis Cooper und die anderen Morde ging, aber das war nicht die ganze Wahrheit. Cooper war bestimmt ein Teil davon, aber es ging auch um Billie Houston.

An sie dachte er ständig. Was war mit diesem zarten Persönchen?

Einen Teil der Antwort kannte er. Vom ersten Moment an, als er sie kennen gelernt hatte, hatte er sich bei ihr gut gefühlt. Sie war die Freundin, die er sich schon so lange gewünscht hatte. Das Gefühl war schwierig zu beschreiben, aber er wusste, dass er es noch nie zuvor empfunden hatte. Er hatte das Gefühl, dass er Billie Dinge über sich sagen konnte, die er seit langem in seinem Innern verschlossen gehalten hatte. Er vertraute ihr. Wenn er mit ihr zusammen war, konnte er aus sich herausgehen, die Festung verlassen, die er als Schutz um sich gebaut hatte, um nicht verletzt zu werden.

Andererseits hatte John Sampson noch nie eine längere erfolgreiche Beziehung mit einer Frau gehabt. Er war nie verheiratet gewesen, war auch nie ernstlich in Versuchung geraten, diesen Schritt zu wagen. Daher würde er sich nichts vormachen oder bei Billie zu gefühlsduselig werden. Er hatte gute Gründe, hier in Jersey zu sein. Er musste ihr noch etliche Fragen über die Zeit stellen, in der ihr Mann in Vietnam gedient hatte. Er und Alex hatten von Owen Handler ein paar Dinge erfahren, die noch ergänzt werden mussten. Er würde diesen Mordfall lösen. Irgendwie, irgendwie.

Ach, zum Teufel, diese zynische kurze Nabelschau hatte seine Hochstimmung und aufblühende Romantik in seiner Seele sehr gedämpft.

Da sah er sie zufällig vorn auf der East Avenue.

Jawohl, das war sie!

Billie stieg mit einem Arm voll Einkäufe aus ihrem hellgrünen Cabrio. Er hatte angerufen und ihr gesagt, dass er vielleicht käme.

Für wen war sie jetzt einkaufen gewesen? Erwartete sie, dass er zum Abendessen blieb? O Mann, er musste sich beruhigen. *Ruhig Blut. Du machst hier nur deine Arbeit. Es ist eine reine Polizeiangelegenheit.*

Dann sah Billie seinen Wagen und winkte mit dem freien Arm. Er lehnte sich aus dem Cougar und rief: »He, Kleine!«

He, Kleine?

Was, zum Teufel, war mit dem coolen und distanzierten John Sampson geschehen? Was geschah mit ihm?

Und weshalb fühlte er sich dabei so gut?

75

Billie verstand, dass John Sampson mit ihr über ihren Mann und seinen Mörder sprechen musste. Deshalb war er wieder gekommen, wahrscheinlich der einzige Grund. Sie machte eine Karaffe mit Eistee, dann gingen sie auf die Veranda hinaus. Warum sollten sie es sich nicht gemütlich machen? *Mach dich bloß nicht zum Narren*!

»Wieder ein perfekter Tag im Paradies«, sagte er und lächelte strahlend. Billie konnte nicht anders: Sie musste diesen Polizisten bewundernd anschauen. Er war stark und sah gut aus, sein Lächeln war einfach hinreißend. Sie hatte das Gefühl, dass er nicht oft genug lächelte, und fragte sich, weshalb das so war. Was war ihm in Washington passiert, als er aufgewachsen war? Und dann hatte er dort gelebt und gearbeitet. Sie wollte alles über ihn wissen, und diese natürliche Neugier hatte ihr seit dem Tod von Laurence gefehlt.

Mach aus der Sache nichts, das nicht existiert, rief sie sich zur Ordnung. *Er ist ein Polizist in einem Mordfall. Das ist alles. Du dumme Gans, hast dich schlichtweg in ihn verliebt.*

»Ein durchschnittlicher Tag im Paradies«, verbesserte sie ihn und lachte. Dann wurde sie ernst. »Du willst noch mehr über Laurence reden. Es ist etwas passiert, richtig? Deshalb bist du noch mal hergekommen.«

»Nein, ich kam, um dich wiederzusehen.« *Da war es wieder, dieses verwirrende Lächeln.*

Billie winkte ab. »Klar, nur deshalb. Und wie steht's mit dem Mordfall?«

Er berichtete ihr von den Morden an Robert und Barbara Bennett in West Point und die anschließende Erschießung von Colonel Owen Handler. Billie teilte seine und Alex' Theorie, dass drei Männer für zumindest einige der Morde verantwortlich waren. »Alles scheint zurück nach Vietnam zu deuten. Dort muss etwas Unglaubliches geschehen sein, etwas so

Grauenvolles, dass es wohl die Wurzel ist, die zu all diesen Morden führt. Dein Mann kann irgendwie beteiligt gewesen sein. Vielleicht wusste er es nicht einmal, Billie.«

»Er hat nicht gern über die Erlebnisse dort drüben gesprochen«, sagte sie und wiederholte, was sie ihm bei seinem ersten Besuch erzählt hatte. »Das habe ich immer respektiert. Aber dann ist etwas Seltsames passiert. Vor ein paar Jahren hat er Bücher über den Krieg mitgebracht. *Rumors of War* »Kriegsgerüchte«, hieß eines, daran erinnere ich mich. Er hat den Film *Platoon* ausgeliehen, von dem er immer behauptet hat, er würde sich ihn nie ansehen. Aber über den Krieg wollte er immer noch nicht sprechen. Jedenfalls nicht mit mir.«

Billie setzte sich in den blauen Schaukelstuhl aus Rattan und schaute hinaus auf den Ozean. Mehrere Möwen segelten über die hohen Dünen. Postkartenschön. Sie erkannte in der Ferne am Horizont die verschwommenen Umrisse eines Ozeanriesen.

»Er hat schon immer getrunken, aber während der letzten Jahre viel mehr. Harte Sachen, Wein. Er hat mich nie misshandelt, aber er entglitt mir immer mehr.

Eines Abends, es wurde schon dunkel, ging er mit der Angelrute und einem Eimer für den etwaigen Fang zum Strand. Es war Anfang September, und die Goldmakrelen schwärmten aus. Er hätte sie mit dem Eimer rausholen können.

Ich wartete darauf, dass er zurückkam, aber er kam nicht. Schließlich machte ich mich auf die Suche nach ihm. Nach dem Labour Day im September stehen die meisten Häuser hier leer. So ist es nun mal hier. Ich bin ungefähr eine Meile nach Süden gegangen, und langsam bekam ich es mit der Angst zu tun.

Ich hatte eine Taschenlampe mitgenommen. Auf dem Rückweg schaltete ich sie ein und ging näher an die verlassenen Strandhäuser und die Dünen heran. So habe ich ihn gefunden.

Laurence lag im Sand neben seiner Angelrute und dem Eimer. Er hatte eine Flasche Whiskey geleert. Er sah aus wie ein Penner, der die Orientierung verloren hatte und seinen Rausch am Strand ausschlief.

Ich legte mich neben ihn und hielt ihn in den Armen. Ich bat ihn, mir zu sagen, warum er so traurig war. Er *konnte es nicht*. Es brach mir das Herz, dass er es mir nicht sagen konnte. Er meinte nur: ›Man kann der Vergangenheit nicht entfliehen.‹ Wie's aussieht, hatte er Recht.«

76

Sie sprachen viel über Vietnam und die Erlebnisse ihres Mannes nach dem Krieg, bis Sampson Kopfschmerzen bekam. Billie beschwerte sich nicht. Gegen vier Uhr nachmittags machten sie eine Pause und schauten zu, wie die Flut hereinkam. Sampson war erstaunt, dass der lange Strand an einem so sonnigen Tag mit blauem Himmel völlig verlassen dalag.

»Hast du eine Badehose mitgebracht?«, fragte sie und lächelte.

»Willst du schwimmen gehen?«

»Ja, wäre schön.«

Sie zogen die Badesachen an und trafen sich auf der vorderen Veranda. Billie trug einen schwarzen Einteiler. Offenbar schwamm sie viel, vielleicht trieb sie anderen Sport. Sie war klein, aber sie sah nicht wie ein junges Mädchen aus. Wahrscheinlich war sie Anfang vierzig.

»Ich weiß, dass ich okay aussehe«, sagte Billie und drehte eine Pirouette. »Du aber auch. Und jetzt stürzen wir uns ins Wasser, ehe dich die Feigheit übermannt.«

»Feigheit? Du weißt doch, ich bin Detective beim Morddezernat?«

»Ah. Das Wasser hat heute neunzehn Grad, harter Bursche.«

»Was? So kalt?«

»Das wirst du gleich feststellen.«

Sie gingen auf die Düne vor dem Haus. Dann rannten sie los. Sampson lachte schallend, am meisten über sich selbst, weil er so etwas einfach nicht *tat*.

Sie rannten durch die Brandung wie Kinder in den Ferien, ohne darauf zu achten, dass das Wasser kaum zwanzig Grad warm war. Es war teuflisch kalt, absolut eiskalt.

»Du kannst doch schwimmen, oder?«, fragte Billie, als eine hohe Welle auf sie zukam. Sie glaubte zu sehen, dass er nickte.

»John?«, fragte sie noch mal.

»Ich kann schwimmen, und *du*?«

Dann tauchten beide unter der Welle hindurch, als diese sich vor ihnen hoch aufbäumte. Ein Stück hinter der Welle kamen sie wieder an die Oberfläche. Billie kraulte zu einem Punkt jenseits der Brecher. Sampson folgte ihr. Er war ein guter, starker Schwimmer. Aus unbestimmtem Grund war sie darüber entzückt.

»Manchmal lernen Kinder aus der Stadt nicht, zu schwimmen«, sagte sie, als ihre Köpfe dicht beieinander waren.

»Stimmt, aber ich habe einen guten Freund. Als wir in Washington aufwuchsen, sorgte seine Großmutter dafür, das wir es lernten. Sie ging mit uns ins städtische Schwimmbad. Sie erklärte: ›Entweder ihr schwimmt oder ihr ertrinkt.‹«

Dann nahm Sampson Billie in die Arme. Sie wischte ihm mit dem Zeigefinger die Wassertropfen vom Gesicht. Ihre Berührung war zart und liebevoll. Auch ihre Augen. Etwas ging hier vor. Was immer es war – er war nicht sicher, ob er dafür bereit war.

»Was?«, fragte Billie.

»Ich wollte nur sagen, dass du mich in vielerlei Hinsicht total überraschst«, antwortete er.

Billie schloss eine Sekunde lang die Augen, dann nickte sie und machte sie wieder auf. »Du bist immer noch da. Gut. Ich bin froh, dass du noch mal gekommen bist, auch wenn du mich nur verhören willst.«

»Der Grund, weshalb ich gekommen bin, ist, dass ich dich sehen wollte. Das habe ich dir doch schon gesagt.«

»Was immer du sagst, John.«

Niemand außer Nana und Alex nannte ihn John.

Sie schwammen zum Ufer zurück und spielten eine Zeit lang in der cremigen Brandung. Obwohl es schon Nachmittag war, spazierten sie noch nach Süden, vorbei an den großen Villen, die für den kommenden Winter schon verbarrikadiert waren. Und bei jedem Haus blieben sie stehen und küssten sich.

»Langsam wirst du richtig sentimental«, sagte Billie schließlich. »Das steht dir. Du hast eine weiche Seite, John Sampson.«

»Ja, schon möglich.«

Erneut aßen sie auf der hinteren Veranda zu Abend. Sampson schaltete das Radio ein. Danach kuschelten sie sich auf die Couch. Wieder war er erstaunt, wie winzig sie war. Aber sie passte zu ihm.

»One Night with You« ertönte aus dem Radio. Luther Vandross. Sampson forderte sie zum Tanzen auf. Er konnte es nicht fassen – *ich habe gerade Billie auf der Veranda zum Tanz aufgefordert.*

Er zog sie an sich. Auch im Stehen passte sie gut zu ihm. Sie bewegten sich harmonisch miteinander – total synchron. Er lauschte auf ihren Atem und spürte auch ihren Herzschlag.

Aus dem Radio ertönte eine alte Melodie von Marvin Gaye, und sie tanzten auch dazu. Alles kam ihm wie im Traum vor. Völlig unerwartet.

Besonders, als sie gegen halb elf Uhr nach oben gingen.

Keiner der beiden sagte ein Wort. Billie nahm einfach seine Hand und führte ihn ins Schlafzimmer. Ein Dreiviertelmond glänzte auf den Schaumkronen. Hinter der Brandung glitt langsam ein Segelboot dahin.

»Bist du okay?«, flüsterte sie.

»Ich bin viel mehr als okay, und du, Billie?«

»Ja, ich glaube, ich wollte das seit dem ersten Mal, als ich dich gesehen habe. Hast du das früher schon mal getan?«, fragte sie und lächelte wieder schelmisch. Sie spielte mit ihm, aber es gefiel ihm.

»Für mich ist es das erste Mal. Ich habe mich für die richtige Frau aufgehoben.«

»Na, dann wollen wir mal sehen, ob ich das Warten wert bin.«

Manchmal hatte er es eilig gehabt, und das war auch okay gewesen, so war die Welt in Washington, doch heute Abend nicht. Er wollte Billies Körper erforschen, herausfinden, was sie mochte. Er berührte Billie überall, küsste sie überall. *Alles an ihr kam ihm richtig vor. Was geschieht hier? Ich wollte diese Frau befragen! Nicht mit ihr im schimmernden Mondlicht schlafen.*

Er spürte, wie ihre kleinen Brüste sich hoben und senkten, hoben und senkten. Er war auf ihr, stützte sein Gewicht auf den Händen ab.

»Du tust mir nicht weh«, flüsterte sie.

»Nein, bestimmt nicht.«

Ich werde dir nicht wehtun. Nie. Und ich werde nicht zulassen, dass die ein anderer wehtut.

Sie lächelte und rollte sich auf ihn. »Wie ist das? Ist das besser für dich?«

Seine starken Hände glitten über ihren Rücken und den Po. Sie summte: »One Night with You«. Sie bewegten sich gemeinsam, anfangs langsam, dann schneller. Und noch schneller. Billie hob und senkte sich auf ihm. Ihr gefiel das.

Als sie schließlich nach einem berauschenden Höhepunkt auf ihn sank, schaute sie ihm tief in die Augen. »Fürs erste Mal, gar nicht übel. Und du wirst noch besser werden.«

Später lag Sampson im Bett, Billie hatte sich an seine Seite geschmiegt. Immer wieder musste er lächeln, wenn er sah, wie winzig sie war. Das kleine Gesicht, die kleinen Hände und Füße und Brüste. Und dann traf ihn ein Gedanke, der ihn total verblüffte. Seit Jahren – vielleicht zum ersten Mal im Leben – hatte er Frieden gefunden.

77

Ich war in Hochstimmung, als ich Nana und die Kinder am Abend nach meiner Fahrt ins Gefängnis nach Florence wiedersah. Es war erst sieben Uhr, und ich hatte die Idee, dass wir vielleicht ins Kino gehen könnten – eine nette Abwechslung.

Als ich die Stufen zur Vordertür hinaufging, sah ich den Zettel an der Tür, der im Wind flatterte.

O-oh.

Nachrichten am Haus machen mich immer ein bisschen nervös. In den vergangenen Jahren hatte ich zu viele schlechte lesen müssen.

Ich erkannte Nanas Handschrift: *Alex, wir sind bei Tante Tia, gegen neun kommen wir heim. Wir vermissen dich alle. Vermisst du uns auch? Selbstverständlich – auf deine eigene Art. Nana und die Kinder.*

In letzter Zeit war Nana-Mama auffällig sentimental gewesen. Sie behauptete zwar, sie fühle sich besser und sei wieder ganz die Alte, aber ich fragte mich, ob das stimmte. Vielleicht sollte ich mit ihrer Ärztin sprechen, aber ich mischte mich nicht gern in ihre Angelegenheiten ein, denn seit so langer Zeit hatte sie hervorragend für sich selbst gesorgt.

Ich ging in die Küche und holte mir ein kaltes Bier aus dem Kühlschrank.

Ich sah die lustige Zeichnung eines schwangeren Storchs, die Jannie an die Tür geklebt hatte. Plötzlich hatte ich nach allen furchtbare Sehnsucht. Für viele Menschen – und ganz sicher für mich – sind Kinder die Erfüllung des Lebens, stellen den Sinn des Lebens dar, selbst wenn sie einen manchmal in den Wahnsinn treiben. Die Schmerzen waren das Glück wert. Zumindest trifft das auf unser Haus zu.

Das Telefon klingelte. Ich nahm an, dass es Nana war.

»Hurra, du bist zu Hause«, ertönte eine vertraute Stimme. *Überraschung, Überraschung.* Es war Jamilla, was meine Laune sehr verbesserte. Ich malte mir ihr Gesicht aus, ihr Lächeln und das Strahlen in ihren Augen.

»Hurra, *du* bist's. Ich bin gerade in ein leeres Haus gekommen«, sagte ich. »Nana und die Kinder haben mich verlassen.«

»Könnte schlimmer sein, Alex. Ich bin im Büro. Freitag habe ich einen üblen Fall bekommen. Irischer Tourist wurde im Tenderloin-Bezirk ermordet. Sag du mir, was ein einundfünfzigjähriger irischer *Priester* aus Dublin um zwei Uhr morgens dort macht. Wie konnte er mit einer extragroßen Strumpfhose erwürgt werden? Mein Job ist es, das herauszufinden.«

»Klingt, als hättest du Spaß an der Arbeit.« Unwillkürlich lächelte ich. Nicht über den Mord, aber über Jamillas Begeisterung für ihre Arbeit.

Jamilla lachte. »Na ja, ich mag gute Krimis. Wie läuft dein Fall? Also der ist wirklich beschissen. In meiner Freizeit habe ich darüber nachgedacht. Jemand ermordet Armeeangehörige, indem er ihnen Verbrechen anhängt, welche sie nie begangen haben.«

Ich brachte sie schnell aufs Laufende, von Detective zu Detective. Dann sprachen wir über angenehmere Themen, zum Beispiel über unsere gemeinsame Zeit in Arizona. Schließlich sagte Jamilla, sie müsse jetzt wieder an die Arbeit gehen. Sie liebte die Polizeiarbeit, das sagte sie auch. Ich liebte meine Arbeit auch, aber die Dämonen griffen nach mir.

Ich holte mir noch ein Bier aus dem Kühlschrank und ging nach oben. In Gedanken war ich immer noch bei Jamilla. Schöne Gedanken. Nichts außer blauem Himmel…

Ich öffnete die Schlafzimmertür und blieb wie angewurzelt stehen. Dann schüttelte ich den Kopf.

Auf meinem Bett standen zwei große Glasbehälter. Hübsch. Vielleicht Antiquitäten.

Sie waren mit schätzungsweise eintausendzweihundert Katzenaugenmurmeln gefüllt.

Ich ging zum Bett und nahm eine Murmel heraus.

Ich rollte die Murmel zwischen Daumen und Zeigefinger und musste zugeben, dass sie sich kostbar anfühlte.

Die Samstage, die mir noch blieben.

Wie würde ich sie nutzen wollen?

Vielleicht war das das größte Geheimnis.

78

In den nächsten Tagen hatte ich das Gefühl, dass ich in Washington beschattet wurde. *Observiert.* Aber ich vermochte sie nicht zu erwischen. Entweder waren sie sehr gut, oder ich schwächelte stark.

Am Montag war ich wieder an meinem Arbeitsplatz. Die ganze Woche widmete ich meine gesamte Zeit der Arbeit im

Dezernat. Ich sorgte dafür, dass ich mit den Kindern ein paar Extrastunden verbrachte, ehe ich mich in mein Arbeitszimmer auf dem Speicher zurückzog. Ein Colonel im Pentagon namens Daniel Boudreau war zu gewisser Zusammenarbeit bereit. Er schickte mir Armeeaufzeichnungen aus dem Vietnamkrieg. Riesenstöße von Papier, die offenbar seit Jahren niemand gesichtet hatte. Er schlug ferner vor, dass ich mit der Botschaft Vietnams Kontakt aufnehmen sollte. Dort lagerten auch Unterlagen.

Ich las in den alten Akten, bis ich Kopfschmerzen bekam und die Augen nicht mehr offen halten konnte. Ich suchte nach irgendetwas, das Ellis Cooper, Reece Tate, Laurence Houston, James Etra, Robert Bennett oder Tran van Luu mit der Mordserie verknüpfte.

Ich fand keinerlei Verbindung, nichts auch nur annähernd Aussichtsreiches. War das möglich?

Keiner der Männer hatte gemeinsam mit einem der anderen in Asien gedient.

Spät abends erhielt ich wieder eine E-Mail vom Fußsoldaten. O Gott. Offensichtlich war er nicht Owen Handler. Wer schickte mir diese Nachrichten? Kyle Craig? Versuchte er immer noch, mit mir zu spielen? Wie konnte er die Nachrichten aus dem Hochsicherheitsgefängnis hinausbekommen?

Jemand schickte sie, und das gefiel mir ganz und gar nicht. Außerdem traute ich den Informationen nicht, die ich erhielt. Wollte man mir auch etwas in die Schuhe schieben?

Detective Cross,

Ich bin ein bisschen enttäuscht, dass Sie so wenig Fortschritte machen. Sie sind auf einer guten Spur, dann verlassen Sie diese wieder. Die Antworten liegen alle in der Vergangenheit. Ist das nicht immer so?

Fußsoldat

Aber diesmal war unter der Nachricht noch ein sehr beunruhigendes Symbol – eine Strohpuppe. Genau wie diejenigen, die wir gefunden hatten.

An diesem Mittwoch besuchte ich die vietnamische Botschaft an der Twentieth Street in Northwest. Das FBI hatte für mich angerufen. Ich kam kurz nach sechs Uhr und ging in den dritten Stock. Dort erwartete mich eine Übersetzerin. Sie hieß Thi Nguyen. Auf ihrem Schreibtisch standen vier große Kartons mit alten Unterlagen, die ihre Regierung aufbewahrte.

Ich saß in Thi Nguyens kleinem Büro, und sie las mir gewisse Passagen vor. Ich merkte deutlich, dass sie es nicht gern tat. Ich nahm an, dass man ihr befohlen hatte, diese Überstunden zu machen. Auf der Wand hinter ihr hing ein Schild: BOTSCHAFT DER SOZIALISTISCHEN REBUBLIK VIETNAM. Daneben noch ein Porträt Ho Chi Minhs.

»Hier ist nichts, Detective. Nichts Neues«, beschwerte sie sich, als sie die verstaubten Akten durchging, die über dreißig Jahre alt waren. Ich bat sie, nicht aufzugeben. Sie seufzte laut, rückte ihr schwarzes Brillengestell zurecht und vergrub sich mit verärgerter Miene in die nächste Akte. Dieses Ritual dauerte noch etliche Stunden an. Ich fand sie unglaublich unsympathisch.

Gegen neun Uhr blickte sie mich überrascht an. »Hier ist etwas«, sagte sie. »Vielleicht suchen Sie danach?«

»Bitte, übersetzen Sie es mir wörtlich.«

»Das habe ich die ganze Zeit getan, Detective. Laut diesen Unterlagen gab es nicht genehmigte Angriff auf kleine Dörfer im Tal An Lao. Zivilisten wurden getötet. Und das geschah *ein halbes Dutzend Mal*. Jemand wusste offenbar darüber Bescheid. Vielleicht sogar Ihr Militärberater-Kommando.«

»Sagen Sie mir alles, was da steht«, wiederholte ich. »Bitte, lassen Sie nichts weg.«

Die Langeweile und Gereiztheit, die sie bisher gezeigt hatte, war wie weggeblasen. Plötzlich war die Übersetzerin vollkommen bei der Sache, sie wirkte allerdings ein wenig verängstigt. Offenbar verstörte sie, was sie gerade las.

»Im Krieg kommt es immer zu unglücklichen Zwischenfällen«, belehrte sie mich. »Aber im An-Lao-Tal kam es zu einem neuen Muster. Die Tötungen scheinen organisiert und methodisch durchgeführt worden zu sein. Beinahe wie bei Ihren Serienmördern hier in Amerika.«

»In Asien gibt es auch Serienmörder«, sagte ich.

Ms. Nguyen missfiel meine Bemerkung. »Mal sehen. Offiziere der ARVN haben sich bei der US-Armee und Ihrer Regierung offziell beschwert. Wussten Sie das? Ferner gab es regelmäßige Beschwerden aus dem damaligen Saigon. Laut ARVN waren es *Morde*, keine kriegsbedingten Erschießungen. Unschuldige Zivilisten, darunter auch Kinder, wurden einfach ermordet.«

Sie runzelte die Stirn und schüttelte den Kopf. »Hier steht noch mehr über die genaue Methode bei diesen Morden. Männer, Frauen und Kinder, unschuldige Dorfbewohner wurden getötet. Und oft wurden die Leichen mit Farbe beschmiert.«

»Rot, weiß und blau«, sagte ich. »Die Farbe war eine Visitenkarte, die die Mörder zurückließen.«

Ms. Nguyen blickte mich verstört an. »Woher wissen Sie das? Wussten Sie bereits von diesen schrecklichen Morden? Welche Rolle spielen Sie bei alledem?«

»Das sage ich Ihnen, wenn wir fertig sind. Bitte, hören Sie jetzt nicht auf. Das könnte genau das sein, wonach ich suche.«

Ungefähr zwanzig Minuten später war Ms. Nguyen bei der Stelle, die ich mir noch mal vorlesen ließ. »Ein Team Armee-Ranger wurde ins An-Lao-Tal geschickt. Es ist nicht klar, aber es hat den Anschein, als sollten sie dort wegen der Morde ermitteln. Es tut mir Leid, Detective. Es ist unklar, ob sie Erfolg hatten oder nicht.«

»Haben Sie irgendwelche Namen?«, fragte ich. »Wer war

bei diesem Team?« Ich spürte, wie das Adrenalin schneller durch mein Blut floss.

Ms. Nguyen seufzte und schüttelte den Kopf. Dann stand sie auf.

»Im vierten Stock gibt es noch Kartons. Kommen Sie mit, Detective. Sie sagen, dass immer noch Leute umgebracht werden?«

Ich nickte und folgte Thi Nguyen nach oben. Dort gab es eine ganze Wand aus Kartons. Ich half ihr, einige nach unten in ihr Büro zu tragen.

Am Mittwoch arbeiteten wir bis spät in die Nacht. Am Donnerstag ebenfalls. Am Freitag trafen wir uns sogar während ihrer Mittagspause. Sie war jetzt auch besessen. Wir fanden heraus, dass einige der Rangers, die man nach An Lao geschickt hatte, Profikiller der Armee waren. Unglücklicherweise waren die Akten nicht nach Datum geordnet. Man hatte alles in Kartons geworfen, wo es verstaubte und nie von jemandem gelesen würde.

Gegen zwei Uhr fünfzehn am Freitag machten wir wieder neue Kartons auf, in denen Unterlagen über die Ermittlungen im An-Lao-Tal lagen.

Thi Nguyen schaute mich an. »Ich habe *Namen* der Killer«, sagte sie aufgeregt. »Und ich habe einen Codenamen für die Operation. Er lautet: Drei blinde Mäuse.«

Vierter Teil

Tödliche Wunden

79

Jetzt hatte ich drei Namen – drei Männer, die ins An-Lao-Tal geschickt worden waren, um dort die Ermordung von Zivilisten zu stoppen. Ich musste mit dieser Information extrem vorsichtig umgehen. Sampson und ich brauchten eine Woche, um die Männer aufzuspüren und so viel wie möglich über sie in Erfahrung zu bringen.

Die endgültige Bestätigung, die ich brauchte, kam von Ron Burns beim FBI. Er teilte mir mit, dass das Büro diese Männer wegen zwei anderer Profimorde verdächtigte: ein Politiker in Cincinnati und die Frau eines Gewerkschaftsführers in Santa Barbara, Kalifornien.

Die Namen lauteten:

Thomas Starkey
Brownley Harris
Warren Griffin
Die drei blinden Mäuse

An diesem Freitag fuhren Sampson und ich nach der Arbeit nach Rocky Mount, North Carolina. Wir jagten Männer, die vor dreißig Jahren bei mysteriösen Gewaltverbrechen im An-Lao-Tal beteiligt gewesen waren. Was, zum Teufel, hatte sich dort wirklich abgespielt? Weshalb starben jetzt immer noch Menschen?

Keine fünf Meilen außerhalb der Stadtgrenzen von Rocky Mount dominierten Äcker und Felder die Landschaft. Sampson und ich fuhren ein bisschen umher, dann wieder zurück in die Stadt, vorbei am Rocky-Mount-Wilson-Flughafen und dem Nash General Hospital, den Büros von Sicher & Schuss, wo Starkey, Harris und Griffin als Verkaufsteam für mehrere Militärbasen, einschließlichlich Fort Bragg, arbeiteten.

Wir betraten gegen sechs Uhr Heels, eine Sportlerbar. Rennfahrer und einige Basketballspieler von den Charlotte Hornets besuchten die Kneipe, daher herrschte hier keine Rassentrennung. Wir mischten uns unter die lauten und aktiven Gäste. Mindestens ein Dutzend Fernseher blökten von den Wandgestellen.

Die Sportlerbar war keine Meile von Sicher & Schuss entfernt, wo einige dieser Männer und Frauen arbeiteten. Abgesehen von der blühenden Hightech-Gemeinde, war Sicher & Schuss (ausgesprochen »Coke«) einer der größten Arbeitgeber der Stadt, knapp hinter Abbott Laboratories und Consolidated Diesel. Ich fragte mich, ob die Waffenfabrik mit den Morden verknüpft war. Wahrscheinlich nicht, doch möglich wäre es.

Ich begann an der Theke ein Gespräch mit einem Vorarbeiter bei S & S. Wir sprachen über die missliche Lage der Carolina Panthers, dann lenkte ich das Thema auf die Waffenfabrik. Er hielt große Stücke auf seine Firma. Er meinte, sie sei »wie eine Familie« und »eindeutig eine der besten Firmen, wo man in North Carolina arbeiten kann, und in diesem Staat lässt es sich gut arbeiten«. Danach redete wir über Waffen, insbesondere die MP5-Maschinenpistole. Er erklärte mir, die MP5 würde von den Navy Seals und Eliteteams beim MEK benutzt, aber sie hätte auch den Weg zu den Gangs der Großstädte gefunden. Das wusste ich bereits über die MP5.

Wie beiläufig erwähnte ich die Namen Starkey, Harris und Griffin.

»Ich bin überrascht, dass Tom und Brownie noch nicht hier sind. Normalerweise kommen sie freitags immer. Woher kennen Sie die Jungs?«, fragte er, schien aber nicht erstaunt, dass ich die drei kannte.

»Wir haben vor langer Zeit zusammen gedient«, erklärte Sampson. »Damals neunundsechzig und siebzig.«

Der Vorarbeiter nickte. »Auch Ranger?«, fragte er.

»Nein, nur reguläre Armee«, antwortete Sampson. »Fußsoldaten.«

Wir redeten noch mit ein paar anderen Angestellten bei S & S. Alle äußerten sich positiv über die Firma. Alle Männer, mit denen wir uns unterhielten, kannten Starkey, Harris und Griffin, und alle wussten, dass die drei Ranger gewesen waren. Ich bekam den Eindruck, dass die drei sehr beliebt, vielleicht sogar lokale Helden waren.

Um Viertel nach sieben beugte sich Sampson zu mir und flüsterte: »Vordereingang. Schau mal, wer gerade hereinweht. Drei Herren im Anzug. Sehen wirklich nicht wie Killer aus.«

Langsam drehte ich den Kopf und schaute. *Nein, sie sahen wirklich nicht wie Killer aus.*

»Aber das sind sie«, erklärte Sampson. »Armee-Profi-Killer, die wie die nettesten Kerle in der Bar aussehen, vielleicht in ganz North Carolina.«

Wir beobachteten die drei den Rest des Abends – unser Ziel-Trio.

80

Sampson und ich übernachteten im Holiday Inn in der Nähe der Interstate. Am nächsten Morgen waren wir schon um sechs Uhr auf den Beinen.

Wir nahmen ein potenziell Herzinfarkt förderndes, aber recht wohlschmeckendes Frühstück bei Denny's zu uns (Omelettes, »Bratkartoffel wie bei Muttern, mit Speck«). Dann planten wir unseren großen Tag. Wir hatten am gestrigen Abend erfahren, dass Sicher & Schuss heute ein großes Picknick für sämtliche Familien veranstaltete. Wir planten, uns mit ins Vergnügen zu stürzen und für ein bisschen Aufregung zu sorgen, wenn möglich.

Nach dem Frühstück machten wir eine Spazierfahrt vorbei an den Häusern der drei Verdächtigen. Die klasse Band »Maze«, die wir mochten, erschallte aus dem CD-Player. Hübscher Kontrast zu der ländlichen Idylle von Rocky Mount. Stadt trifft Land.

Die Häuser der Killer standen in einer der besseren Wohngegenden, welche Knob Hill, Falling River Walk und Greystone hießen. Es sah so aus, als wohnten hier viele junge besser verdienende Familien. Der neue Süden. Ruhig, geschmackvoll und verteufelt zivilisiert.

»Unsere Killer wissen, wie sie unauffällig bleiben«, meinte Sampson, als wir bei Warren Griffins zweieinhalbstöckigem Haus im Kolonialstil vorbeifuhren.

»Sie sind gut in dem, was sie machen«, sagte ich. »Nie erwischt worden. Ich möchte mich wirklich verdammt gern mal mit ihnen unterhalten.«

Gegen acht Uhr fuhren wir zurück zum Holiday Inn, um uns fürs Picknick fertig zu machen. Es war kaum zu glauben, dass die drei Mörder so gut nach Rocky Mount passten. Das war der Anlass, sich zu fragen, welche Abgründe hinter den hübschen Fassaden dieser niedlichen, unschuldig wirkenden Kleinstädte lauerten. Vielleicht keine, aber vielleicht auch tiefe.

Ursprünglich stammten wir beide, John Sampson und ich, aus North Carolina, aber als Erwachsene hatten wir dort nicht viel Zeit verbracht, unglücklicherweise, außer bei den Ermittlungen in spektakulären Mordfällen. Das Picknick der Waffenfabrik sollte um elf Uhr beginnen. Wir planten, so gegen eins aufzutauchen, wenn viele Leute da waren. Wir wussten vom gestrigen Abend, dass fast alle dort sein würden, die bei

S & S arbeiteten, von der Poststelle und dem Lager bis zur Führungsetage. Alle wollten diesen großen Tag feiern.

Dazu gehörten auch Starkey, Harris, Griffin und ihre Familien.

Und natürlich auch Sampson und ich.

Es war Zeit, sich zu rächen.

81

Es war ein heißer schwüler Tag. Die Köche beim Picknick sahen nur unregelmäßig nach dem Grill. Sie blieben lieber im Schatten und tranken kalte Limonade. Alle schienen es ruhig anzugehen und sich an diesem schönen Samstag gut zu amüsieren. *Wieder beißt eine Katzenaugenmurmel in den Staub.*

Ich saß mit Sampson unter einer uralten Eiche und lauschte der Symphonie der Vögel. Wir tranken Eistee aus Plastikbechern, die wie echtes Glas ausahen. Wir trugen S&S-T-Shirts und sahen aus, als gehörten wir schon seit eh und je dazu.

Der Duft der Rippchen schwängerte die Luft. Der Rauch von den Grills hielt wahrscheinlich die Mücken davon ab, zu einer Plage zu werden.

»Also, die verstehen es wirklich, diese Rippchen zuzubereiten«, meinte Sampson.

Das taten sie, ich aber auch. Um Rippchen richtig zu grillen, brauchte man indirekte Hitze. Die Feuer hatten sie mit zwei Haufen Grillkohle gemacht – einer vorn, einer hinten, keiner in der Mitte, wo die Rippchen aufgelegt wurden. Ich hatte alles über die Zubereitung von Rippchen und anderen köstlichen Speisen von Nana gelernt. Sie wollte, dass ich in der Küche ebenso gut war wie sie. Doch das würde noch lange nicht so sein, aber ich war nicht völlig untalentiert. Wenn nötig, konnte ich einspringen.

Ich wusste sogar, dass in der Grillwelt ein immer währender Streitpunkt war, ob man »trocken« oder »nass« würzen sollte. Trocken bedeutete eine Mischung aus Salz, Pfeffer, Paprika und braunem Zucker, die angeblich sowohl die Schärfe als auch die Süße enthielt, um den wahren Geschmack des Fleisches herauszuholen. Die nasse Variante bestand aus Apfelcidre, Schalotten, Chilischoten, Ketchup, braunem Zucker und Tomatenmark. Ich mochte beide Arten gern – solange das Fleisch richtig durch war und fast vom Knochen fiel.

»Alle vergnügen sich wie richtig gute Amerikaner«, sagte Sampson, als wir dasaßen und zuschauten, wie um uns die Welt vorbeizog. »Erinnere mich daran, dass ich dir von Billie in Jersey erzähle.«

»Billie?«, fragte ich. »Wer ist Billie?«

»Sag ich dir später, Partner. Jetzt arbeiten wir. Wir verfolgen die Spur von drei eiskalten Killern.«

Ja, das taten wir. Wir beobachteten die Familien von Starkey, Harris und Griffin aus sicherer Entfernung. Mir fiel auf, dass Thomas Starkey ein- oder zweimal in unsere Richtung schaute. Hatte er uns entdeckt? Wenn ja, schien er nicht übermäßig besorgt zu sein.

»Glaubst du, dass diese drei Colonel Handler umgebracht haben? Meinst du, die wissen, wer wir sind?«, fragte Sampson.

»Wenn nicht, werden sie es bald erfahren.«

Sampson schien das nichts auszumachen. »Ach, ist das dein Meisterplan? Dass wir hier in Rocky Mount umgebracht werden?«

»Die tun nichts, solange ihre Famlien in der Nähe sind«, sagte ich.

»Bist du sicher?«

»Nein, bin ich nicht. Aber das sagt mir mein Bauch.«

»Das sind Killer, Alex.«

»Profikiller. Keine Bange, die suchen sich den richtigen Platz aus.«

»Ach, mir ist nicht bange«, sagte Sampson theatralisch. »Ich möchte diese Kerle nur gern bald in die Finger kriegen.«

Im Laufe des Nachmittags unterhielten wir uns mit anderen Leuten von S&S und deren Familien. Man kam mit den Leuten leicht ins Gespräch, und sie waren ausgesprochen freundlich. Die meisten erklärten, ihre Arbeit sehr zu mögen. Sampson und ich gaben uns als Neue aus, und niemand stellte das in Frage. Ja, tatsächlich waren alle fast ausnahmslos ungemein freundlich und aufgeschlossen. Es war schwierig, die Menschen in Rocky Mount nicht zu mögen – jedenfalls die meisten.

Nach dem Lunch folgten Sportwettbewerbe: Wettschwimmen, Volleyball, Fußball, Softball und organisierte Vergnügungen für die Kinder.

Starkey, Harris und Griffin marschierten zu einem angrenzenden Softballplatz.

Sampson und ich folgten in einigem Abstand.

Lasset die Spiele beginnen.

82

»Ich brauche noch ’n paar Männer für diese Mannschaft. Spielt ihr großen Burschen Ball?«, fragte uns ein alter Mann in einem staubigen Dress der Atlanta Braves und mit einer Baseballmütze. »Ihr könnt gern mitspielen. Es ist nur ein kleines Freundschaftsspiel.«

Ich schaute Sampson an. Er lächelte und sagte: »Klar, wir spielen mit.«

Man steckte uns beide in dieselbe Mannschaft, die etwas mickriger wirkte als die andere, in der Starkey, Harris und Griffin spielten. Unsere Gegner in einem Freundschaftsspiel.

»Sieht so aus, als wären wir die Rächer der Enterbten«, meinte Sampson.

»Wir sind nicht hergekommen, um ein Softballspiel zu gewinnen«, sagte ich.

Er grinste. »Ja, aber auch nicht, um eines zu verlieren.«

Das Spiel war auf den ersten Blick harmlos, aber alles sprach gegen unsere Mannschaft. Starkey und Harris waren gute Athleten, und alle in ihrer Mannschaft schienen gut zu spielen. Unsere Gruppe war unausgeglichen, und sie nutzten unsere Schwächen gnadenlos aus. Nach dem ersten Durchgang lagen wir zwei Runden zurück und nach dem dritten schon vier.

Als wir über das Feld liefen, weil wir an der Reihe waren, zu schlagen, versetzte mir Sampson einen Klaps auf den Hintern. »Wir sind aber eindeutig auch nicht hier, um zu verlieren«, sagte er.

Sampson kam beim dritten Durchgang dran. Ich beim vierten, falls jemand die Base erreichte. Ein dürrer alter Mexikaner schlug und wurde von unseren Gegnern gehänselt, weil er keine *cojones* hätte. Der nächste Schläger, ein Buchhalter mit dickem Bauch, schlug den Ball sehr kurz, nur über den Kopf des Mannes an der zweiten Base. Wieder folgten freundliche Hänseleien von unseren Gegnern.

»Ich bin lieber fröhlich als gut«, rief unser Mann und klatschte sich auf den dicken Bierbauch.

Jetzt trat Sampson vor. Er machte keinen Probeschwung, sondern berührte nur die Gummimatte mit dem längsten und schwersten Schläger, den er hatte finden können.

»He, ein Kraftprotzschläger. Geht lieber hinter die Zäune«, rief Starkey. Er war wie ein guter Baseballspieler und bewegte sich geschmeidig beim Schlagen und beim Laufen. Er hatte den Schirm der Mütze ein wenig geknickt.

Sampson stand einfach da, den Schläger über der Schulter. Niemand wusste, was er von dem Hünen zu erwarten hatte – abgesehen von mir. Wir beide hatten als Kinder sehr viel zusammen gespielt. Sampson war der Championfänger in der Mittelschule gewesen. In der Highschool hatte er sich nicht für das Footballteam gemeldet. Er war ein Spitzenbaseballspieler, spielte aber nie in einem Verband.

Ich stand da und überlegte, wie er schlagen würde. Es gab eigentlich keine Zäune auf diesem Feld, daher konnte er nicht darüber hinausschlagen, selbst wenn er es wollte. Was würde er tun?

Der erste Ball glitt locker auf ihn zu, aber Sampson nahm den Schläger nicht von der Schulter. Man konnte sich kaum einen verlockenderen Ball vorstellen.

Warrin Griffin war der Werfer für sein Team. Er war ein ebenfalls recht guter Athlet und auf dieser Position auch gut.

»Hat dir der nicht gefallen?«, rief er Sampson zu. »Was ist denn los mit dir?«

»Keine Herausforderung.«

Griffin grinste. Er gab Harris ein Zeichen, zu ihm zu kommen. Brownley Harris war Fänger, und er sah wie eine nur etwas kleinere Version des großen Carlton Fisk von den Red Sox aus.

Beim nächsten Wurf gab Griffin sich Mühe und lieferte einen schnellen Ball im Windmühlenstil ab. Er war wirklich schnell, das, was man gemeinhin schnell nannte.

Aber Sampson ebenfalls.

Er senkte den Schläger und schickte den Ball niedrig zur dritten Baseline. Die Gegner waren so verblüfft, dass er locker zur ersten Base spazieren konnte.

»Für dich, Süßer«, rief Sampson von der ersten Basis aus. Er grinste und zwinkerte mir zu. Dann richtete er einen unsichtbaren Revolver auf mich.

Ich lächelte, als ich zu meinem Platz ging. Er hatte mich ins Rampenlicht gebracht, genau wie er geplant hatte.

»Bist du auch auf eine Herausforderung geil?«, rief Warren Griffin vom Standort des Werfers.

»Kannst du überhaupt mit 'nem Schläger umgehen?«, hänselte Starkey.

Der Fänger, Brownley Harris, ging hinter mir in Position. »Was soll's denn werden, Supermann? Wie hättest du's denn gern?«

Ich drehte mich um und schaute ihn an. »Überrasche mich doch.«

Griffin machte sich für einen Windmühlenwurf bereit. *Was, zum Teufel, ist los,* dachte ich. *Es ist doch nur ein Freundschaftsspiel.*

Der Ball kam ein bisschen hoch, aber ich konnte der Versuchung nicht widerstehen, zuzuschlagen. Der Schläger traf und schickte den Ball über den Kopf des Werfers, der ständig an Schnelligkeit und Höhe gewann. Er flog auch über den Kopf des Mittelspielers. Unsere Mannschaft von Missgeburten schrie und tobte vor Begeisterung. Endlich kam hier Freude auf.

Ich rannte wie ein Teufel von einer Base zur nächsten. Starkey warf mir einen finsteren Blick zu, als ich bei der zweiten Base an ihm vorbeipreschte. Es war, als wüsste er etwas. *Wusste er wirklich etwas*?

Ich schaffte es zur dritten und sah vor mir Sampson. Er winkte mich »nach Hause«. Ich schaute nicht aufs Außenfeld – ich lief weiter, ganz gleich, was sich dort tat.

Ich umrundete die dritte Base und steigerte das Tempo. Wahrscheinlich hatte ich mich seit Jahren nicht mehr so schnell bewegt. Ich gab mein Letztes.

Brownley Harris wartete auf mich an der Home-Base – aber wo war der Ball? Ich bewegte mich wie ein führerloser Zug. Da sah ich den Ball kommen. Verdammt, er würde mich vor der Home-Base schlagen. Verflucht!

Harris nahm den perfekten Wurf vom Mittelspieler auf. Eigentlich hatte er mich.

Aber ich rannte weiter auf ihn zu. Er versperrte mir mit seinem massiven Körper den Weg zur Home-Base. Ich wollte ihn Mann zu Mann nehmen und vom Ball trennen. Seine dunklen, von schweren Lidern beschatteten Augen bohrten sich in meine. Er war bereit für alles. Er sah aus, als hätte er auch Football gespielt, hart und fit. Armee-Ranger. Killer. Seine Augen wirkten bösartig.

Ich kam näher und senkte meine Schulter, um ihn zu rammen. Ich zeigte ihm, was ihm bevorstand.

Dann, im letzten möglichen Moment, wich ich aus und schlug einen Bogen um ihn. Mit der linken Hand berührte ich die Home-Base zwischen seinen dicken Beinen hindurch.

»Sicher!«, schrie der Schiedsrichter und breitete die Arme aus.

Als ich aufstand, sah ich aus dem Augenwinkel Harris. Er kam auf mich zu – schnell. Das konnte Ärger bedeuten. Kein Freundschaftsspiel mehr.

Sein rechter Arm fuhr in die Höhe, und er klatschte mir auf die Handfläche.

»Gutes Spiel«, sagte er. »Diesmal hast du uns erwischt, Partner. Bereite dich aufs nächste Mal vor. Verdammt, wir sind doch alle eigentlich im selben Team, richtig? S&S über alles.«

Du lieber Gott, er wirkte tatsächlich wie ein netter Kerl. Für einen Killer.

83

»Für einen abgetakelten Bullen Anfang vierzig läufst du noch ziemlich gut«, sagte Sampson, als wir über einen staubigen Parkplatz gingen, auf dem hauptsächlich Trucks und Combis standen. Wir hatten vom Firmenpicknick genug gesehen. Nach unserer Darbietung der Rechtschaffenheit hatten wir das Softballspiel mit sieben Läufen verloren – und es hätte noch schlimmer kommen können.

»Wenigstens habe ich die Base geschafft«, sagte ich.

»Das hatte ich auch gar nicht anders von dir erwartet. Hat geklappt, richtig? Und sie waren stinksauer.«

»Wir haben das Spiel verloren.«

»Aber nicht den Krieg«, sagte Sampson.

»Das stimmt. Den Krieg nicht. Jedenfalls noch nicht.«

Ich fuhr vom Picknickplatz nach der Siedlung Falling River Walk und parkte direkt um die Ecke von Thomas Starkeys Haus. Das Haus war aus rotem Backstein mit weißen Fensterrahmen und schwarzen Fensterläden. Das Grundstück war ungefähr einen Morgen groß. Dort standen Rhododendron, Schierling und Berglorbeer. Alles war sehr gepflegt. Wir gingen an einem Riesenbeet gelber Chrysanthemen vorbei zur Seitentür.

»So geht's von jetzt an weiter, oder?«, meinte Sampson. »Bei hellem Tageslicht einbrechen.«

»Wahrscheinlich wissen sie, wer wir sind, und auch, dass wir hinter ihnen her sind«, sagte ich.

»Wahrscheinlich. Ranger ist die Spitzeneinheit der leichten Infanterie in der Armee. Die meisten sind prima Burschen. ›Rangers, zeigt uns den Weg‹. Das ist ihr Motto seit dem Omaha-Strand, seit dem D-Day. Die Speerspitze.«

»Und was ist mit Vietnam?«, fragte ich.

»Da waren viele Ranger. Sie haben die echt schwierigen Erkundungsmissionen durchgeführt. Fünfundsiebzigste Infanterie. Modellsoldaten, die Besten. Jedenfalls die meisten. Wahrscheinlich hatten sie auch die besten Profikiller.«

Ich brauchte weniger als eine Minute, um durch die Seitentür ins Haus der Starkeys zu gelangen. Die Tür führte in den Raum für die Waschmaschine, wo es nach Bleiche und Waschpulver roch. Wir hörten keine Alarmanlage, aber das hieß nicht, dass wir beim Eindringen keine ausgelöst hatten.

»Könnten die drei immer noch in der Armee sein? Sonderauftrag?«, fragte ich.

»Der Gedanke ist mir auch schon gekommen. Ich hoffe, es geht nicht um etwas, was die Armee vertuschen will.«

»Aber du hältst das für möglich?«

»Wie ich sagte. Ich hoffe nicht. Ich *mag* die Armee, Süßer. Hurra.«

Das Haus war erst wenige Jahre alt, und es war alles beeindruckend aufgeräumt und ordentlich. Zwei Kamine aus Feldsteinen im Erdgeschoss, Deckengewölbe, ein Spielzimmer mit Bar und Pooltisch. Meiner Schätzung nach hatte das Haus ungefähr zweihundertfünfzig Quadratmeter Wohnfläche und hatte wohl vierhunderttausend Dollar gekostet. Thomas Starkey lebte für einen Vertreter auf ziemlich großem Fuß. Ebenso Griffin und Harris, so wie deren Häuser aussahen.

Alles war ordentlich und sauber. Selbst das Spielzeug der Kinder war sorgfältig im Regal aufgestellt. Starkey und seine Frau führten augenscheinlich ein strenges Kommando.

Die Küche war Hightech mit einer riesigen Kühl-Gefrierschrankkombination, überall blitzende Edelstahltöpfe und Pfannen. Auf der hinteren rechten Herdplatte stand eine große Pfanne aus Gusseisen, offenbar der Stolz der Hausfrau.

Neben dem Elternschlafzimmer gab es einen kleinen Raum. Starkeys Arbeitszimmer. Jede Menge Armeesouvenirs und Bilder. Ich betrachtete die Fotos an den Wänden. Auf etlichen waren auch Harris und Griffin. Aber keiner der Männer, denen sie die Morde angehängt hatten. Ich hatte zwar nicht erwartet, Ellis Cooper auf einem Foto an Thomas Starkeys Wand zu sehen, aber insgeheim hatte ich es gehofft.

Sampson öffnete Schubladen und untersuchte den Inhalt der Einbauschränke. Vor einem hing ein Vorhängeschloss. Er schaute mich an.

Ich zuckte mit den Schultern. »Nur zu. Deshalb sind wir schließlich gekommen.«

»Jetzt gibt's kein Zurück mehr.«

Er nahm seine Glock und schlug mit dem Kolben auf das Schloss. Dieses hielt stand, aber Sampson hatte die Angel herausgerissen. Offenbar sollte das Schloss Starkeys Kinder und vielleicht seine Frau abschrecken.

»Schmuddelbilder«, sagte Sampson, als er herumwühlte. »Pornohefte und scheußliche Masofotos. Auch mit ganz jungen Mädchen. Diese sind unten rum rasiert. Viele Asiatinnen. Möglich, dass sie die Fotos in New York aufgenommen haben.«

Sampson überprüfte den Schrank nach doppelten Wänden. »Nichts, nur diese Scheißpornosammlung. Er ist nicht gerade der Ehemann und Daddy des Jahres, aber das haben wir schließlich schon gewusst.«

Ich suchte weiter, fand aber nichts Belastendes. »Er muss die heiße Ware irgendwoanders versteckt haben. Ich schätze, wir sollten gehen. Lassen wir alles, wie es ist. Ich will, dass Starkey weiß, dass wir hier waren.«

»Könnte Tom Ärger mit seiner Gattin einbringen«, meinte Sampson und zwinkerte mir zu.

»Super, soll er doch Ärger kriegen.«

Ich ging mit Sampson zurück durchs Haus zur Seitentür. Draußen zwitscherten Vögel in den Bäumen. Welche Idylle. Die Sonne stand wie eine strahlende weißgoldene Kugel am blauen Himmel. Rocky Mount war wirklich eine hübsche Stadt.

Vor dem Haus parkte ein blauer Suburban. Starkey, Harris und Griffin warteten auf uns.

Drei blinde Mäuse.

Also drei gegen zwei.

84

Kein Grund, verstecken zu spielen. Sampson und ich holten unsere Waffen heraus. Wir hielten sie mit dem Lauf nach unten, ohne auf jemanden zu zielen. Die drei schienen nicht bewaffnet zu sein. *Nur ein Freundschaftsspiel, richtig*?

»Hier spielt sich überhaupt nichts ab«, rief Starkey. »Hier leben meine Frau und meine Kinder. Es ist eine gute Nachbarschaft. Anständige Menschen in all den Häusern an der Straße.«

»Und hier bewahren Sie auch Ihre Pornosammlung auf«, sagte ich. »Sado-Maso. Erinnerungen an Ihre Bräute aus dem Krieg.«

Er lächelte verkniffen und nickte. »Das auch. Sie sind Detectives, richtig? Washington? Freunde von Sergeant Ellis Cooper. Sie sind aber ziemlich weit weg von zu Hause. Warum fahren Sie nicht zurück nach Washington. Dort ist es sicherer als in Rocky Mount. Glauben Sie mir.«

»Wir wissen, was Sie getan haben«, erklärte ich. »Jedenfalls das meiste. Aber wir wissen noch nicht, warum. Wir kommen der Sache jedoch näher. Das An-Lao-Tal in Vietnam? Was ist dort passiert, Colonel Starkey? Es war schlimm, richtig? Die Dinge gerieten außer Kontrolle. Warum sind die ›Drei blinden Mäuse‹ immer noch tätig?«

Starkey leugnete die Morde nicht, und auch nichts von dem, was ich angesprochen hatte. »Sie können uns nichts anhaben. Wie ich schon sagte, ich glaube, Sie sollten jetzt heimfahren. Betrachten Sie das als eine freundliche Warnung. Wir sind keine schlechten Kerle. Wir tun nur unseren Job.«

»Und wenn wir nicht wegfahren?«, fragte Sampson. »Was, wenn wir die Ermittlungen hier in Rocky Mount weiterführen? Sie haben einen Freund von mir umgebracht.«

Starkey faltete die Hände und schaute Harris und Griffin an. Ich sah, dass den beiden der Sinn keineswegs nach einer freundlichen Warnung stand.

»Kommen Sie nie wieder in die Nähe unserer Häuser«, sagte Starkey. Seine Augen waren eiskalt und hart. Der Profikiller. *Wir sind keine schlechten Kerle. Wir sind sehr viel schlimmer.*

Brownley Harris stieß sich von der Kühlerhaube des Suburban ab. »Habt ihr gehört, was der weiße Mann gesagt hat? Habt ihr beiden Nigger keine Ohren? Ihr solltet auf ihn hören. Und jetzt verpisst euch und kommt nie wieder her. Mit dieser Scheiße kommt ihr nicht ins Haus eines Weißen. Jedenfalls nicht in dieser Gegend, kapiert? Habt ihr Scheißnigger das verstanden?«

Ich lächelte. »Du bist der Hitzkopf. Gut zu wissen. Starkey ist der Anführer. Und wozu macht dich das, Griffin? Bist du nur der Muskelprotz?«

Warren Griffin lachte schallend. »Stimmt. Ich bin der reinste Muskelberg. Und die Artillerie. Ich fresse Typen wie euch zum Frühstück.«

Ich rührte keinen Muskel. Sampson ebenso wenig. Wir starrten die drei nur weiter an. »Eines würde ich gern wissen, Starkey. Woher wisst ihr über uns Bescheid? Wer hat es euch gesagt?«

Die Antwort traf mich ins Mark.

»Der Fußsoldat«, antwortete Colonel Thomas Starkey, grinste und tippte sich an die Baseballmütze.

85

Sampson und ich fuhren am späten Nachmittag auf der Interstate zurück nach Washington. Ich hatte die I-95 langsam satt. Diese dahindonnernde Herde schwarze Abgase spuckender Brummis.

»Die Umstände könnten angenehmer sein, aber es ist schön, so viel Zeit mit dir zu verbringen«, sagte ich, als wir auf der Überholspur dahinfuhren. »Aber du bist zu still. Was ist los? Liegt dir was im Magen?«

John schaute zu mir herüber. »Erinnerst du dich an die Zeit – wir waren ungefähr elf –, als ich zu euch kam und ein paar Wochen mit dir und Nana verbracht habe?«

»Ich erinnere mich, dass du oft bei uns warst«, sagte ich. »Nana pflegte zu sagen, wir seien Brüder, nicht nur Blutsbrüder. Du warst doch immer bei uns.«

»Damals war es anders, Süßer. Ich weiß sogar, weshalb du dich nicht erinnerst. Ich will es dir sagen.«

»Na schön.«

»Weißt du, ich bin nach der Schule nie nach Hause gegangen, weil dort niemand war. An dem Tag bin ich erst gegen halb zehn heimgekommen. Ich habe mir Corned Beef und

Püree zum Abendessen gemacht und mich vor die Glotze gesetzt. *Mission Impossible* hat mir immer gut gefallen. Darauf habe ich die ganze Woche gewartet. Und dann hat's an der Tür geklopft.

Ich bin hingegangen, und da stand Nana. Sie hat mich fest in die Arme genommen, so wie sie es jetzt auch noch macht, wenn wir uns sehen. Sie fragte mich, ob ich für sie auch etwas Corned-Beef-Püree hätte. Sie meinte, sie hätte gern ein Spiegelei darauf. Dann lachte sie. Du weißt schon, ihr berühmtes Kichern.«

»Daran erinnere ich mich überhaupt nicht. Warum ist sie so spät zu dir gekommen?«

Sampson fuhr mit seiner Geschichte fort. »Mein Vater saß in dem Jahr im Knast. Nicht ungewöhnlich. Am Nachmittag hatte man aber meine Mutter wegen Besitzes von Heroin festgenommen, das sie verkaufen wollte. Sie wurde verurteilt. Die Fürsorge kam vorbei, aber ich war nicht da. Jemand hat Nana-Mama angerufen.

Deshalb ist Nana herübergekommen, sie hat sogar ein bisschen von dem Zeug gegessen, das ich gekocht hatte. Sie meinte sogar, es schmecke ihr, und vielleicht würde ich eines Tages ein berühmter Chefkoch. Danach lud sie mich ein, eine Zeit lang bei euch zu wohnen. Sie erklärte mir auch, dass sie beim Jugendamt ihren Charme hatte spielen lassen. Damals hat Nana mich zum ersten Mal gerettet. Das erste Mal von vielen Gelegenheiten.«

Ich nickte und hörte weiter zu. Sampson war mit seiner Geschichte noch nicht zu Ende.

»Sie hat mir auch geholfen, nach der Highschool in die Armee zu kommen. Danach zur Polizeiakademie. Sie ist deine Großmutter, aber für mich ist sie mehr Mutter als meine eigene. Und ich hatte eigentlich nie einen Vater. Wir beide nicht. Ich glaube, das hat uns von Anfang an zusammengeschmiedet.«

Es sah John überhaupt nicht ähnlich, so offen und so lange über sich zu sprechen. Ich sagte immer noch nichts. Ich hatte keine Ahnung, worauf er hinauswollte, aber ich ließ ihn reden, so lange er wollte.

»Ich habe gewusst, dass ich kein Talent zu einem guten Ehemann oder Vater habe. Das habe ich einfach im Innern gefühlt. Wie ist das bei dir?«

»Ich hatte große Bedenken, ehe ich Maria kennen gelernt habe«, sagte ich. »Dann waren sie weg. Jedenfalls die meisten. Ich kannte Maria und wusste, dass wir es schaffen würden. Und als ich zum ersten Mal Damon im Arm hielt, waren auch die restlichen Bedenken verflogen.«

Sampson lächelte und begann schließlich zu lachen. »Ich habe jemanden kennen gelernt, Alex. Es ist komisch, aber sie macht mich glücklich, und ich vertraute ihr meine Geheimnisse an. Schau mich an, ich grinse wie ein verdammtes Honigkuchenpferd.«

Jetzt lachten wir beide. Warum auch nicht? Es war das erste Mal, dass ich John Sampson verliebt erlebte, und wir waren schon seit ewigen Zeiten befreundet.

»Irgendwie werde ich alles kaputtmachen«, meinte er, lachte aber dabei. Den Rest der Heimfahrt scherzten und lachten wir. Mein Gott, John Sampson hatte eine Freundin.

Billie.

86

Nana-Mama pflegte immer zu sagen: »Vor dem Frühstück muss man lachen, vor dem Abendessen weinen.« Wenn man Kinder großzieht, weiß man, dass darin ein Körnchen Wahrheit steckt, so verrückt es auch klingt.

Als ich an diesem Abend zurück in die Fifth Street kam, stand ein großer rotweißer Notarztwagen vor unserem Haus.

Ich parkte den Porsche und sprang hinaus.

Regen und Sturmwind peitschten mir ins Gesicht, Wasser floss über meine Wangen. Vom Regen teilweise geblendet, rannte ich die Vordertreppe hinauf und ins Haus. Mein Herz hämmerte, und eine Stimme in mir flüsterte: *Nein, nein, nein.*

Ich hörte Stimmen im Wohnzimmer und lief hinein. Ich rechnete mit dem Schlimmsten.

Nana-Mama und die Kinder saßen auf dem alten Sofa. Alle hielten sich bei den Händen.

Ihnen gegenüber saß eine Frau im weißen Arztkittel. Ich erkannte Dr. Kayla Coles wieder, die ich in der Nacht bei Damons krankem Freund Ramon kennen gelernt hatte.

»Du hast die ganze Aufregung verpasst«, erklärte Nana, als sie mich eintreten sah.

»Stell dir vor, Daddy, du hast die ganze Aufregung verpasst«, sagte Jannie.

Ich schaute die Ärztin an, die im Sessel saß. »Hallo, Doktor.«

Sie hatte ein gutes Lächeln. »Ich freue mich, Sie wiederzusehen.«

Ich wandte mich an Nana. »Und welche Aufregung habe ich nun verpasst? Als Aperitif – was soll der Notarztwagen draußen?«

Sie zuckte mit den Schultern, »Ich habe gedacht, ich hätte einen Herzanfall, Alex. Aber es hat sich herausgestellt, dass ich nur kurz ohnmächtig geworden bin.«

»Nana erinnert sich nicht, dass sie ohnmächtig geworden

ist«, erklärte Dr. Coles. »Ich war gerade in der Straße. Ich arbeite mit einer Gruppe, die im Southeast einen Gesundheitsdienst betreibt. Das erleichtert den Menschen die medizinische Versorgung. Persönlicher und bezahlbarer…«

Ich unterbrach sie. »Nana ist ohnmächtig geworden. Was ist dann passiert?«

»Damon hat den Notarztwagen gesehen und hat mich geholt. Nana war schon wieder auf den Beinen. Sie hatte einen unregelmäßigen Herzschlag. Zu schnell. Der Puls am Handgelenk war nicht so schnell wie der eigentliche Herzschlag, daher konnte es ein reduzierter Kreislauf sein. Wir haben sie nach St. Anthonys für ein paar Tests gebracht.«

Nana tat alles mit einer Handbewegung ab. »Ich bin in der Küche hingefallen – peng! Ich habe immer gehofft, dass es dort passieren würde. Damon und Jannie waren einfach großartig, Alex. Es wird Zeit, dass sie zur Abwechslung mal auf mich aufpassen.«

Sie lachte und Dr. Coles ebenso. Ich war froh, dass beide die Situation von der komischen Seite nahmen.

»Sie sind immer noch hier. Es ist schon nach neun«, sagte ich zur Ärztin.

Sie lächelte. Vielleicht war das nur berufsmäßige Freundlichkeit. »Wir haben so viel Spaß, da wollte ich noch ein bisschen bleiben. Ich habe noch einen Besuch zu machen, aber Mr. Bryant muss bis zehn Uhr arbeiten.«

»Und Sie haben gewartet, bis ich nach Hause komme«, sagte ich.

»Ja, ich hielt das für eine gute Idee. Nana sagt, Sie arbeiten abends oft sehr lange. Können wir uns eine Minute unterhalten?«

87

Wir traten auf die vordere Veranda. Schwerer Regen prasselte auf das Dach, die Luft war feucht und kühl. Die gute Ärztin wickelte sich in einen alten grauen Pullover.

»Ich habe bereits mit Ihrer Großmutter darüber gesprochen«, sagte sie. »Nana hat mich gebeten, mit Ihnen zu sprechen und Ihnen sämtliche Fragen zu beantworten. Ich würde nie etwas hinter ihrem Rücken tun und sie irgendwie bevormunden.«

»Das ist eine gute Idee«, sagte ich. »Ich glaube, Sie würden feststellen, dass es verdammt schwierig ist, sie zu bevormunden.«

Kayla lachte. »Oh, ich *weiß*. Ich hatte Mrs. Regina Hope Cross in der achten Klasse. Sie ist die inspirierendste Lehrerin, die ich je hatte. Das schließt auch das Studium in Brandeis und in Tufts ein. Ich wollte Ihnen nur mein Resumee mitteilen.«

»Okay, ich bin beeindruckt. Und jetzt zu Nana. Was ist mit ihr los?«

Kayla seufzte. »Sie wird alt, Alex. Sie bekennt sich zu ihren zweiundachtzig. Die Ergebnisse der Tests, die wir in St. Anthonys gemacht haben, sind erst morgen oder übermorgen ausgewertet. Das Labor ruft mich an, danach rufe ich Nana selbst an. Meine Sorge? Sie hat seit mehreren Wochen Herzrasen, dazu Schwindel und Kurzarmigkeit. Hat sie Ihnen das gesagt?«

Ich schüttelte den Kopf. Plötzlich fühlte ich mich furchtbar schuldbewusst. »Ich hatte keine Ahnung. Mir hat sie gesagt, sie fühle sich prima. Vor etlichen Wochen hatte sie einen schlechten Morgen, aber seither hat sie sich nicht mehr beschwert.«

»Sie will nicht, dass Sie sich ihretwegen Sorgen machen. Als sie im St. Anthony's war, haben wir auch ein EKG gemacht, reine Routine. Wie ich schon sagte, ihr Herzschlag ist unregelmäßig. Positiv ist andererseits, dass es kein Anzeichen für ein Ödem gibt. Ihre Lungen sind sauber. Nichts deutet auf einen Gehirnschlag hin, nicht mal einen leichten. Nana hat für ihr Alter eine allgemein gute Muskelstärke.«

»Aber was ist ihr zugestoßen? Irgendeine Idee?«

»Nun, wir werden bald die Testergebnisse haben. Dr. Redd im Labor war auch in Nanas Klasse. Wenn ich eine Vermutung äußern soll – ich halte es für atriale Fibrillation. Dabei geht es um die beiden oberen kleinen Herzkammern, die Atria. Sie scheinen zu zittern, anstatt richtig zu schlagen. Es besteht das Risiko eines Blutpfropfens.«

»Ich nehme an, es ist in Ordnung, wenn sie heute Nacht hier bleibt«, sagte ich. »Ich will nicht, dass sie aus Sturheit nicht ins Krankenhaus geht, wenn es nötig ist. Geld spielt keine Rolle.«

Kayla Coles nickte. »Alex, ich bin der Meinung, dass sie durchaus daheim bleiben kann. Sie hat gesagt, ihre Schwester würde morgen aus Maryland kommen. Ich halte das für eine kluge Vorsichtsmaßnahme. Dann kann ihr jemand mit den Kindern und im Haus helfen.«

»Ich helfe bei den Kindern«, sagte ich. »Und im Haus.«

Sie zog eine Braue hoch. »Ich glaube, wir haben bereits festgestellt, dass Sie zu viel arbeiten.«

Ich seufzte und schloss ein paar Sekunden lang die Augen. Die Neuigkeiten sanken jetzt erst richtig ein. Ich musste mich ihnen stellen. Nana war über achtzig, und sie war krank.

Kayla tätschelte meinen Arm. »Sie ist zwar alt, aber sie ist auch stark, und sie will noch eine ganze Weile bei uns bleiben. Das ist wichtig, Alex. Nana glaubt, dass Sie und die Kinder sie brauchen.«

Schließlich gelang mir ein mühsames Lächeln. »Na ja, in dem Punkt hat sie Recht.«

»Lassen Sie sie nicht zu viel tun, ja?«

»Es ist schwer, sie auf Sparflamme zu halten.«

»Dann binden Sie sie fest, wenn's sein muss«, sagte Kayla Coles und lachte.

Ich konnte nicht lachen. Ich wusste ziemlich viel über Herzkrankheiten aus meiner Zeit an der John-Hopkins-Universität. Ich würde Nana mit Sicherheit scharf beobachten. »Was ist mit Ihnen, Doktor Coles? Was ist mit Ihrem Arbeitspensum? Fast zehn Uhr, und Sie machen noch Hausbesuche.«

Sie zuckte die Schultern. Die Frage schien ihr peinlich zu sein. »Ich bin jung. Ich bin kräftig und glaube, dass die Menschen in dieser Nachbarschaft einen ordentlichen Gesundheitsdienst brauchen, den sie sich leisten können. Und ich bemühe mich, ihnen das zu geben. Gute Nacht, Alex. Passen Sie gut auf Ihre Großmutter auf.«

»Das werde ich, versprochen.«

»Der Pfad zur Hölle«, sagte sie.

»Ist mit guten Vorsätzen gepflastert.«

Sie nickte und verließ die Veranda. »Sagen Sie allen eine gute Nacht von mir.« Dr. Coles lief die Fifth Street hinunter auf dem Weg zu ihrem letzten Hausbesuch für heute.

88

Am nächsten Tag suchte ich nach weiteren Hintergrundinformationen über die »Drei blinden Mäuse«. Ich klebte Notizen an die Wände in meinem Dachzimmer, aber ich konnte mich einfach nicht konzentrieren. Nanas Labortests sollten am Nachmittag kommen. Wie Kayla Coles versprochen hatte, rief sie Nana an. Nach ihrem Gespräch mit Nana redeten wir miteinander.

»Ich wollte Ihnen noch mal für Ihre Hilfe danken«, sagte ich. »Es tut mir Leid, dass ich neulich im Wohnzimmer so unhöflich war.«

»Wieso glauben Sie, dass Sie unhöflich waren? Sie hatten schlichtweg Angst. Ich glaube nicht, dass ›Unhöflichkeit‹ zu Ihrem Make-up gehört. Aber nun zu Ihrer Großmutter. Sie leidet unter einer atrialen Fibrillation, aber wenn man alles in Betracht zieht, ist das nicht allzu schlimm.«

»Sagen Sie mir, weshalb ich darüber glücklich sein sollte«, meinte ich.

»Nicht glücklich. Aber die Behandlung ist noninvasiv und sehr Erfolg versprechend. Ich glaube, wir können sie mit einer Katheterablation behandeln. Damit fangen wir an. Am nächsten Tag kann sie heimgehen, und in einer Woche ist sie hoffentlich wieder ganz sie selbst.«

»Wann sollte sie zu der Behandlung kommen?«, fragte ich.

»Das liegt bei ihr. Ich würde aber nicht länger als zwei Wochen warten. Als ich den Krankenhausaufenthalt ansprach, klang sie etwas störrisch und meinte, sie hätte zu viel zu tun.«

»Ich rede mit ihr. Mal sehen, ob es hilft. Was tun wir bis dahin?«

»Nur Baby-Aspirin. Einmal pro Tag einundachtzig Milligramm. Sie muss das Koffein einschränken – Kaffee und Tee.

Und Nana sollte alle Situationen vermeiden, die zu Stress führen könnten. Viel Glück damit.«

»Das ist alles?«, fragte ich.

»Im Augenblick, ja. Bitte passen Sie wegen des Stresses auf. Wenn sie will, bleibe ich mit ihr in Verbindung.«

»Ich weiß, dass sie das will.«

Kayla Coles lachte. »Gut. Sie ist eine kluge alte Frau, nicht wahr? Wir werden dafür sorgen, dass sie hundert wird.«

Ich lachte. »Ich hoffe, *ich* erlebe, dass sie hundert wird. Also keine besonderen Vorsichtsmaßnahmen, bis sie zur Behandlung ins Krankenhaus geht.«

»Nein, keine. Sorgen Sie nur dafür, dass Sie nicht zu viel Aufregung in ihr Leben bringen.«

»Ich werde mein Bestes tun«, versprach ich.

»Tun Sie Ihr Bestes, und lassen Sie sich nicht erschießen«, sagte Kayla, ehe sie auflegte.

89

Wenn ich zu Hause blieb, konnte ich nicht erschossen werden – jedenfalls glaubte ich das. Mehrere Tage nach meinem Gespräch mit Dr. Kayla Coles kam ich morgens hinunter, um für die Kinder das Frühstück zu machen. Nana saß auf ihrem Platz am Küchentisch, vor ihr ein großer brauner dampfender Becher.

»Nein, nein.« Ich drohte ihr mit dem Finger.

»Koffeinfrei«, erklärte sie. »Fang bloß nicht an, mich zu bemuttern, Alex.«

»Nein, nein. Ich sage nicht mal, dass du heute Morgen ein bisschen überempfindlich bist. Gut geschlafen?«

»Niemand in meinem Alter schläft gut. Ich habe einen Termin für die Katheterablation gemacht. Ich gehe heute in einer Woche hin. Glücklich?«

»Sehr glücklich«, sagte ich und umarmte sie. Sie erwiderte die Umarmung. Dr. Kayla hatte Recht – sie war für ihr Alter kräftig.

Später sprach ich mit dem FBI-Direktor Burns. Er teilte mir mit, dass er die E-Mail von Fußsoldat zurückverfolgen ließ, aber bis jetzt ohne Erfolg. Er fragte, ob ich über sein Angebot, für das FBI zu arbeiten, ernsthaft nachgedacht hätte. Ich hatte diese Frage erwartet.

»Ich habe darüber nachgedacht. Mein Leben ist plötzlich etwas kompliziert geworden. Vor allem muss ich erst mal diesen Fall mit der Armee irgendwie zum Abschluss bringen.«

»Hilft die Armee, oder wirft sie Ihnen Knüppel zwischen die Beine?«, fragte Burns.

»Ein bisschen von beidem. Ich habe ein paar wirklich prima Leute kennen gelernt. Aber die Armee ist wie alle anderen. Bei diesem Mordfall läuft eine unglaubliche Schweinerei ab. Die Armee weiß es, und ich weiß es. Ich spüre es in den Knochen. Es wird noch mehr Morde geben. Das ist meine Angst.«

»Wenn ich helfen kann, Alex, tue ich das gern, ganz ohne Bedingungen«, sagte Burns. »Das ist ein großer Fall. Und ich halte ihn für wichtig.«

»Danke, ich weiß Ihr Angebot zu schätzen.«

Nach dem Telefonat machte ich mich auf die Suche nach Nana. Sie werkelte wie üblich in der Küche. In *ihrer* Küche, in *ihrem* Haus.

»Ich brauche eine Pause und du auch«, sagte ich. »Wohin willst du nach deiner Behandlung gehen?«

»Paris«, antwortete Nana, ohne mit der Wimper zu zucken. »Dann vielleicht Rom. Selbstverständlich auch Venedig. Florenz wäre auch schön. Danach über London wieder nach

Hause. Kurz mal die Königin besuchen. Was meinst du? Klingt zu überspannt? Vielleicht hattest du an eine Fahrt mit dem Zug nach Baltimore gedacht?«, meinte sie und lachte über ihren eigenen Scherz. Sie war eine komische Dame und hatte schon immer Humor gehabt.

»Ich habe etwas Geld gespart«, sagte ich.

»Ich auch«, erklärte sie. »Was ist mit Jamilla? Was ist mit deinem Job?«

»Es wäre schön, wenn Jamilla sich ein paar Tage freinehmen könnte, aber sie liebt ihre Arbeit.«

»Klingt irgendwie bekannt, richtig? Wie geht's deiner Murmelsammlung? Vielleicht sollte ich ihr auch zwei Gläser kaufen.«

Ich lachte. Dann ging ich zu ihr und legte die Arme um Nana. »Ich liebe dich, alte Frau«, sagte ich. »Das sage ich dir nicht oft genug, und wenn ich es tue, dann nicht mit der Leidenschaft, die ich empfinde.«

»Das hört sich gut an«, meinte sie. »Manchmal kannst du so lieb sein. Ich liebe dich auch, und ich sage es immer mit der Leidenschaft, die ich empfinde.«

»Fühlst du dich wohl?«, fragte ich.

»Heute schon, wie's morgen aussieht, weiß niemand.« Sie zuckte die Schultern. »Ich mache jetzt Lunch. Frage nicht, ob du helfen kannst. Mir geht's gut, noch bin ich auf der richtigen Seite vom Rasen.«

Nach dem Lunch ging ich wieder hinauf in mein Arbeitszimmer auf dem Speicher, um über die nächsten Schritte nachzudenken. Ein Fax wartete auf mich. Ich drohte ihm mit dem Finger.

Es war eine Kopie eines Artikels im *Miami Herald*. Ich las von der Hinrichtung in der vergangenen Nacht im Staatsgefängnis von Florida, in Starke. Der Mann hieß Abraham Tichter und war in Vietnam bei den Special Forces gewesen.

Unter den Artikel hatte jemand gekritzelt:

Unschuldig bei diesen Morden in Florida. Fälschlicherweise angeklagt, verurteilt und hingerichtet. Mit Abraham Tichter sind es sechs, falls Sie nicht mitgezählt haben.

Fußsoldat

Ich zählte mit.

90

Seit Nanas Schwächeanfall erledigte ich das Einkaufen und die meisten Arbeiten im Haushalt. Für gewöhnlich nahm ich Klein-Alex mit zu dem Safeway an der Fourth Street. Das machte ich am frühen Nachmittag.

Ich trug ihn auf den Schultern durch die Küchentür zum Auto.

Alex lachte und plapperte wie immer. Der Junge hält nie den Mund oder sitzt still. Er ist ein Springball aus purer Energie, und ich kann nicht genug von ihm kriegen.

In Gedanken war ich immer noch bei der letzten Botschaft von Fußsoldat. Ich weiß gar nicht, wie es kam, dass mir der schwarze Jeep auffiel, der die Fifth hinunterfuhr.

Er fuhr etwa dreißig Meilen, knapp über der erlaubten Höchstgeschwindigkeit.

Ich weiß nicht, weshalb ich ihm so viel Aufmerksamkeit schenkte, aber ich tat es. Ich ließ ihn nicht aus den Augen, als er sich mir und Klein-Alex näherte.

Plötzlich ragte der Lauf einer schwarzen Tec aus dem Seitenfenster des Jeeps. Ich nahm Klein-Alex von den Schultern und warf mich zu Boden und über den Kleinen.

Dann begann die Schießerei.

Peng, peng, peng, peng.

Ich robbte über den Rasen und schützte meinen Sohn mit dem linken Arm. Dann schleppte ich ihn hinter einen dicken Baum. Ich brauchte Deckung gegen den Schützen.

Ich hatte das Innere des Jeeps nicht deutlich erkennen können, hatte aber gesehen, dass der Fahrer und der Schütze weiß waren. Zwei – nicht drei.

Ich konnte nicht mit Sicherheit sagen, dass es sich bei den beiden um die Männer aus Rocky Mount handelte. Aber wer sollte es sonst sein? Die Scharfschützen aus West Point? Waren es dieselben Männer? Was geschah jetzt auf der Fifth Street? Wer hatte das befohlen?

Peng, peng, peng, peng.

Peng, peng, peng, peng.

Kugeln bohrten sich in die Wände des Hauses, ein Vorderfenster zersplitterte. Irgendwie musste ich den Angriff stoppen. *Aber wie*? Ich kroch zur Veranda. Ich schaffte es vor der nächsten Salve.

Peng, peng, peng, peng.

Unglaublich, selbst hier im Southeast.

Ich schob Alex hinter die Veranda. Er schrie wie am Spieß. Armer kleiner verängstigter Junge. Ich hielt ihn zu Boden gedrückt. Dann hob ich den Kopf und wagte einen kurzen Blick auf den Jeep, der jetzt vor meinem Haus stand.

Peng, peng, peng, peng.

Ich erwiderte das Feuer. Drei sorgfältig gezielte Schüsse, um niemanden in der Nachbarschaft zu verletzen. Dann noch zwei Schüsse. *Ja*! Ich wusste, dass ich den Schützen erwischt hatte. Möglicherweise in die Brust, aber wahrscheinlich in die Kehle. Ich sah, wie er zurückgeschleudert wurde und dann auf dem Sitz zusammensank. Es kamen keine weiteren Schüsse.

Und dann raste der Jeep unvermittelt mit quietschenden Reifen davon und schlitterte um die nächste Ecke.

Ich trug Klein-Alex ins Haus und trieb Nana und den Kleinen in ihr Zimmer. Dort befahl ich ihnen, sich auf den Boden zu legen. Ich rief Sampson an. Er war in wenigen Minuten da. Gerade war ich halbwegs über den Schock und die Angst um meine Familie hinweg, da setzte die Wut ein. Ich war außer mir vor Wut und Rachedurst und zitterte am ganzen Körper.

»'ne Menge kaputter Scheiben, ein paar Löcher in den Wänden. Keiner verletzt«, meldete Sampson nach einer kurzen Inspektion des Hauses.

»Es war nur eine Warnung, sonst hätten sie mich getötet. Sie kamen zum Haus, um eine Botschaft abzuliefern. So wie wir in Starkeys Haus in Rocky Mount eine Botschaft hinterlassen haben.«

91

Es war kurz nach vier Uhr morgens, als Thomas Starkey aus der Küchentür seines Hauses trat. Er ging über den vom Tau feuchten Rasen zu seinem blauen Suburban. Der Motor sprang auf Anhieb an. Starkey hatte den Wagen immer perfekt gewartet, er erledigte den Kundendienst selbst.

»Ich würde dem Wichser zu gern ein paar Kugeln in den Leib jagen«, sagte Sampson neben mir. Wir parkten im tiefen Schatten am Ende der Straße. »Oder zumindest ein paar Scheiben einschießen und ein bisschen Terror verbreiten.«

»Vergiss diesen Gedanken nicht.«

Wenige Minuten später hielt der Suburban und holte Warren Griffin ab, der in der Nähe wohnte, in Greystone. Dann fuhr er weiter nach Knob Hill. Brownley Harris stieg ein. Danach verließ der Wagen Rocky Mount auf der US-64, in Richtung Raleigh.

»Keiner von denen sieht angeschossen aus«, sagte Sampson. »Schade. Wen hast du auf der Fifth Street erwischt?«

»Keine Ahnung. Aber das verkompliziert die Sache, richtig? Diese drei wissen etwas, das steht fest. Sie gehören zu dieser Verschwörung, von der wir gehört haben.«

»Die graue Mauer des Schweigens?«

»Genau. Scheint ziemlich gut zu funktionieren.«

Ich musste nicht allzu nahe hinterherfahren, ich brauchte den Suburban nicht einmal im Auge zu behalten, denn gegen drei Uhr morgens hatte ich einen Sender unter das Fahrzeug geklebt. Ron Burns half mir auf jede erdenkliche Weise. Ich hatte ihm von der Schießerei bei meinem Haus erzählt.

Ich hielt einen guten Abstand zu den Killern. Der Suburban blieb auf der US-64, fuhr vorbei an Zebulon, dann auf der I-40 zur 85-South. Wir fuhren an Burlington vorbei, an Greensboro, Charlotte, Gastonia und dann nach South Carolina hinein.

Sampson saß neben mir, war aber eingeschlafen, ehe wir South Carolina erreichten. Er hatte den ganzen gestrigen Tag gearbeitet und war erschöpft. In Georgia wachte er auf, gähnte und streckte seinen Körper, so gut es in dem engen Wagen ging.

»Wo sind wir?«

»Lavonia.«

»Oh, das sind gute Nachrichten. Wo ist Lavonia?«

»In der Nähe von Sandy Cross. Wir sind in Georgia. Immer noch dicht hinter ihnen.«

»Glaubst du, dass sie wieder zuschlagen?«

»Wir werden sehen.«

In Doraville hielten wir an einem Imbiss und frühstückten. Das neue Peilgerät am Suburban funktionierte noch. Es schien höchst unwahrscheinlich, dass sie es zum jetzigen Zeitpunkt entdecken würden.

Das Frühstück – Käseomelette, Bauernschinken und Porridge aus grobem Maismehl – war ein bisschen enttäuschend. Der Imbiss hatte einladend ausgesehen, und es hatte gut gerochen, als wir hereinkamen, aber die großen Portionen schmeckten fade, abgesehen vom Schinken, der für meinen Geschmack zu salzig war.

»Nimmst du Burns' Angebot an und wirst ein FBI-Mann?«, fragte Sampson, nachdem er den zweiten Kaffee getrunken hatte. Jetzt war er richtig wach.

»Ich bin mir noch nicht ganz sicher. Frag mich mal in ein oder zwei Wochen. Im Augenblick bin ich ein bisschen ausgebrannt.«

Sampson nickte. »Schon gut. Tut mir Leid, dass ich dich in diese Sache reingezogen habe, Alex. Ich weiß nicht mal, ob wir sie überführen können. Sie sind großkotzig, aber auch vorsichtig, wenn es nötig ist.«

Ich stimmte ihm zu. »Meiner Meinung nach schlagen sie nur wegen des Geldes zu. Aber das erklärt nicht alles. Was ist passiert, und was hat diese Morde ausgelöst? Wer steckt dahinter? Wer zahlt die Rechnungen?«

Sampsons Augen verengten sich. »Die drei haben im Krieg Geschmack am Töten bekommen. Das passiert schon mal. Ich habe es selbst gesehen.«

Ich legte Messer und Gabel weg und schob den Teller zur Seite. Ich konnte das Omelette und den Schinken unmöglich aufessen. Den Maisbrei hatte ich kaum angerührt. Da fehlte etwas, vielleicht Cheddar-Käse? Zwiebeln, sautierte Champignons?

»Ich schulde dir etwas, Alex. Ich stehe tief in deiner Schuld.«

Ich schüttelte den Kopf. »Du schuldest mir überhaupt nichts. Aber ich kassiere vielleicht trotzdem.«

Wir gingen hinaus zum Wagen und folgten die nächsten zwei Stunden dem Signal. Die Fahrt dauerte vom Morgen bis zum frühen Nachmittag.

Wir waren auf der I-75, die uns zur US-41 brachte und dann auf die *alte* 41. Dann waren wir auf einer engen kurvenreichen Landstraße im Kennesaw-Mountain-Nationalpark. Wir folgten drei Mördern im nördlichen Georgia, ungefähr acht Stunden Fahrt und fünfhundert Meilen von Rocky Mount entfernt.

Beim ersten Mal verpasste ich die Abzweigung und musste zurückfahren. Ein Truthahngeier saß da und beobachtete uns. Die Wälder hier waren sehr dicht, die Blätter hielten die Sonne fern und wirkten irgendwie bedrohlich.

Der Peilsender zeigte an, dass sich der Suburban nicht mehr bewegte.

»Wir sollten irgendwo bei der Straße parken und den Wagen so gut wie möglich verstecken und dann zu Fuß weiter durch den Wald marschieren«, sagte ich.

»Klingt wie ein Plan. Aber ich hasse diesen beschissenen Wald.«

Ich fand eine Ausweichstelle, wo wir den Wagen gut verstecken konnten. Wir machten den Kofferraum auf und holten einen Tragebeutel heraus, dazu Munition und Nachsichtbrillen für jeden. Dann marschierten wir eine halbe Meile durch den Wald, ehe wir eine kleine Hütte sahen. Rauch kräuselte aus dem aus Feldsteinen gemauerten Kamin.

Was für ein idyllisches Plätzchen. Aber wofür? Eine Art Geheimtreffen? Wer war dort?

Die Hütte stand bei einem kleinen See, der vom Jacks River gespeist wurde. Ahorn, Buchen und Schierling säumten die grüne Lichtung. Einige Bäume hatten etwa einen Durchmesser von eins achtzig.

Der blaue Suburban parkte vor der Hütte – und daneben ein silberner Mercedes mit Nummernschildern von North Carolina.

»Sie haben Besuch. Wer, zum Teufel, ist da?«, fragte Sampson. »Vielleicht haben wir Glück.«

Die Vordertür öffnete sich, und Colonel Thomas Starkey

trat heraus. Er trug ein grünes T-Shirt und ausgebeulte Uniformhosen.

Direkt hinter ihm kam Marc Sherman, Bezirksstaatsanwalt des Cumberland Countys. *O Gott*!

Das war der Anwalt, der Ellis Cooper wegen dreifachen Mordes angeklagt und überführt hatte, wegen Morden, die Cooper nie begangen hatte.

92

»Was, zum Teufel, ist das? Weißt du, *wer* das ist?«, fragte Sampson. Er war kurz vor einem Wutanfall.

»Ich erinnere mich an ihn. Wie du gesagt hast, vielleicht haben wir heute Schwein. Aber warum könnte Marc Sherman hier sein?«

Sampson und ich hockten hinter uralten Buchen, ungefähr hundert Meter von der Hütte entfernt. Der Wald war unheimlich dunkel. Er kam mir wie ein Urwald vor. Die Wurzeln der riesigen Bäume ringsum waren von Moos und Farn bedeckt. Auf dem Marsch hierher hatten uns Dornenranken von Brombeeren und Hagebutten die Beine übel zerkratzt.

»Wir sitzen irgendwo bei Kennesaw, Georgia, tief in der Scheiße. Wir sind viele Stunden gefahren, um herzukommen. Und jetzt was?«, fragte John.

»Wir warten ab und halten die Ohren offen«, antwortete ich.

Ich holte aus dem Beutel eine schwarze Kiste, die mit einer Art silbernem Zauberstab versehen war. Es war ein Richtmikrofon für große Entfernungen. Eine kleine Aufmerksamkeit meiner neuen Kumpel aus dem FBI.

Sampson nickte, als er sah, was es war. »Das FBI will dich offensichtlich unbedingt haben.«

Ich nickte. »Ja, stimmt. Das ist das neueste Gerät auf dem Markt, aber wir sollten noch ein bisschen näher ran.«

Wir robbten im Schutz der Bäume auf Händen und Knien näher an die Hütte heran. Außer dem Mikrofon hatten wir noch Gewehre und unsere 9-mm-Glocks dabei.

»Nimm noch einen von denen, falls du die Brille nicht magst.« Ich reichte ihm einen Taschenfeldstecher, der bei Tag und Nacht funktionierte. Voll ausgezogen war er knapp fünfzehn Zentimeter lang. Noch eine wertvolle Leihgabe vom FBI.

»Ist ja nur eine kühne Vermutung«, meinte Sampson. »Aber die Jungs haben bestimmt auch ein bisschen Kriegsspielzeug in der Hütte.«

»Das denke ich auch. Das habe ich auch behauptet, um Burns zu überzeugen. Das und die Tatsache, dass sie bei meinem Haus auf mich geschossen haben. Burns hat selbst drei Kinder. Er hatte Verständnis.«

Sampson blickte mich an. »Ich dachte, du warst nicht sicher, dass es in Washington die drei waren.«

»War ich auch nicht. Aber ich musste Burns irgendwas erzählen. Ich bin nicht sicher, dass sie es *nicht* waren.«

Sampson grinste und schüttelte den Kopf. »Sie werden dich feuern, ehe sie dich heuern.«

Ich presste mich auf den Boden und richtete ein Ende des Mikrofons auf die Hütte. Wir waren nur noch fünfundvierzig Meter entfernt. Ich drehte am Mikro, bis die Stimmen so klar waren, als wären sie nur wenige Schritte von uns entfernt.

Ich erkannte Starkeys Stimme. »Ich dachte, wir feiern ein bisschen heute Abend, Anwalt. Morgen schießen wir dann ein paar kapitale Böcke am Berg. Machen Sie mit?«

»Ich muss heute Abend noch zurückfahren«, sagte Marc Sherman. »Keine Jagd für mich, fürchte ich.«

Es folgte ein kurzes Schweigen – dann lautes Gelächter. Drei oder vier Männer.

Brownley Harris ergriff das Wort. »Das ist schon in Ordnung, Sherman. Nimm dein Blutgeld und verpiss dich, warum nicht? Kennst du den schon? Der Teufel trifft sich mit seinem Anwalt.«

»Den kenne ich«, antwortete Sherman.

»Der ist wahnsinnig komisch, Marc. Hör genau zu. Der Teufel ist gerissen und aalglatt, *du weißt schon,* was ich meine, Anwalt, richtig? Der Teufel sagt: ›Ich mache dich gleich jetzt zum Senior-Partner. Heute noch.‹ Der junge Anwalt fragt: ›Was muss ich tun?‹ Darauf der Teufel: ›Ich will deine unsterbliche Seele.‹ Pause. ›Und die unsterblichen Seelen deiner ganzen Familie.‹ Der junge Anwalt denkt kurz nach, betrachtet den Teufel genau und sagt schließlich: ›Und was ist der Haken?‹«

Aus der Hütte ertönte unbändiges Gelächter. Selbst Sherman lachte aus vollem Hals.

»Auch beim vierten Mal ist der Witz noch irrsinnig komisch. Ihr habt doch den Rest meines Geldes?«, fragte Sherman, sobald das Gelächter verstummt war.

»Selbstverständlich. Wir haben unser Geld gekriegt, und wir bezahlen Sie in voller Höhe. Wir halten unsere Abmachungen, Mr. Sherman. Sie können uns trauen. Wir sind Männer mit Ehre.«

Plötzlich hörte ich links von uns Motorenlärm. Sampson und ich wirbelten herum. Was, zum Teufel, war das? Ein roter Sportwagen rauschte auf der unbefestigten Straße heran. Zu schnell.

»Wer, zum Teufel, ist das?«, fragte Sampson flüsternd. »Noch mehr Killer? Vielleicht die Schützen aus Washington?«

»Wer auch immer es ist, sie haben's verdammt eilig.«

Wie schauten zu, wie der rote Sportwagen über die Löcher

in der Straße raste. Hinter dem Suburban hielt er in einer dicken Staubwolke an.

Die Tür der Hütte öffnete sich. Starkey und Harris traten auf die Veranda.

Die Türen des Sportwagens flogen gleichzeitig auf, als wäre die Choreographie einstudiert.

Zwei dunkelhaarige Frauen stiegen aus. Asiatinnen und ausgesprochen hübsch. Sie trugen mehr als knappe Tops, extrem kurze Röckchen und Schuhe mit irrsinnig hohen Absätzen. Die Fahrerin schwenkte eine Flasche, die in Silberpapier gewickelt war. Sie lächelte Starkey an.

»Chào mừng đã đến với tổ ấm của chúng tôi«, brüllte Starkey.

»Vietnamesisch«, erklärte mir Sampson. »Starkey hat etwas gesagt, das so ähnlich ist wie ›willkommen bei unserem Gelage‹.«

93

Seit über zwei Stunden observierten wir die Hütte. Jetzt sahen wir zu, wie die Sonne hinter den Bergen unterging. Es war kühl geworden, und mein Körper war von der langen Fahrt ganz steif. Der Wind pfiff durch den Wald. Ich hatte das Gefühl, als wehte er durch mich hindurch.

»Wir kriegen sie«, versicherte mir Sampson. Ich glaube, er wollte mich aufmuntern. »Vielleicht heute Abend. vielleicht nicht. Sie werden Fehler machen, Alex.«

Ich war seiner Meinung. »Ja, das werden sie. Sie sind nicht unbesiegbar. Ich bin nicht mal sicher, dass sie über die gesamte Geschichte Bescheid wissen. Vielleicht sind sie nur ein Teilstück.«

Wir konnten jedes Wort hören, das in der Hütte gesprochen wurde. Offenbar hatte sich Marc Sherman entschieden, bei der Party zu bleiben. Rockmusik erschallte. Janis Joplin heulte, und eine der Asiatinnen sang mit. Es klang wie schlechtes Karaoke, aber niemand beschwerte sich. Dann kamen die Doors. Erinnerungen an Vietnam, nehme ich an. »This is the end…«

Gelegentlich ging einer am Fenster vorbei. Die Asiatinnen hatten beide die Oberteile ausgezogen. Die Größere der beiden trat kurz vor die Tür. Sie rauchte gierig einen Joint.

Harris gesellte sich auf der Veranda zu ihr. Sie sprachen englisch.

»Ich habe deine Mama-san gekannt«, sagte er und kicherte.

»Das ist ein Witz, oder?« Das junge Mädchen lachte und stieß dicke Rauchwolken aus. »Natürlich ist das ein Witz. Jetzt kapiere ich ihn, jedenfalls ungefähr.« Sie schien noch ein Teenager zu sein, höchstens Anfang zwanzig. Ihre Brüste waren groß und rund, künstlich stabilisiert. Sie wiegte sich auf den hohen Absätzen.

»Nein, ich kannte sie wirklich. Sie war meine Matratzen-Mama. Ich hab's mit ihr gemacht, und jetzt mache ich es mit dir. Siehst du die Ironie?«

Das Mädchen lachte wieder. »Ich sehe nur, dass du zugedröhnt bist.«

»Ja, das kann schon sein, du gescheites kleines Luder. Aber da ist noch was. Vielleicht bist du meine Tochter.«

Ich drehte das Mikro ab und starrte auf die A-förmige Hütte. Sie sah wie eine freundliche Ferienunterkunft für Familien aus. Wir hatten gehört, dass die drei seit Mitte der achtziger Jahre hierher kamen. Sie hatten von Morden gesprochen, die sie hier im Wald begangen hatten, aber nicht, wer getötet wurde oder weshalb. Oder wo die Leichen vergraben waren.

Jim Morrison sang immer noch »The End«. Auch der Fernseher lief. Ein Footballspiel der University of Georgia. Georgia gegen Auburn. Warren Griffin feuerte lautstark Auburn an. Marc Sherman hatte offenbar an der Georgia studiert, und Griffin machte ihn nieder.

Sampson und ich lagen in einem trockenen Bachbett in sicherer Entfernung. Es war empfindlich kalt geworden. Der Wind pfiff durch die Bäume.

»Starkey scheint bei der Party nicht mitzumachen«, flüsterte Sampson. »Ist dir das aufgefallen? Was tut er?«

»Starkey schaut lieber zu. Er ist der Vorsichtige, der Führer. Ich gehe ein bisschen näher ran. Wir haben von dem anderen Mädchen lange nichts gesehen oder gehört. Das macht mich nervös.«

In diesem Moment hörten wir Marc Shermans Stimme. »O Gott, leg das Messer weg! Sei vorsichtig, Mann.«

»Warum, zum Teufel, soll ich sie nicht aufschlitzen?« brüllte Harris. »Was bedeutet sie denn für dich? Na schön, dann schneide du doch zu. Versuch's mal. Es wird dir gefallen. Mach dir zur Abwechslung die Hände auch mal schmutzig, Anwalt.«

»Ich warne dich, Harris. Leg das gottverdammte Messer weg!«

»Du warnst mich? Das ist köstlich. Hier – nimm das Messer. *Nimm's*! Los!«

Der Bezirksstaatsanwalt stöhnte laut. Ich war ziemlich sicher, dass er erstochen wurde.

Die Mädchen fingen an zu schreien. Sherman stöhnte vor Schmerzen. Chaos herrschte in der Hütte.

»Cockadau!«, brüllte Harris auf Vietnamesisch. Er klang, als hätte er den Verstand verloren.

»*Cockadau* heißt ›töte‹«, erklärte mir Sampson.

94

Sampson und ich waren blitzartig aufgesprungen und rannten zur Hütte. Wir erreichten die Tür gleichzeitig. Er ging mit gezogener Waffe voraus.

»Polizei!«, brüllte er und übertönte die Rockmusik und das Fernsehen. »Polizei! Hände hoch! Jetzt!«

Ich war direkt hinter Sampson, als Starkey das Feuer mit der MP5 eröffnete. Gleichzeitig schoss Griffin mit einer Pistole durch den Raum. Die beiden Asiatinnen rannten schreiend aus der Hintertür der Hütte. Sie waren aufgrund ihrer Erfahrungen auf der Straße gewitzt genug, um für einen schnellen Abgang zu sorgen. Ich sah, dass die Kleinere tiefe Schnitte auf einer Wange hatte. Blut floss von ihrem Gesicht.

Marc Sherman lag reglos auf dem Boden. An der Wand hinter dem Körper des Anwalts waren dunkle Blutspritzer. Er war tot.

Wieder spuckte die große Kanone Feuer. Rauch füllte die Hütte. Meine Ohren dröhnten.

»Raus!«, schrie Starkey seinen Kumpanen zu.

»Di di mau!«, brüllte Brownley Harris. Er schien tatsächlich zu lachen. War er komplett übergeschnappt? Waren sie alle verrückt?

Die drei Mörder rannten durch die Hintertür ins Freie. Warren Griffin deckte den Rückzug mit schwerem Feuer. Sie wollten keine Entscheidung in der Hütte. Starkey hatte andere Pläne für sein Team.

Sampson und ich schossen den Männern hinterher, aber sie schafften es, zu entkommen. Wir näherten uns vorsichtig der Hintertür. Dort wartete niemand. Im Moment schoss niemand auf uns.

Plötzlich hörten wir Schüsse in einiger Entfernung von der Hütte. Ein halbes Dutzend. Dann die schrillen Schreie der Frauen aus dem Wald.

Vorsichtig steckte ich den Kopf um die Ecke der Hütte. Mir gefiel ganz und gar nicht, was ich sah. Die beiden Asiatinnen hatten es nicht bis zu ihrem Wagen geschafft. Beide lagen auf der Erde. Man hatte sie in den Rücken geschossen. Keine der beiden rührte sich.

Ich wandte mich an Sampson. »Sie werden uns nicht in Ruhe lassen. Sie wollen uns im Wald erledigen.«

Er schüttelte den Kopf. »Nein, werden sie nicht. Wir werden *sie* erledigen. Sobald wir sie sehen, schießen wir los. Keine Warnung, Alex. Keine Gefangenen. Kapierst du, was ich sage?«

Ich kapierte. Es war ein Kampf auf Leben oder Tod. Es war Krieg, keine Polizeiarbeit. Und wir spielten nach den gleichen Regeln wie sie.

95

Plötzlich war es grauenvoll still. Beinahe so, als sei nichts geschehen, als seien wir ganz allein im Wald. In der Ferne hörte ich das Rauschen des Jacks River. Ein Eichhörnchen huschte den Stamm einer Buche hinauf.

Ansonsten rührte sich nichts. Jedenfalls nichts, das ich sehen konnte.

Unheimlich, gespenstisch.

Ich hatte ein selten mulmiges Gefühl – wir saßen in der Falle. Sie wussten, dass wir sie hier erwischen wollten. Aber das hier war für sie ein Heimspiel, nicht für uns. Sampson hatte Recht, es war ein Krieg. Wir waren in der Kampfzone, hinter den feindlichen Linien, und uns erwartete ein Feuergefecht. Thomas Starkey führte das Kommando, und er war gut. Alle drei waren Profis.

»Ich glaube, die eine Frau bewegt sich«, sagte Sampson. »Ich werde mal nachsehen, Alex.«

»Wir gehen beide.« Aber Sampson verließ bereits die Deckung unter den Bäumen.

»John«, rief ich, aber er schaute nicht zurück.

Ich sah, wie er gebückt vorwärtsrannte. Sampson war schnell. Er war gut – im Krieg. Er war auch in Vietnam gewesen.

Er hatte die Hälfte des Wegs zu den Frauen hinter sich, als rechts aus dem Wald das Feuer eröffnet wurde.

Ich sah immer noch keinen Menschen,nur die Rauchwölkchen über den Bäumen.

Sampson wurde getroffen. Er fiel auf die Erde. Durch die Brombeerranken sah ich seine Beine und seinen Unterleib. Ein Bein zuckte. Dann nichts mehr.

Sampson bewegte sich nicht mehr.

Irgendwie musste ich zu ihm. Aber wie? Ich robbte zu einem anderen Baum. Ich hatte das Gefühl zu schweben, nicht in dieser Welt zu sein. Vollkommen *unreal.* Wieder Gewehrfeuer. Die Kugeln prallten klirrend von den Steinen ab und schlugen in Bäume ein. Sie waren verdammt dicht bei mir. Das Feuer war heftig.

Ich sah die Rauchwolken aus den Gewehren rechts von mir. Ich roch auch das Pulver in der Luft.

Mir dämmerte die Gewissheit, dass wir hier nicht lebend rauskommen würden. Ich sah Sampson da liegen. Er bewegte sich nicht. Nicht einmal ein Zucken. Ich konnte nicht zu ihm gelangen. Sie hatten mich in der Falle. *Mein letzter Fall.* Das hatte ich von Anfang an gesagt.

»John«, rief ich. »John! Kannst du mich hören?«

Ich wartete einige Sekunden, dann rief ich wieder. »John! Bewege irgendwas, John.«

Bitte sag was. Bitte beweg dich.
Nichts.
Nur die nächste schwere Salve aus dem Wald.

96

Noch nie hatte ich eine solche explosive Wut gefühlt, aber auch noch nie eine derartige Angst. So war es im Krieg, dachte ich und bedachte die Ironie. Soldaten verloren ihre Kameraden im Krieg, und sie verloren ein bisschen den Verstand oder vielleicht völlig.

War das im An-Lao-Tal geschehen? In meinem Kopf war ein lautes Dröhnen, vor meinen Augen zuckten farbige Blitze. Alles um mich herum kam mir völlig surreal vor.

»John«, rief ich wieder. »Wenn du mich hören kannst, bewege etwas. Bewege ein Bein, John.«

Stirb nicht, John. Nicht so, nicht jetzt.

Er rührte sich nicht, reagierte nicht. Da war keinerlei Anzeichen, dass er noch lebte. Kein Zucken.

Nichts. Gar nichts.

Wieder kam Gewehrfeuer aus dem Wald, ich drückte mein Gesicht in die Erde, zwischen die Blätter.

Ich versuchte, nicht an Sampson zu denken. Wenn mir das nicht gelang, würde auch ich tot sein. Mir kam ein grauenvoller Gedanke wegen John und Billie. Ich unterdrückte ihn. Ich musste, sonst würde ich hier draußen mit Sicherheit sterben.

Das Problem war, dass ich keinen blassen Schimmer hatte, wie ich drei Ranger hier draußen im Wald austricksen könnte, vor allem nicht, weil sie sich auf vertrautem Gelände befanden. Das waren kampferprobte Veteranen aus dem Vietnamkrieg. Sie riskierten nicht, mich jetzt anzugreifen. Sie würden warten, bis es dunkel wurde.

Das würde schon bald sein. Vielleicht in einer halben Stunde? Dann würde ich sterben, nicht wahr?

Ich lag hinter einer großen Schierlingstanne, und alle möglichen zusammenhanglosen Gedanken schwirrten mir durch den Kopf. Ich dachte an meine Kinder, wie unvorbereitet ich auf den Tod war, und dass ich sie nie wiedersehen würde. Es hatte so viele Warnungen gegeben, so viele gefährliche Situationen, aber jetzt lag ich hier.

Ich schaute wieder zu Sampson – er hatte sich immer noch nicht bewegt.

Ich hob mehrmals den Kopf, nur für eine Sekunde, und wagte einen Blick durch die Bäume.

Nicht ein Schatten bewegte sich im Wald. Aber ich wusste, dass sie da waren und auf mich warteten. Drei Profikiller der Armee. Geführt von Colonel Thomas Starkey.

Sie waren hier früher schon gewesen. Sie waren so geduldig wie der Tod.

Sie hatten unzählige Menschen getötet. In der Armee und außerhalb.

Ich dachte an etwas, das Sampson gesagt hatte, ehe er hinausgelaufen war, um den beiden Frauen zu helfen. *Sobald wir sie sehen, schießen wir los. Keine Warnung, Alex. Keine Gefangenen. Kapierst du, was ich sage?«*

Ja, ich hatte es kapiert.

97

Geduld.

Es war ein Spiel, in dem man warten musste, richtig? Zumindest heute Abend. Das hatte ich kapiert. Ich kannte sogar den Militärjargon für das, was ich als Nächstes tun musste.

EF. Entkommen und Flucht.

Ich studierte das Gelände hinter mir und sah, dass ich in den Graben hinunterrutschen konnte. Er würde mir Deckung geben, und ich könnte mich sowohl nach Osten oder Westen bewegen. Ich könnte meine Position verändern, ohne dass sie es merkten.

Das würde mir einen kleinen Vorteil verschaffen.

Ich klammerte mich an jeden Strohhalm. Ich hatte das Gefühl, bereits ein toter Mann zu sein und sah keinen Ausweg. Nur dieser Graben konnte mir noch eine Chance bieten.

Ich dachte an Starkey, Griffin und Harris. Wie gut sie waren. Wie sehr ich sie zur Strecke bringen wollte, besonders Starkey. Er war der Führer, der Kopf, der Grausamste der drei. Dann dachte ich wieder an Sampsons Worte: *Keine Gefangenen.* Aber mit Sicherheit dachten die drei dasselbe.

Ich rutschte langsam nach hinten. Ich sage rutschen, aber eigentlich bohrte ich mich in das nasse Laub und die feuchte Erde.

Ich brachte den Graben hinter mich, ohne dass auf mich geschossen wurde. An den Beinen und der Brust hingen überall Heckenrosenranken. Ich war nicht sicher, aber ich glaubte, dass man mich vom Wald aus nicht sehen konnte. Jedenfalls hatte man mir noch keinen Kopfschuss verpasst. Bis jetzt nicht. *Das war doch ein gutes Zeichen, oder? Eigentlich ein Sieg.*

Ich kroch seitwärts weiter, immer mit dem Gesicht im Dreck und im Laub. Das Atmen fiel mir schwer. Ich kroch weiter, bis ich ungefähr zwanzig Meter von meiner ursprünglichen Position entfernt war. Ich wagte nicht, den Kopf zu heben und mich umzusehen, aber ich wusste, dass sich mein Winkel zur Hütte und dem Waldrand signifikant verändert hatte.

Konnten sie mich von irgendwoher aus der Nähe beobachten? Ich hielt das für unwahrscheinlich. Aber hatte ich Recht?

Ich lauschte.

Ich hörte keinen Zweig knacken, auch nicht, dass man Gebüsch beiseite schob. Nur das stete Pfeifen des Windes.

Ich presste das Ohr auf die Erde, bereit, alles zu tun, um einen Vorteil zu ergattern. Es half nichts.

Dann wartete ich noch länger.

Geduld.

Geschichten, die Sampson mir über die Rangers erzählt hatte, tauchten in meinem Kopf auf. Seltsame Fakten. Angeblich hatten sie für einen Ranger im Krieg fünfundfünfzig Vietcongs umgelegt. Jedenfalls erzählte man sich das. Und sie sorgten für die eigenen Leute. Im Vietnamkrieg war nur ein Ranger als vermisst gemeldet worden. Das Schicksal aller anderen war bekannt, bis auf den letzten Mann.

Vielleicht waren sie abgehauen, aus dem Wald geflohen. Aber ich bezweifelte das. Warum sollten sie mich hier lebend zurücklassen? *Sie würden das nie und nimmer tun... Starkey würde es nicht erlauben.*

Ich hatte ein schlechtes Gewissen, dass ich Sampson zurückgelassen hatte. Aber ich durfte nicht darüber nachdenken. Ich konnte jetzt nicht an ihn denken. Nicht jetzt. Später. Falls es ein Später gab.

Sobald wir sie sehen, schießen wir.

Keine Warnung, Alex.

Kapierst du, was ich sage?

Ich kroch weiter. Meiner Meinung nach bewegte ich mich nach Nordosten. Pirschten sie sich auch näher an mich heran?

Ich hielt inne.

Neue Position.

Ich wartete noch ein wenig. Jede Minute kam mir wie zehn vor. Dann sah ich eine Bewegung. *O Gott!* Es war eine Wildkatze, die ihren eigenen Kot fraß. Vielleicht zwanzig Meter weit entfernt. Sie kümmerte sich nicht um mich. Sie war in ihrer eigenen Welt.

Ich hörte jemanden kommen, und es war verflucht nahe.

Wie hatte er so nahe kommen können, ohne dass ich ihn hörte?

Scheiße, er war direkt bei mir.

98

Hatte er mich auch gehört?

Wusste er, dass ich hier war, nur wenige Schritte entfernt?

Ich wagte nicht, zu atmen oder mit der Wimper zu zucken.

Er bewegte sich.

Ganz, ganz langsam, ein professioneller Soldat. Nein, ein Profikiller. Da bestand ein Riesenunterschied. Oder etwa nicht?

Ich rührte mich nicht von der Stelle.

Geduld.

Keine Gefangenen.

Er war ganz nahe – beinahe in dem Graben, in dem ich lag. Er kam zu mir. Offenbar kannte er meine Position.

Wer von den dreien war es? Starkey? Griffin? Harris – dem ich beim Softballspiel ausgewichen war? Würde er mich jetzt töten? Oder würde ich ihn töten?

In weniger als einer Minute würde jemand sterben.

Wer würde es sein?

Wer war da über meinem Kopf?

Ich drehte mich so, dass ich ihn in der Sekunde sehen würde, in der er über die Kante kam. Würde er kommen? Wie funktionierten seine Instinkte? Er hatte sich schon früher so angeschlichen, ich nicht. Nicht im Wald. Und nicht in einem Kriegsgebiet.

Wieder bewegte er sich. Nur um eine Handbreit, dann noch eine.

Wohin, zum Teufel, wollte er? Jetzt war er genau über mir.

Ich beobachtete den unebenen Rand des Grabens und hielt den Atem an. Ich spürte, wie der Schweiß durch meine Haare floss und mir über den Rücken lief. Ein unglaublich kalter Schweiß. Wieder dröhnte es in meinen Ohren.

Jemand rollte über die Kante.

Brownley Harris. Seine Augen wurden groß, als er sah, dass ich auf ihn wartete. Meine Pistole zielte auf sein Gesicht.

Ich schoss nur ein Mal. *Peng*. Ein dunkles Loch war dort, wo gerade noch seine Nase gewesen war. Blut spritzte aus dem Zentrum seines Gesichts. Sein M-16 fiel ihm aus den Händen.

»Keine Warnung«, flüsterte ich und nahm das Gewehr. Waren die anderen dicht hinter ihm? Ich wartete auf sie. Noch nie war ich so bereit für eine Schießerei.

Sergeant Warren Griffin.

Colonel Thomas Starkey

Der Wald war unheimlich. Tiefe Stille. Im Schutz der Dunkelheit huschte ich davon.

99

Ein Dreiviertelmond stand am Himmel. Das war gut, aber auch schlecht. Ich war sicher, dass sie mich jetzt suchen würden. Aber war meine Logik auch die ihre?

Ich war zurück im Wald in der Nähe meiner Ausgangsposition, zumindest glaubte ich das.

Dann war ich *sicher.*

Tränen füllten meine Augen. Ich konnte nichts dagegen tun. Dort lag Sampson, wo man ihn erschossen hatte, reglos. Im Mondlicht sah ich die Leiche ganz deutlich. Ich begann am ganzen Leib zu zittern. Das, was geschehen war, traf mich mit voller Wucht. Ich wischte mir über die Augen. Eine Faust schien mein Herz zusammenzudrücken und nicht mehr loszulassen.

Ich sah auch die toten Frauen auf der staubigen Straße liegen. Fliegen summten um die Leichen. Auf einem Baum in der Nähe schrie eine Eule. Mich schauderte. Vielleicht würde am Morgen ein Habicht oder ein Truthahngeier kommen, um von den Leichen zu fressen.

Ich streifte die Nachtbrille über, die ich mitgebracht hatte, und hoffte, sie würde mir einen kleinen Vorteil verschaffen. Vielleicht aber auch nicht, wahrscheinlich nicht. Starkey und Griffin hatten mit Sicherheit auch die beste Ausrüstung. Sie arbeiteten schließlich für eine Firma, die Hightech-Geräte herstellte.

Immer wieder rief ich mir ins Gedächtnis zurück, dass ich Brownley Harris ausgeschaltet hatte. Das verlieh mir Selbstvertrauen. Er hatte total überrascht gewirkt, als er mich gesehen hatte. Jetzt war er tot, seine Arroganz verflogen, in einem Sekundenbruchteil durch eine Kugel.

Aber wie konnte ich Starkey und Griffin überraschen? Sie mussten den Schuss gehört haben. Vielleicht glaubten sie, er sei von Harris gekommen. Nein, sie mussten wissen, dass er tot war.

Einige Minuten erwog ich, einfach wegzurennen. Vielleicht erreichte ich die Straße. Aber ich bezweifelte es. Es war wahrscheinlicher, dass ich erschossen würde.

Darin waren sie gut, aber Harris war ebenfalls gut gewesen. Auch er hatte Erfahrung, trotzdem lag er jetzt tot im Graben, und ich hielt sein Gewehr in den Händen.

Geduld. Warte auf sie. Sie haben auch Fragen und Zweifel.

Ich betrachtete mehrere Sekunden lang Sampsons Leiche, dann musste ich mich abwenden. Ich konnte jetzt nicht an ihn denken. Ich durfte es nicht, denn sonst würde ich ebenfalls sterben.

Ich hörte es nicht kommen – eine plötzliche ohrenbetäubende Gewehrsalve. Einer oder beide waren zwischen mich und die Hütte vorgedrungen. Ich wirbelte in Richtung Schüsse herum. Dann durchdrang eine Stimme die Dunkelheit.

Dicht hinter mir.

»Leg das Gewehr weg, Cross. Ich will dich nicht töten. Noch nicht.«

Warren Griffin war bei mir im Graben. Jetzt sah ich ihn. Er zielte mit seinem Gewehr direkt auf meine Brust. Auch er trug eine Nachtbrille und sah wie ein Alien aus.

Dann tauchte Thomas Starkey auf. Er trug ebenfalls eine Brille und starrte zu uns in den Graben hinab. Sein M-16 war genau auf mein Gesicht gerichtet. Er grinste sein grauenvolles Siegerlächeln.

»Du hast keine Ruhe geben, Arschloch. Jetzt ist Brownley tot. Und dein Partner«, sagte er. »Bist du zufrieden?«

»Du hast die beiden Frauen vergessen – und den Anwalt«, sagte ich.

Es war eigenartig, Starkey und Griffin durch die Nachtsichtbrille zu betrachten und zu wissen, dass sie mich auch so sahen. Ich wollte unbedingt, dass sie die Brillen abnähmen. Aber leider taten sie es nicht.

»Was, zum Teufel, ist in Vietnam passiert?«, fragte ich Starkey. »Was hat das alles ausgelöst? Was, zum Teufel, war los?«

»Alle, die drüben waren, wissen, was geschehen ist. Niemand will darüber reden. Die Dinge gerieten einfach außer Kontrolle.«

»Welche Dinge, zum Beispiel, Starkey? Wie ist es so schlimm geworden?«

»Anfangs hatte nur ein Platoon durchgedreht. Jedenfalls hat man *uns* das erzählt. Man hat uns ins An-Lao-Tal geschickt, um dem ein Ende zu bereiten. Um aufzuräumen.«

»Du meinst, eure eigenen Soldaten zu erschießen? Lauteten so deine Befehle, Starkey? Wer, zum Teufel, steckt dahinter? Warum jetzt nach so langer Zeit diese Morde?«

Ich würde sterben, doch zuvor wollte ich die Antworten wissen. Ich musste die Wahrheit erfahren. Was für eine beschissene Grabinschrift: *Alex Cross. Starb, weil er die Wahrheit suchte.*

»Verdammt, ich habe keinen blassen Schimmer«, zischte Starkey. »Ich weiß auch nicht alles. Und jetzt will ich nicht weiter darüber reden. Vielleicht schneide ich dich in kleine Stücke. Das ist dort drüben auch passiert. Ich *zeige* dir, was man im An-Lao-Tal gemacht hat. Siehst du dieses Messer. Damit kann ich wirklich hervorragend umgehen. In letzter Zeit hatte ich viel Gelegenheit, zu üben.«

»Das weiß ich. Ich habe einige deiner Metzeleien gesehen.«

Dann passierte etwas so Seltsames, das ich mir in meinen kühnsten Träumen nicht erhofft hatte. Es raubte mir total die Sinne.

Ich blickte an Starkey vorbei. Der Hintergrund hatte sich verändert. Erst wusste ich nicht, was es war, doch dann wurden mir die Knie weich.

Sampson war weg!

Ich sah seine Leiche nicht mehr. Ich fragte mich, ob ich den

Verstand verloren hätte. Dort drüben hatte seine Leiche gelegen – in der Nähe der hohen Buche. Jetzt nicht mehr.

Keine Warnung, Alex.

Keine Gefangenen.

Kapierst du, was ich sage?

Ich hörte das Echo dieser Worte in meinem Kopf. Ich hörte den genauen *Klang*.

»Legt die Waffen weg!«, befahl ich Starkey und Griffin. »Fallen lassen, sofort!«

Sie schauten mich verblüfft an, hielten aber die Gewehre weiterhin auf mich gerichtet.

»Ich werde dich überall zerschneiden«, sagte Starkey. »Das dauert Stunden. Wir werden uns bis zum Morgen vergnügen, das verspreche ich dir.«

»*Waffen fallen lassen!*« Ich hörte Sampsons Stimme, ehe ich ihn hinter einer Buche hervortreten sah. »Und das Messer, Starkey! Du wirst niemanden aufschneiden.«

Warren Griffin wirbelte herum. Zwei Schüsse erwischten ihn in der Kehle und in der Brust. Sein Gewehr ging los, als er nach hinten zu Boden stürzte. Blutfontänen schossen aus den Arterien der Wunden, als er starb.

»Starkey, nein!«, schrie ich. »Nein!«

Thomas Starkey hielt das Gewehr auf mich gerichtet. Da erwischte ihn ein Treffer oben in der Brust. Doch das hielt ihn nicht auf. Ein zweiter Schuss traf Starkey in die Seite, so dass er sich um die eigene Achse drehte. Der dritte Schuss landete in der Stirn. Thomas Starkey sank als blutender Haufen in sich zusammen. Sein Gewehr und sein Messer rollten mir vor die Füße. Seine leeren Augen starrten zum Nachthimmel empor.

Keine Gefangenen.

Sampson winkte mir zu. Dann rannte er los. »Ich bin okay. Ich bin okay«, schrie er.

Dann brach er in meinen Armen zusammen.

Fünfter Teil

Vier blinde Mäuse

100

Nach der Schießerei in Georgia war Jamilla ein wahres Gottesgeschenk.

Sie rief jeden Tag an, manchmal auch zwei und drei Mal. Wir redeten, bis sie spürte, dass ich ein wenig heilte. Sampson war derjenige, der körperlich verletzt war, aber seine Heilung machte gute Fortschritte, nur ich hatte bleibende Schäden. In meinem Leben hatte es zu lang zu viele Tote gegeben.

Eines Morgens kam Dr. Kayla Coles schon früh in die Fifth Street. Sie marschierte direkt in die Küche, wo Nana und ich beim Frühstück saßen.

»Was ist das?«, fragte sie mit hochgezogener Braue und drohendem Zeigefinger.

»Koffeinfrei. Schreckliches Gebräu. Nur eine Erinnerung an echten Kaffee«, erklärte Nana mit Pokermiene.

»Nein, ich spreche von *Alex'* Teller. Was essen Sie da?«

Ich erklärte: »Zwei Spiegeleier und der Rest von zwei Würstchen. Bratkartoffeln, scharf angebraten und noch ein Stück von Nanas köstlichen Rosinenschnecken. Hm, lecker.«

»Sie haben das für ihn gekocht?« Entsetzt schaute sie Nana an.

»Nein, Alex hat sein Frühstück selbst gemacht. Seit meiner Ohnmacht sorgt er fürs Frühstück. Und heute Morgen gönnt er sich was Gutes, weil sein großer Mordfall endlich abgeschlossen ist und er sich besser fühlt.«

»Dann darf ich annehmen, dass Sie nicht immer so üppig frühstücken?«

Ich lächelte sie an. »Nein, Doktor. Normalerweise esse ich

keine Eier, Würstchen, fettige Kartoffeln und klebrige Schnecken. Ich bin in Georgia beinahe getötet worden, und jetzt feiere ich, dass ich noch lebe. Ich ziehe ein gutes Frühstück dem Tod vor. Möchten Sie nicht mit uns essen?«

Sie lachte schallend. »Ich dachte, Sie würden nie fragen. Als ich die Autotür aufgemacht habe, roch ich bereits den köstlichen Duft und bin ihm bis in die Küche gefolgt.«

Kayla Coles stellte beim Essen einige Fragen über den Fall. Sie aß nur ein Ei und eine Schnecke, dazu trank sie Orangensaft. Ich schilderte ihr den Fall in groben Zügen, ging aber eingehender auf die drei Killer ein – was sie getan hatten und was ich über die Beweggründe wusste. Das war allerdings nicht viel, aber so war's nun mal.

»Wo ist John Sampson?«, wollte sie wissen.

»Mantoloking, New Jersey«, sagte ich. «Dort erholt er sich von seinen Wunden. Er hat dort eine Krankenschwester, die sogar bei ihm wohnt, wie ich gehört habe.«

»Sie ist seine Freundin«, warf Nana ein. »Die hat er wirklich gebraucht.«

Nach dem Frühstück untersuchte Dr. Cole Nana. Sie maß die Temperatur, den Puls und Blutdruck und hörte mit dem Stethoskop die Brust ab. Sie überprüfte, wie viel Wasser sich in Nanas Knöcheln, Händen und unter den Augen angesammelt hatte. Sie testete ihre Reflexe, prüfte Reaktionen von Augen und Ohren, betrachtete genau die Farbe der Lippen und Nägel. Ich kannte alle Elemente der Untersuchungen und hätte sie selbst vornehmen können, aber Nana mochte es, wenn Kayla Coles sie besuchte.

Ich konnte während der Untersuchungen Nana nicht aus den Augen lassen. Sie saß wie ein kleines Mädchen da, sagte nichts und beschwerte sich auch nicht.

Erst nachdem Kayla Coles fertig war, sagte Nana: »Und? Lebe ich noch? Ich bin schon dahingeschieden, richtig? Wie in dem Horrorfilm mit Willie Soundso?«

»Bruce Willis… nein, Nana, du weilst noch unter uns. Du machst das ganz prima.«

Nana holte tief Luft und seufzte. »Dann ist morgen also der große Tag. Meine Katheterablation, was immer das sein mag.«

Dr. Coles nickte. »Sie werden im Nu wieder aus dem Krankenhaus heraus sein. Das verspreche ich Ihnen.«

Nanas Augen verengten sich. »Und pflegen Sie Ihre Versprechen zu halten?«

»Immer«, versicherte ihr Kayla Coles.

101

Am frühen Abend machten Nana und ich im alten Porsche einen Ausflüg nach Virginia. Sie hatte mich darum gebeten, nur wir beide. Tante Tia war daheim als Babysitter bei den Kindern.

»Erinnerst du dich, wie du den Porsche bekommen hast? Damals sind wir fast jeden Sonntag irgendwohin gefahren«, sagte sie, als wir Washington hinter uns gelassen hatten. »Ich habe mich schon die ganze Woche über auf diese Fahrten gefreut.

»Jetzt ist der Wagen fast fünfzehn Jahre alt«, meinte ich.

»Fährt aber noch ziemlich gut.« Nana tätschelte das Armaturenbrett. »Ich mag alte Dinge, die funktionieren. Vor langer langer Zeit habe ich mit Charles jeden Sonntag einen Ausflug mit dem Auto gemacht. Das war, ehe du zu mir gekommen bist, Alex. Erinnerst du dich an deinen Großvater?«

Ich schüttelte den Kopf. »Nicht so, wie ich es gern möchte. Nur von den Fotos im Haus. Ich weiß, dass ihr beide uns in

North Carolina besucht habt, als ich noch klein war. Er hatte eine Glatze und trug rote Hosenträger.«

»Oh, diese grauenvollen Hosenträger. Er hatte ein Dutzend davon und alle rot.«

Nana nickte. Sie schien in sich zu gehen. Sie sprach nicht oft von meinem Großvater. Er war gestorben, als er erst vierundvierzig Jahre alt gewesen war. Er war auch Lehrer gewesen wie Nana. Allerdings unterrichtete er Mathematik, sie Englisch. Sie hatten sich kennen gelernt, als sie beide an derselben Schule im Southeast tätig waren.

»Dein Großvater war ein großartiger Mann, Alex. Er zog sich gern schick an und trug immer einen Hut. Ich habe noch die meisten seiner Hüte. Wenn man die Weltwirtschaftskrise durchgemacht hat und gesehen hat, was wir gesehen haben, zog man sich gern mal ein bisschen schick an. Das verlieh einem ein gutes Selbstgefühl.«

Sie musterte mich von der Seite. »Aber ich habe einen Fehler gemacht, Alex.«

»*Du* hast einen Fehler gemacht? Das ist ein großer Schock. Ich fahre lieber rechts ran.«

Sie lachte. »Ich kann mich nur an einen einzigen erinnern. Siehst du, ich weiß, wie schön es ist, wenn man sich verliebt. Ich habe Charles wirklich geliebt. Aber nach seinem Tod habe ich nie wieder versucht, Liebe zu finden. Ich glaube, ich hatte Angst, mich zu verlieben. Ist das nicht zum Heulen, Alex? Ich hatte zu viel Angst, um nach dem zu suchen, was das Beste im Leben ist.«

Ich tätschelte ihre Schulter. »Rede nicht, als würdest du uns verlassen.«

»Ach, das habe ich nicht vor. Ich habe zu Doc Kayla vollstes Vertrauen. Sie würde mir sagen, wenn es Zeit für mich wäre, meine alten Schulden zu kassieren. Was ich übrigens vorhabe.«

»Dann ist es also eine Parabel, eine Lektion?«

Nana schüttelte den Kopf. »Nicht wirklich. Es ist nur eine

Anekdote, die ich erzähle, während wir so schön in deinem Auto herumfahren. Fahre weiter, junger Mann. Nur zu. Ich genieße diese Fahrt unwahrscheinlich. Wir sollten so was öfter machen. Wie wär's mit jedem Sonntag?«

Auf der gesamten Fahrt nach Virginia und zurück schafften wir es, nicht ein einziges Mal über Nanas Behandlung am nächsten Morgen im Krankenhaus zu sprechen. Sie wollte es offensichtlich nicht, und ich respektierte ihren Wunsch. Aber die Operation in ihrem Alter machte mir ebenso große Angst wie ein Mordfall. Nein, eigentlich noch mehr.

Als wir wieder daheim waren, ging ich nach oben und rief Jamilla an. Sie war noch im Büro, trotzdem redeten wir fast eine Stunde lang.

Dann setzte ich mich an den Computer. Zum ersten Mal seit meiner Rückkehr aus Georgia holte ich meine Notizen über die »Drei blinden Mäuse« wieder hervor. Es gab immer noch eine große Frage, auf die ich die Antwort haben musste, wenn möglich: Ein großes Wer.

Wer steckte hinter den drei Killern?

Wer war der wahre Mörder?

102

Ich schlief am Schreibtisch ein und wachte erst gegen drei Uhr morgens wieder auf. Ich ging hinunter in mein Schlafzimmer, um dort noch ein paar Stunden zu ruhen. Der Wecker klingelte um fünf Uhr.

Nana sollte sich um halb sieben im St. Anthony's Krankenhaus melden.

Dr. Coles wollte, dass sie als eine der Ersten operiert werden sollte, wenn alle noch frisch und hellwach waren. Tante Tia blieb im Haus bei Klein-Alex, aber ich hatte Damon und Jannie mit ins Krankenhaus genommen.

Wir saßen in einem dieser typischen sterilen Wartezimmer, das sich gegen halb acht mit Menschen zu füllen begann. Alle hier wirkten nervös und besorgt, aber ich glaube, wir waren am schlimmsten.

»Wie lang wird die Operation dauern?«, wollte Damon wissen.

»Nicht lange. Aber Nana war vielleicht nicht die erste Patientin. Der Eingriff ist nicht kompliziert, Damon. Elektrische Energie wird zum AV-Knoten geleitet. Diese Elektrizität ist ein bisschen wie die Wärme in der Mikrowelle. Er unterbricht den Pfad zwischen den Vorkammern und den Klappen und stoppt die Impulse, die Nanas unregelmäßigen Herzschlag verursachen. Alles kapiert? Genauer kann ich es dir auch nicht erklären.«

»Ist Nana dabei wach?«, fragte Jannie.

»Wahrscheinlich. Ihr kennt doch Nana. Sie geben ihr ein leichtes Beruhigungsmittel und dann lokale Betäubung.«

»Das macht ihr nichts aus«, sagte Jannie.

Wir redeten und warteten und machten uns Sorgen. Es dauerte länger, als ich erwartet hatte. Ich bemühte mich, meine Gedanken nicht an dunkle Orte wandern zu lassen. Ich wollte mit dem Moment in Verbindung bleiben.

Ich beschwor gute Erinnerungen an Nana herauf. Sie waren ein wenig wie Gebete. Ich dachte darüber nach, wie viel sie mir bedeutete – und natürlich auch den Kindern. Keiner von uns wäre heute dort, wo wir waren, ohne Nanas kompromisslose Liebe, ihr Vertrauen in uns und sogar ihre Hänseleien – auch wenn mich diese manchmal wütend machten.

»Wann kommt sie raus?« Jannie schaute mich an. In ihren schönen braunen Augen sah ich Unsicherheit und Angst.

Plötzlich erkannte ich, dass Nana für uns alle eine Mutter gewesen war. Nana-Mama war mehr Mama als Nana.

»Geht es ihr gut?«, fragte Damon. »Irgendwas stimmt nicht, oder? Findest du nicht, dass es zu lange dauert?«

Unglücklicherweise dachte ich das auch.

»Es geht ihr gut«, versicherte ich den Kindern.

Noch mehr Zeit verging, unendlich langsam. Endlich kam Dr. Coles ins Wartezimmer. Ich holte schnell Luft und bemühte mich, den Kindern nicht zu zeigen, wie nervös ich tatsächlich war.

Dann lächelte Kayla Coles. Was für ein herrliches strahlendes Lächeln, das schönste, das ich seit langem gesehen hatte.

»Alles in Ordnung?«, fragte ich.

»Alles bestens«, antwortete sie. »Eure Nana ist eine zähe alte Dame. Sie fragt schon nach euch.«

103

Wir durften Nana eine Stunde im Wachzimmer besuchen, dann bat man uns, zu gehen. Sie musste sich ausruhen.

Gegen elf Uhr setzte ich die Kinder an der Schule ab. Danach fuhr ich nach Hause, um mich in meinem Arbeitszimmer wieder in die Arbeit zu stürzen.

Ich studierte für Ron Burns einen eigenartigen, aber faszinierenden Fall, bei dem es um verurteilte Sexualtäter ging. Im Gegenzug hatte er mir Personalakten der US-Armee besorgt, die ich überprüfen wollte. Die meisten stammten direkt aus dem Pentagon. Ein Thema war die »Drei blinden Mäuse«.

Wer war der wahre Mörder? Wer hatte Thomas Starkey Befehle erteilt? Wer hatte die Morde sanktioniert? Warum hatte man gerade diese bestimmten Männer als Zielpersonen gewählt?

Und am wichtigsten: Warum hatte man ihnen Morde angehängt, anstatt sie von den »Drei blinden Mäusen« umbringen zu lassen? War das Ziel, ihnen Angst einzujagen – Angst, dass man sie jagte, dass jemand über ihr Leben bestimmte?

Zwischendurch dachte ich immer wieder an Nana und wie es ihr wohl ging und wie sehr ich sie vermisst hätte, wäre am Morgen etwas schief gelaufen. Eine schreckliche Vorstellung tauchte immer wieder auf. Kayla Coles würde anrufen und mir sagen: *Es tut mir so Leid, aber Nana ist von uns gegangen. Wir wissen nicht, was schief gegangen ist. Es tut uns so Leid.*

Der Anruf kam jedoch nicht, und ich vergrub mich in meiner Arbeit. Morgen würde Nana nach Hause kommen. Ich musste aufhören, mir wegen ihr Sorgen zu machen, und meinen Verstand sinnvoller einsetzen.

Die Unterlagen der Armee waren interessant, aber so deprimierend wie eine Steuerprüfung. Offenbar hatte es in Vietnam, Laos und Kambodscha verbrecherische Aktivitäten gegeben. Aber die Armee hatte mindestens ein Auge zugedrückt und nicht genau hingeschaut, was sich dort abspielte. Selbstverständlich gab es keinerlei zivile Organe wie die Polizei, um zu ermitteln. Auch die Presse hatte keine Möglichkeit, darüber zu berichten. Nur selten machten sie in den kleinen Dörfern Interviews mit Familien von Opfern. Wenige amerikanische Reporter sprachen vietnamesisch. Das Gute und das Schlechte dabei war, dass die Armee oft Feuer mit Feuer bekämpft hatte. Vielleicht war das die einzige Möglichkeit, einen effektiven Guerillakrieg zu führen. Aber trotzdem wusste ich immer noch nicht, was dort drüben geschehen war, um die Morde hier in den Vereinigten Staaten in den letzten Jahren in Gang zu setzen.

Ich verbrachte etliche unangenehme Stunden damit, die Personalakten von Colonel Thomas Starkey, Captain Brownley Harris und Sergeant Warren Griffin durchzusehen. Laut diesen Papieren waren ihre militärischen Lebensläufe makellos. Ich ging bis Vietnam zurück – das Muster wiederholte sich. Starkey war ein hochdekorierter Offizier, Harris und Griffin gute Soldaten. In den Akten stand nichts über die Morde, die das Trio in Vietnam begangen hatte. Kein einziges Wort.

Ich wollte wissen, wann sie sich kennen gelernt und wo sie gemeinsam gedient hatten. Ich blätterte weiter und hoffte, doch ich fand den Verknüpfungspunkt nicht. Ich wusste, dass sie zusammen in Vietnam und Kambodscha gekämpft hatten, und schaute jede Seite ein zweites Mal durch.

Nichts, in keiner Akte stand, dass sie in Südostasien zusammengearbeitet hatten. Kein gottverdammtes Wort.

Ich lehnte mich zurück und blickte auf die Fifth Street hinaus. Es gab nur eine logische Schlussfolgerung für mich, und die gefiel mir ganz und gar nicht.

Die Akten waren manipuliert worden.

Aber warum? Und von wem?

104

Es war noch nicht vorbei.

Ich spürte es in der Magengrube und hasste dieses flaue Gefühl, diese Unsicherheit, den fehlenden Abschluss. Oder konnte ich vielleicht nur nicht loslassen? Alle diese ungelösten Morde. *Wer war der wahre Mörder? Wer steckte hinter diesen seltsamen Morden*?

Eine Woche nach der Schießerei in Georgia saß ich in Ron Burns' Büro im vierten Stock des FBI-Hauptquartiers in Washington. Burns' Assistent, ein junger Mann Mitte zwanzig mit Bürstenhaarschnitt, hatte uns gerade in wunderschönen Porzellantassen Kaffee gebracht. Auf einem Silbertablett lagen kleine Gebäckstücke.

»Sie ziehen wirklich alle Register«, sagte ich. »Kaffee und Gebäck.«

»Das sehen Sie goldrichtig«, meinte er. »Schamlose Manipulation. Machen Sie mit.«

Ich kannte Burns seit Jahren, aber erst seit wenigen Monaten arbeitete ich eng mit ihm zusammen. Was ich bisher gesehen hatte, gefiel mir, aber man hatte mich früher auch schon hinters Licht geführt.

»Wie geht es Kyle Craig?«, fragte ich ihn.

»Wir bemühen uns, es ihm in Colorado so ungemütlich wie möglich zu machen«, antwortete Burns und gestattete sich ein Lächeln. Craig war ein ehemaliger hochrangiger Agent, bei dessen Festnahme ich mitgeholfen hatte. Ich wusste immer noch nicht genau, wie viele Morde er begangen hatte, aber es waren mindestens sieben, wahrscheinlich viel mehr. Burns und ich hatten Craig für unseren Freund gehalten. Es war der schlimmste Verrat meines Lebens gewesen, wenngleich nicht der einzige.

»Tagsüber halten wir ihn hauptsächlich in Einzelhaft. Selbstverständlich zu seinem eigenen Schutz. Er hasst es, allein zu sein. Es macht ihn verrückt. Niemand ist da, vor dem er sich produzieren kann.«

»Versucht dort ein Psychiater, Kyle zu erforschen?«

Burns schüttelte den Kopf. »Nein, nein. Das wäre keine gute Idee. Das wäre viel zu gefährlich.«

»Außerdem würde Kyle die Aufmerksamkeit genießen. Er giert danach wie ein Süchtiger.«

»Genau.«

Wir lächelten bei der Vorstellung von Kyle in Einzelhaft – hoffentlich für den Rest seines Lebens. Leider wusste ich, dass er mit anderen Insassen des Hochsicherheitstrakts Kontakt aufgenommen hatte – besonders mit Tran Van Luu.

»Sie glauben doch nicht, dass Kyle etwas mit diesen Morden zu tun hat, oder?«, fragte Burns.

»Ich habe es, soweit ich konnte, überprüft. Es gibt keinerlei Beweise, dass er Luu vor seiner Einlieferung in Florence gekannt hatte.«

»Ich weiß, er hat dort Besuche gemacht, als er noch fürs FBI gearbeitet hat, Alex. Er hatte Zutritt zum Hochsicherheitstrakt und zu den Todeszellen. Dort könnte er Luu getroffen haben. Durchaus möglich. Ich fürchte, bei Kyle weiß man nie.«

Ich wollte eigentlich nicht über die unwahrscheinliche Möglichkeit nachdenken, dass Kyle hinter diesem diabolischen Mordkomplott steckte. Aber es war möglich. Trotzdem schien es mir so weit hergeholt zu sein, dass ich eigentlich nicht daran glaubte.

»Hatten Sie schon Zeit, über mein Angebot nachzudenken?«, fragte Burns.

»Ich kann Ihnen immer noch keine Antwort geben. Tut mir Leid. Das ist für mich und meine Familie eine wichtige Entscheidung. Aber wenn es Sie tröstet, kann ich Ihnen versichern, dass ich nicht schnell abspringe, wenn ich mich einmal entschieden habe.«

»Okay, das reicht mir. Aber Sie verstehen, dass ich das Angebot nicht unbegrenzt lange auf dem Tisch liegen lassen kann.«

Ich nickte. »Ich bin Ihnen sehr dankbar dafür, wie Sie die Sache behandeln. Sind Sie immer so geduldig?«

»Immer, wenn ich kann«, antwortete Burns. Er nahm mehrere Akten vom Couchtisch vor uns und schob sie mir zu.

»Ich habe etwas für Sie, Alex. Schauen Sie sich das mal an.«

105

«Noch mehr aus den Quellen des FBI?«, fragte ich und lächelte Burns an.

»Das wird Ihnen gefallen. Wirklich gutes Zeug. Ich hoffe, es hilft Ihnen weiter. Ich möchte, dass Sie diesen Armeefall bald abschließen können. Wir sind daran sehr interessiert.«

Ich öffnete einen Aktendeckel und holte ein verblasstes Abzeichen einer Jacke heraus. Ich hielt es hoch, um es genauer zu betrachten. Der Stoff war khakigrün und hatte eine Armbrust eingestickt. *Außerdem war eine Strohpuppe darauf. Eine unheimliche scheußliche Strohpuppe, wie ich sie zuerst in Ellis Coopers Haus gesehen hatte.*

»Das Abzeichen stammt von der Jacke eines Sechzehnjährigen aus einer Gang in New York City. Diese Gang nennt sich Ghost Shadows. Als Hauptquartier dienen verschiedene Cafés an der Canal Street in New York. Das nennt man mobiles Revier«, erklärte Burns.

»Eine Soko der New Yorker Polizei nahm den Kerl fest. Er entschied sich, einige Informationen preiszugeben, die für die Polizei wertvoll sein könnten. Das NYPD konnte nichts damit anfangen, Sie vielleicht schon.«

»Wie dieses Teil?«, fragte ich.

»Er behauptet, er hätte Ihnen während der letzten Monate mehrere E-Mails geschickt, Alex. Er hat Computer in einer technischen Highschool in New York benutzt.«

»Er ist Fußsoldat?« Ich schüttelte verblüfft den Kopf.

»Nein, aber er könnte ein Bote von Fußsoldat sein. Er ist Vietnamese. Das Symbol der Armbrust stammt aus einem populären Märchen. In der Geschichte kann die Armbrust jedes Mal, wenn sie abgeschossen wird, zehntausend Mann töten. Die Ghost Shadows halten sich für sehr mächtig. Sie stehen auf Symbole, Mythen und Magie.

»Wie ich schon sagte, dieser Bursche und die Mitglieder der Gang verbringen die meiste Zeit in Cafés. Sie spielen tiến lên und trinken Kaffee su da. Die Gang ist aus dem Orange County in Kalifornien nach New York gekommen. Über hundertfünfzigtausend Flüchtlinge aus Vietnam haben sich seit den siebziger Jahren im Orange County niedergelassen. Die Gang in New York liebte kriminelle Aktivitäten im vietnamesischen Stil. Illegale Einwanderer schmuggeln – Schlangenköpfe genannt –, Kreditkartenbetrug, Diebstahl von Software und Computerteilen. Hilft Ihnen das?«

Ich nickte. »Selbstverständlich.«

Bruns reichte mir eine andere Akte. »Das könnte Ihnen auch helfen. Das sind Informationen über den ehemaligen Führer der Viet-Gang.«

»Tran Van Luu?«

Burns nickte. »Ich hatte neunundsechzig und siebzig einen Einsatz bei den Marines. Wir hatten unsere eigenen Späher, die im feindlichen Gebiet abgesetzt wurden, so wie Starkey und Kumpane. Vietnam war ein Guerillakrieg, Alex. Einige unserer Leute führten sich wie Guerillas auf. Ihre Aufgabe war es, hinter den feindlichen Linien alles zu verwüsten, für

Chaos zu sorgen und Angst und Schrecken zu verbreiten. Sie waren zäh, tapfer, aber mehr als nur ein paar wenige wurden unglaublich gefühllos. Manchmal praktizierten sie situationsbedingte Ethik.«

»Indem sie alles verwüsteten?«, sagte ich. »Sie sprechen von Terrorismus, nicht wahr?«

»Ja.« Burns nickte. »Das habe ich gerade gesagt.«

106

Diesmal flog mich das FBI nach Colorado. Ron Burns hatte diese Morde jetzt auch zu seinem Fall gemacht. Er wollte die Person oder Personen, die hinter dieser Mordserie standen.

Der Isoliertrakt in Florence wirkte auf mich ebenso deprimierend wie bei meinem ersten Besuch. Als ich eintrat, beobachteten mich die Sicherheitsbeamten durch kugelsichere Glasscheiben. Die Türen waren entweder grellorange oder pfefferminzgrün gestrichen – eigenartig. Alle drei Meter hingen Kameras an den leeren sandfarbenen Wänden.

Die Zelle, in der Tran Van Luu und ich uns trafen, hatte einen Tisch und zwei Stühle, alles fest am Boden angeschraubt. Drei Wachen mit Schutzanzügen und dicken Handschuhen brachten ihn zu mir. Ich fragte mich, ob es in letzter Zeit Ärger gegeben hatte? Gewalt?

Luus Hände und Füße waren gefesselt. Seine grauen Barthaare schienen seit meinem letzten Besuch gewachsen zu sein.

Ich nahm das Abzeichen, das Burns mir gegeben hatte, heraus und zeigte es ihm. »Was bedeutet das? Und erzählen Sie mir keinen Scheiß.«

»Ghost Shadows. Das wissen Sie bereits. Die Armbrust ist nur Folklore, reiner Schmuck.«

»Und die Strohpuppe?«

Er schwieg einen Moment lang. Mir fiel auf, dass Luu die Hände zu Fäusten geballt hatte. »Ich glaube, ich habe Ihnen doch gesagt, dass ich Späher für die amerikanische Armee war. Manchmal hinterließen wir Visitenkarten in Dörfern. Ich erinnere mich an eine. Es war ein Totenschädel mit gekreuzten Knochen und den Worten: *Wenn du dir große Sorgen machst, schicke die Besten*. Die Amerikaner hielten das für sehr komisch.«

»Was bedeutet die Strohpuppe? Ist das Ihre Visitenkarte? Wurde sie bei den Tatorten der Morde zurückgelassen? Oder später in den Wohnungen der Soldaten?«

Er zuckte mit den Schultern. »Möglich. Sagen Sie es mir, Detective. Ich war ja nicht an den Tatorten.«

»Was bedeutet diese besondere Visitenkarte, diese Strohpuppe?«

»Vieles, Detective. Das Leben ist nicht so einfach. Das Leben liefert nicht nur leichte Lösungen. In meinem Land ist die Religion sehr flexibel. Buddhismus aus China und Indien. Taoismus. Konfuzianismus. Die Verehrung der Ahnen ist der älteste und am tiefsten verwurzelte Glaube in ganz Vietnam.«

Ich tippte mit dem Finger auf das Abzeichen.

»Strohpuppen werden manchmal verbrannt oder auf einem Fluss auf eine Reise geschickt, ein Ritual, um die Toten zu ehren. Böse Geister sind die Seelen derer, die ermordet wurden oder die ohne anständige Bestattung beerdigt wurden. Die Strohpuppe ist eine Nachricht, eine Drohung, welche die Personen, die dafür verantwortlich sind, daran erinnern sollen, dass eigentlich *sie* die Stelle der Puppe einnehmen sollten.«

Ich nickte. »Sagen Sie mir alles, was ich wissen muss. Ich möchte nicht noch einmal herkommen müssen.«

»Brauchen Sie auch nicht. Ich habe kein Bedürfnis, zu beichten. Das ist eine eher westliche Auffassung.«

»Sie fühlen sich nicht schuldig? Unschuldige Menschen sind gestorben.«

»Und werden weiterhin sterben. Was wollen Sie wirklich wissen? Glauben Sie, ich schulde Ihnen irgendwas, weil Sie so gute Arbeit als Detective geleistet haben?«

»Dann geben Sie zu, dass Sie mich benutzt haben?«

Luu zuckte die Schultern. »Ich gebe gar nichts zu. Warum sollte ich? Ich war ein Guerillakämpfer und habe fast sechs Jahre lang im Dschungel von An Lao überlebt, danach im Dschungel von Kalifornien und New York. Ich benutze, was immer mir zur Verfügung steht. Ich versuche, das Beste aus jeder Situation herauszuschlagen. Sie machen das Gleiche, da bin ich sicher.«

»Auch hier im Gefängnis?«

»Besonders hier im Gefängnis. Sonst würde sogar ein relativ kluger Mensch verrückt werden. Sie haben den Ausdruck ›grausam und ungewöhnlich‹ gehört. Eine Zelle ist drei mal vier Meter groß. Darin lebe ich dreiundzwanzig Stunden pro Tag. Kommunikation nur durch den Schlitz in der Tür.«

Ich beugte mich über den Tisch. Mein Gesicht berührte fast das von Luu. Blut rauschte in meinem Kopf. Tran Van Luu war der Fußsoldat. Er musste es sein. Und er hatte die Antworten, die ich wollte. War er verantwortlich für all die Morde?

»Warum haben Sie Sergeant Ellis Cooper umgebracht? Warum die anderen? Weshalb mussten sie sterben? Geht es allein um Rache? Sagen Sie mir, was, zum Teufel, damals im An-Lao-Tal geschehen ist. Sagen Sie es mir, dann gehe ich.«

Er schüttelte den Kopf. »Ich habe Ihnen genug gesagt.

Gehen Sie, Detective. Mehr brauchen Sie nicht zu hören. Ja, ich bin Fußsoldat. Die anderen Antworten sind zu schlimm, als dass die Menschen in Ihren Land sie hören könnten. Lassen Sie diesen Mordfall auf sich beruhen. Nur dieses eine Mal, Detective. Lassen Sie ihn auf sich beruhen.«

107

Ich traf keinerlei Anstalten, aufzustehen und zu gehen.

Tran Van Luu betrachtete mich leidenschaftslos, dann lächelte er. Hatte er das erwartet? Sturheit? Begriffsstutzigkeit? Hatte er mich deshalb in die Sache hereingezogen? Hatte er mit Kyle Craig über mich gesprochen? Wie viel wusste er? Alles oder nur einige Stücke des Puzzles?

»Sie machen weiter. Das ist sehr interessant für mich. Ich verstehe Männer wie Sie nicht. Sie wollen unbedingt wissen, warum schreckliche Dinge geschehen. Sie wollen für Gerechtigkeit sorgen, wenn auch nur gelegentlich.

Sie haben doch schon mit abartigen Killern zu tun gehabt, mit Gary Soneji, Geoffrey Shafer und selbstverständlich Kyle Craig. Ihr Land hat viele Mörder hervorgebracht – Bundy, Dahmer und viele andere –, ich habe keine Ahnung, wieso das in einem zivilisierten Land geschieht. In einem Land, das so gesegnet ist.«

Ich schüttelte den Kopf. Das wusste ich auch nicht. Aber Luu wollte hören, was ich zu diesem Thema zu sagen hatte. Hatte er Kyle dieselben Fragen gestellt? »Ich hatte immer das Gefühl, dass es etwas mit hochfliegenden Erwartungen zu tun hat. Viele Amerikaner erwarten, glücklich zu sein und geliebt zu werden. Wenn es nicht so kommt, geraten viele in Wut. Besonders, wenn es uns als Kind passiert. Statt Liebe erfahren wir Hass und Missbrauch. Ich verstehe einfach nicht, warum so viele Amerikaner ihre Kinder missbrauchen.«

Luu starrte mich an. Seine Augen bohrten sich in meine. War er ein eigenartiger neuer Typus von Killer – ein Lord Scharfrichter? Er schien ein Gewissen zu haben. Er war ein Philosoph. Ein philosophischer Krieger? *Wie viel wusste er? Endete der Fall hier*?

»Warum hat jemand die Ermordung von Ellis Cooper inszeniert?«, fragte ich schließlich. »Eine einfache Frage. Würden Sie sie mir beantworten?«

Er verzog das Gesicht.

»In Ordnung, ich werde es tun. Cooper hat Sie und Ihren Freund Sampson angelogen. Er hatte keine Wahl, er musste lügen. Sergeant Cooper war im Tal An Lao gewesen, obwohl das nicht in seiner Akte steht. Ich sah, wie er ein zwölfjähriges Mädchen hingerichtet hat. Schlank, schön und unschuldig. Er hat das Mädchen umgebracht, nachdem er es vergewaltigt hatte. Ich habe keinen Grund, Sie zu belügen. Sergeant Cooper war ein Mörder und Vergewaltiger.

Sie haben alle scheußliche Verbrechen begangen, alle waren *Mörder*. Cooper, Tate, Houston, Etra, Harris, Griffin und auch Starkey. Die Blinden Mäuse. Das waren die Schlimmsten, die Blutrünstigsten. Deshalb habe ich sie ausgewählt, um die anderen zur Strecke zu bringen. *Ja, ich war es,* Detective. Aber ich bin bereits zum Tod verurteilt. Sie können mir nichts mehr antun.

Colonel Starkey wurde nie informiert, weshalb die Morde in den Vereinigten Staaten stattfinden sollten. Er kannte auch meine Identität nicht. Er war ein Profikiller und stellte nie Fragen. Er wollte nur sein Geld.

Ich liebe Rituale und Symbolismus, und ich glaube an die Rache. Die Schuldigen wurden bestraft, und ihre Bestrafung war ihren Verbrechen angemessen. Unsere unbeerdigten Toten wurden gerächt, und ihre Seelen können endlich Ruhe finden. Ihre Soldaten haben ihre Visitenkarten hinterlassen, ich ebenso. Ich hatte hier viel Zeit, über alles nachzudenken, alles genau zu planen. Ich habe nach Rache gehungert, aber ich wollte sie mir nicht einfach oder leicht machen. Wie ihr Amerikaner sagt, ich wollte eine Abrechnung. Die habe ich bekommen, Detective. Jetzt habe ich Frieden gefunden.«

Nichts war so, wie es ausgesehen hatte. Ellis Cooper hatte von Anfang an gelogen. Er hatte Sampson und mir seine Unschuld beteuert. Ich glaubte Tran Van Luu. Die Art, wie er seine Geschichte erzählt hat, hatte mich überzeugt. Er hatte in seinem Land grauenvolle Verbrechen gesehen, vielleicht sogar selbst welche begangen. Welchen Ausdruck hatte Burns verwendet? Chaos anrichten, alles verwüsten.

»Die Armee hatte im An-Lao-Tal eine Redensart. Wollen Sie sie hören?«, fragte er.

»Ja, ich möchte so viel verstehen, wie ich kann. Das treibt mich voran.«

»Die Redensart lautete: *Wenn es sich bewegt, ist es ein VC.*«

»Nicht alle unsere Soldaten haben danach gehandelt.«

»Eigentlich nicht viele, aber doch genügend. Sie kamen in entlegene Dörfer und haben alle getötet, die sie fanden. *Wenn es sich bewegt*... Sie wollten dem Vietcong Angst einjagen, und das ist ihnen geglückt. Sie hinterließen Visitenkarten – wie die Strohpuppen, Detective. In vielen Dörfern. Sie haben ein ganzes Land zerstört, eine Kultur.«

Luu machte eine Pause, möglicherweise, um mich darüber nachdenken zu lassen, was ich gehört hatte. »Sie haben gern die Gesichter und Körper der Toten bemalt. Lieblingsfarben waren Rot, Weiß und Blau. Sie hielten auch das für witzig. Sie haben die Leichen nie bestattet, sondern liegen lassen, damit die Angehörigen sie fanden.

Ich fand meine Familie mit blau bemalten Gesichtern. Seit diesem Tag haben mich ihre *Ghost Shadows* verfolgt.«

Ich musste ihn unterbrechen. »Warum haben Sie nie jemandem davon erzählt? Warum sind Sie nicht zur Armee gegangen, als es geschah?«

Er blickte mir tief in die Augen. »Das habe ich getan, Detective. Ich bin zu Owen Handler, meinem kommandierenden Offizier, gegangen und habe ihm gemeldet, was in An Lao geschehen war. Er wusste es bereits. Sein Vorgesetzter wusste es auch. Sie alle wussten es. Mehrere Teams waren außer Kontrolle geraten. Deshalb hatte er die Profikiller hingeschickt, um die Sauerei zu beseitigen.«

»Und was ist mit den unschuldigen Opfern hier? Was ist mit den Frauen, die Starkey und seine Kumpane ermordeten, um Cooper und den anderen die Morde in die Schuhe zu schieben?«

»Ah, Ihre Armee hat dafür einen Spezialausdruck: ›Kollateralschaden‹.«

»Noch eine Frage«, sagte ich zu Luu, während mir alles, was er mir bisher erzählt hatte, im Kopf umherschwirrte.

»Fragen Sie, aber dann bitte ich Sie, mich in Ruhe zu lassen. Ich will nicht, dass Sie wiederkommen.«

»Sie haben Colonel Handler nicht umgebracht, oder?«

»Nein. Weshalb hätte ich seine Leiden beenden sollen? Ich wollte, dass Colonel Handler mit seiner Feigheit und Schande lebte. Und jetzt gehen Sie. Wir sind fertig.«

»Wer hat Handler getötet?«

»Wer weiß? Vielleicht gibt es eine vierte blinde Maus.«

Ich stand auf, um zu gehen. Der Wachmann kam in die Zelle. Ich sah, dass er vor Luu Angst hatte, und fragte mich, was dieser während seines Aufenthalts hier angestellt hatte. Er war ein komplizierter, Angst einflößender Mann, ein Ghost Shadow. Er hatte mehrere Rachemorde geplant und ausführen lassen.

»Da ist noch etwas«, sagte Luu und lächelte. Dieses Lächeln war schrecklich – eine Grimasse – ohne Freude. »Kyle Craig lässt sie grüßen. Wir unterhalten uns oft. Wir sprechen sogar zuweilen über Sie. Kyle meint, Sie sollten uns stoppen, solange Sie dazu noch imstande sind. Er sagt, Sie sollten uns beide überführen.« Er lachte, als man ihn aus der Zelle führte. »Sie sollten uns *tatsächlich* stoppen, Detective.«

»Hüten Sie sich vor Kyle«, sagte ich. »Er ist niemandes Freund.«

»Ich auch nicht«, sagte Tran Van Luu.

108

Sobald man Luu abgeführt hatte, brachte man Kyle Craig in den Raum in der Isolationseinheit des Todeszellentrakts. Ich wartete auf ihn. *Alarmglocken schrillten.*

»Ich hatte damit gerechnet, dass du mich besuchen würdest, Alex«, sagte er, als drei bewaffnete Wachen ihn hereinführten. »Du enttäuschst einen nie.«

»Immer einen Schritt voraus, richtig, Kyle?«, fragte ich.

Er lachte, ohne eine Spur von Fröhlichkeit. Dann betrachtete er die Zelle und die Wachposten. »Offensichtlich nicht. Nicht mehr.«

Kyle saß mir gegenüber. Er war unglaublich hager und schien seit meinem letzten Besuch noch mehr an Gewicht verloren zu haben. Ich spürte, dass sich die Gedanken in seinem Kopf überschlugen.

»Man hat dich erwischt, weil du erwischt werden wolltest«, sagte ich. »Das ist offensichtlich.«

»O Gott, erspare mir dein Psychogelaber. Wenn du als Dr.

Cross, der Psychologe, gekommen bist, kannst du gleich wieder gehen. Du langweilst mich, dass ich heulen könnte.«

»Ich habe als Detective der Mordkommission gesprochen«, sagte ich.

»Das ist schon besser, schätze ich. Als frömmelnder Bulle kann ich dich ertragen. Als Seelenklempner taugst du nicht viel, aber das ist auch kein ordentlicher Beruf. Mir hat die Psychologie noch nie was gebracht. Ich habe meine eigene Philosophie: Töte alle und lass Gott sie sortieren. Analysiere das mal.«

Ich sagte nichts. Kyle hatte sich schon immer gern reden hören. Wenn er Fragen stellte, dann oft nur deshalb, um sich über die Antworten lustig zu machen. Er liebte nichts mehr, als zu ködern und zu spotten. Ich bezweifelte, dass er sich geändert hatte.

Schließlich lächelte er. »Ach, Alex, du bist ja so gescheit. Manchmal kommt mir der grauenvolle Gedanke, dass du immer einen Schritt voraus sein könntest.«

Ich hielt seinen Blick fest.

»Das glaube ich nicht, Kyle.«

»Aber du verbeißt dich wie ein Höllenhund. Gnadenlos. Habe ich Recht?«

»Darüber denke ich nicht viel nach. Wenn du es sagst, wird es schon stimmen.«

Seine Augen verengten sich. »Jetzt bist du gönnerhaft, das mag ich nicht.«

»Wen schert es, was du magst?«

»Hm. Gute Antwort. Das muss ich mir merken.«

»Ich habe beim letzten Mal gefragt, ob du mir bei Tran Van Luu und den Morden helfen kannst, an denen er beteiligt ist. Hast du deine Meinung geändert? Ich nehme an, dass draußen immer noch ein Mörder frei umherläuft.«

Kyle schüttelte den Kopf. »Ich bin nicht Fußsoldat. Ich bin nicht derjenige, der dir hilft. Manche Geheimnisse werden nie gelüftet. Weißt du das immer noch nicht?«

Ich schüttelte den Kopf. »Du hast Recht. Ich bin gnadenlos. Ich werde versuchen, auch dieses Geheimnis zu lösen.«

Da klatschte Kyle in die Hände. »Das ist unser Junge. Du bist einfach perfekt, Alex. Was bist du doch für ein Idiot. Geh schon, finde deinen Mörder.«

109

Sampson erholte sich am Strand von Jersey mit Billie Houston als seiner persönlichen Krankenschwester. Ich rief ihn fast jeden Tag an, erzählte ihm aber nicht, was ich über Sergeant Ellis Cooper und die anderen erfahren hatte.

Außerdem rief ich täglich Jamilla an, manchmal sogar mehrmals, oder sie rief mich an, abgesehen davon schickten wir uns E-Mails. Die Entfernung, die uns trennte, wurde immer mehr zu einem Problem. Keiner von uns wusste eine zufrieden stellende Lösung. Könnte ich je mit meiner Familie nach Kalifornien ziehen? Könnte Jamilla nach Washington ziehen? Darüber mussten wir uns von Angesicht zu Angesicht unterhalten – und zwar bald.

Nachdem ich aus Colorado zurückgekehrt war, verbrachte ich ein paar Tage in Washington mit Arbeit. Ich wusste, dass ich noch eine wichtige Reise machen musste, aber ich musste mich darauf vorbereiten. *Zweimal messen, einmal schneiden*, hatte mir Nana immer gepredigt.

Ich verbrachte unzählige Stunden am Computer mit Lexis, aber auch der militärischen Databasis, ACIRS und dem juristischen System RISS. Ich machte im Pentagon einen Besuch und sprach mit Colonel Peyser über Gewalttaten, die amerikanische Soldaten in Südostasien gegen Zivilisten begangen hatten. Als ich auf An Lao zu sprechen kam, brach Peyser abrupt das Gespräch ab und weigerte sich, noch mal mit mir zu sprechen.

Seltsam, doch eigentlich ein sehr gutes Zeichen. Ich war nahe an etwas dran, richtig?

Ich unterhielt mich mit Bekannten, die in Vietnam gedient hatten. Die meisten kannten die Redensart ›wenn es sich bewegt, ist es ein Vietcong‹. Alle, die sie kannten, fanden sie gerechtfertigt, da ständig von den Nordvietnamesen schreckliche Greueltaten gegen Amerikaner begangen worden seien. Ein Armeeveteran erzählte seine Geschichte. Er hatte gehört, wie sich Soldaten über einen Vietnamesen unterhielten, der erschossen worden war, obwohl er Mitte achtzig gewesen war. »Eines muss man ihm lassen«, hatte ein Sergeant gewitzelt. »In seinem Alter noch Freiwilliger beim Vietcong.«

Und immer wieder tauchte ein Name im Zusammenhang mit dem An-Lao-Tal auf.

Die vierte blinde Maus?

Das musste ich jetzt herausfinden.

Am Donnerstagmorgen fuhr ich nach West Point. Es war eine Fahrt von ungefähr fünf Stunden. Ich hatte es nicht besonders eilig. Die Person, die ich sprechen wollte, ging nirgendwohin. Er glaubte nicht, einen Grund zu haben, untertauchen und sich verstecken zu müssen.

Ich lud den CD-Spieler hauptsächlich mit Blues, vor allem Bob Dylan, den ich gern hören wollte. Für unterwegs hatte ich eine Thermoskanne mit Kaffee und Sandwiches eingepackt. Ich hatte zu Nana gesagt, dass ich versuchen würde, am Abend zurück zu sein, woraufhin sie spitz erklärte: »Gib dir mal richtig Mühe.«

Die Fahrt gab mir genügend Zeit, um darüber nachzudenken, ob ich das Richtige tat, wenn ich noch mal nach West Point fuhr. Ich stellte mir eine Menge knallharter, aber notwendiger Fragen. Als ich mit den Antworten zufrieden war, dachte ich wieder darüber nach, ob ich den Job beim FBI annehmen sollte. Direktor Ron Burns hatte mir erfolgreich vorgeführt, welchen Rückhalt ich beim Büro haben würde. Die Botschaft war deutlich und auch clever: *Wenn ich fürs FBI arbeitete, würde ich meine Arbeit noch besser tun können.*

Verdammt, ich wusste wirklich nicht, was ich tun sollte.

Ich wusste, dass ich mit einer Privatpraxis als Psychologe Erfolg haben würde, wenn ich das wollte. Vielleicht könnte ich mich mehr meinen Kindern widmen, wenn ich diese Arbeit machte. Benutze diese Murmeln weise, nutze die kostbaren Samstage. Mach einen Versuch mit Jamilla, die ständig in meinen Gedanken war, wie es sein sollte.

Schließlich war ich auf der Route 9W und folgte den Verkehrsschildern nach Highland Falls und West Point.

Kurz vor West Point überprüfte ich meine Glock und steckte ein Magazin hinein. Ich war nicht sicher, ob ich eine Waffe brauchte. Aber ich hatte das in jener Nacht auch nicht geglaubt, als Owen Handler hier in der Nähe ermordet worden war.

Ich fuhr nach West Point durch das Thayer Gate am Nordende von Highland Falls.

Überall übten Kadetten für die Parade. Alle sahen immer noch makellos aus. Rauch stieg langsam aus einigen Kaminen auf der Washington Hall. Mir gefiel West Point ausgesprochen gut. Ich bewunderte auch die meisten Männer und Frauen in der Armee, die ich kennen gelernt hatte. Allerdings nicht alle. Und jeder weiß, was ein paar faule Äpfel anrichten können.

Ich hielt vor einem Gebäude aus rotem Backstein. Ich war hergekommen, um mir Antworten zu holen.

Ein Name stand auf meiner Liste. Ein großer Name. Ein Mann von untadeligem Ruf.

General Mark Hutchinson.

Der Kommandant von West Point.

Er war mir in der Nacht, als Owen Handler ermordet worden war, aus dem Weg gegangen, aber heute würde ihm das nicht gelingen.

110

Ich stieg die steile Steintreppe hinauf und ging in das gepflegte Gebäude, in dem sich die Büros des Kommandanten von West Point befanden. Ein Soldat mit Bürstenhaarschnitt saß hinter einem dunklen hölzernen Schreibtisch, auf dem eine auf Hochglanz polierte Messinglampe stand und daneben ordentlich gestapelte Akten lagen.

Er schaute auf und legte den Kopf schief wie ein neugieriger Student. »Jawohl, Sir. Kann ich Ihnen helfen, Sir?«

»Ich bin Detective Alex Cross. General Hutchinson erwartet mich. Bitte sagen Sie ihm, dass ich hier bin.«

Der Kopf des Soldaten blieb in diesem eigenartig geneigten Winkel. »Jawohl, Sir, Detective. Könnten Sie mir sagen, in welcher Angelegenheit Sie den General sprechen wollen, Sir?«

»Ich fürchte, nein. Aber ich bin sicher, dass der General mich trotzdem empfangen wird. Er weiß, wer ich bin.« Ich setzte mich in einen Polstersessel an der Wand. »Ich werde hier auf den General warten.«

Der Soldat am Empfang war eindeutig frustriert. Er war es nicht gewöhnt, dass Zivilisten ungehorsam waren, besonders nicht in General Hutchinsons Büro. Er dachte nach, griff dann zum schwarzen Telefon auf dem Schreibtisch und rief jemanden an, der in der Kette des Kommandos höher gestellt war. Ich nahm das als gutes Omen, ein notwendiger nächster Schritt.

Es dauerte einige Minuten, bis sich die schwere Holztür hinter dem Schreibtisch öffnete. Ein Offizier in Uniform erschien und marschierte direkt zu mir.

»Ich bin Colonel Walker, General Hutchinsons Adjutant. Sie können wieder gehen, Detective Cross«, sagte er. »Der General kann Sie heute nicht empfangen. Sie haben hier keine Jurisdiktion.«

Ich nickte. »Aber ich habe wichtige Informationen, die General Hutchinson unbedingt hören sollte. Es geht um Geschehnisse während seines Kommandos im An-Lao-Tal. Das war siebenundsechzig bis einundsiebzig, aber besonders im Jahr neunundsiebzig.«

»Ich versichere Ihnen, dass der General kein Interesse hat, Sie zu treffen oder alte Kriegsgeschichten zu hören.«

»Ich habe einen Termin bei der *Washington Post* wegen dieser Informationen«, sagte ich. »Ich dachte, der General sollte die Beschuldigungen vorher hören.«

Colonel Walker nickte, schien aber nicht übermäßig beeindruckt oder besorgt zu sein. »Wenn Sie jemand in Washington haben, der sich Ihre Geschichten anhören will, sollten Sie zu ihm gehen. Und jetzt verlassen Sie bitte das Gebäude, sonst muss ich Sie hinausbegleiten lassen.«

»Nicht nötig, dass Sie Ihre Männer rufen«, sagte ich und stand auf. »Ich kann mich sehr gut selbst hinausbegleiten.«

Ich verließ das Gebäude und ging zu meinem Auto. Ich stieg ein und fuhr langsam die Hauptstraße hinauf, die West Point durchquert, und dachte angestrengt darüber nach, was ich als Nächstes tun sollte. Schließlich parkte ich an einer Seitenstraße, die von hohen Ahornbäumen und Eichen gesäumt war und von der aus ich einen herrlichen Blick auf den majestätischen Hudson hatte.

Dort wartete ich. *Der General wird mit mir sprechen.*

111

Es war schon dunkel, als ein schwarzer Ford Bronco in die Auffahrt eines großes Hauses im Kolonialstil einbog, das von Ulmen und einem hohen Palisadenzaun umgeben war.

General Mark Hutchinson verließ seinen Dienstwagen. Die Innenbeleuchtung erhellte sein Gesicht ein paar Sekunden lang. Er sah überhaupt nicht besorgt aus. Warum sollte er auch? Er war in mehreren Kriegen gewesen und hatte alles überlebt.

Ich wartete ungefähr zehn Minuten, bis er im Haus die Lichter eingeschaltet hatte. Ich wusste, dass Hutchinson geschieden war und allein lebte. Eigentlich wusste ich inzwischen viel über den General.

Ich ging die Vordertreppe hinauf, so wie ich nachmittags die Stufen zum Büro des Generals hinaufgegangen war. Mit den gleichen entschiedenen Schritten. Gnadenlos, unaufhaltsam, stur wie die Hölle. Ich würde heute mit Hutchinson reden, ganz gleich, wie. Ich musste eine Sache zum Abschluss bringen. Schließlich war es mein letzter Fall.

Ich betätigte den eisernen Türklopfer, eine Göttin mit Flügeln, die ich eher für peinlich als einladend hielt.

Schließlich kam Hutchinson in einem blau karierten Sporthemd und Khakihosen mit Bügelfalte zur Tür. Er wirkte wie ein leitender Angestellter, der von einem lästigen Vertreter an der Tür erwischt worden war. Offensichtlich war er über die abendliche Störung alles andere als glücklich.

»Ich werde Sie wegen unbefugten Eindringens festnehmen lassen«, sagte er, als er mich sah. Wie ich dem Soldaten am Empfang gesagt hatte – der General kannte mich.

»Das können Sie gerne tun…« Ich bahnte mir an ihm vorbei einen Weg durch die Eingangstür. Hutchinson war ein breitschultriger Mann, aber Mitte sechzig. Er versuchte nicht, mich aufzuhalten, berührte mich nicht einmal.

»Haben Sie nicht schon genug Ärger gemacht?«, fragte er. »Meiner Meinung nach reicht es.«

»O nein, ich habe gerade erst angefangen.«

Ich ging in ein großes Wohnzimmer und setzte mich. Hier standen weiche Couchen und Messingstehlampen. Die Vorhänge waren in warmen Blau- und Rottönen gehalten. Ich nehme an, der Geschmack seiner Exfrau.

»Es wird nicht lange dauern, General. Ich möchte Ihnen sagen, was ich über An Lao weiß.«

Hutchinson hob die Hand. »Ich sage Ihnen, was Sie *nicht* wissen, Mister. Sie wissen nicht, wie die Armee funktioniert, und Sie scheinen auch nicht viel über das Leben in einflussreichen Kreisen zu wissen. Das hier ist nicht Ihre Kragenweite. Verlassen Sie sofort mein Haus. Jetzt. Bringen Sie Ihre Scheißgeschichten zur *Washington Post*.«

»Starkey, Griffin und Brownley Harris waren militärische Profikiller unter Ihrem Kommando in Vietnam«, begann ich.

Der General runzelte die Stirn und schüttelte den Kopf. Doch dann schien er sich entschieden zu haben, mich anzuhören. Er setzte sich. »Ich habe keine Ahnung, wovon Sie reden. Ich habe von diesen Männern noch nie gehört.«

»Sie haben Teams mit jeweils zehn Mann ins An-Lao-Tal geschickt, um die Vietnamesen einzuschüchtern. Es war ein Guerillakrieg, und ihre Leute hatten den Befehl, sich wie Guerillas zu benehmen. Sie begingen Morde und Verstümmelungen. Sie schlachteten Zivilisten ab. Sie hatten eine Visitenkarte – sie bemalten ihre Opfer rot, weiß oder blau. Aber das Ganze geriet außer Kontrolle, nicht wahr, General?«

Jetzt lächelte Hutchinson. »Wo haben Sie diese lächerliche Scheiße ausgegraben? Sie haben ja eine abartige Fantasie. Und jetzt ziehen Sie ab, verdammt noch mal.«

Ich fuhr fort. »Sie haben die Unterlagen darüber vernichtet, dass diese Männer je in An Lao waren. Das trifft auch auf die drei Profikiller zu – Starkey, Griffin und Harris –, die

Sie hingeschickt hatten, um die Schweinerei zu beseitigen. Dadurch bin ich zum ersten Mal der Vertuschung auf die Spur gekommen. Sie haben mir *gesagt*, dass sie dort waren, aber in ihren Personalakten stand es anders.«

Den General schien nicht zu interessieren, was ich sagte. Aber das war alles Theater. Am liebsten wäre ich aufgesprungen und hätte ihn verprügelt, bis er mir die Wahrheit sagte.

»Die Unterlagen sind aber *nicht* vernichtet worden, General«, fuhr ich fort.

Jetzt hatte ich seine volle Aufmerksamkeit. »Was, zum Teufel, reden Sie da?«

»Was ich gesagt habe. Die Unterlagen wurden nicht vernichtet. Ein Späher vom ARVN namens Tran Van Luu meldete die Gräueltaten seinem kommandierenden Offizier. Und der war niemand anderer als Colonel Owen Handler. Selbstverständlich hörte niemand Luu zu, deshalb stahl er Kopien der Unterlagen – und brachte sie zu den *Nordvietnamesen*.

Bis 1987 wurden die Unterlagen in Hanoi aufbewahrt. Dann verschaffte sich die CIA Kopien. Ich habe meine Kopien vom FBI und von der vietnamesischen Botschaft. Also kenne ich mich vielleicht doch ein bisschen in den einflussreichen Kreisen Washingtons aus. Ich weiß sogar, dass man überlegt, Sie in den Generalstab zu versetzen. Aber bestimmt nicht, wenn diese Schweinereien bekannt werden.«

»Sie sind verrückt«, stieß Hutchinson hervor. »Sie haben ja völlig den Verstand verloren.«

»Ach ja? In den Jahren achtundsechzig und neunundsechzig begingen zwei Teams von je zehn Männern über hundert Morde an Zivilisten in Dörfern – und das unter Ihrem Kommando. Sie haben die Befehle erteilt. Als die Teams außer Kontrolle gerieten, haben Sie Starkey und seine Männer hingeschickt, um die Schweinerei zu beseitigen. Unglücklicherweise brachten sie ebenfalls Zivilisten um. Vor kurzem gaben Sie den Befehl, Colonel Handler zu töten. Handler kannte

Ihre Rolle in Vietnam. Ihre Karriere wäre ruiniert gewesen, vielleicht wären Sie sogar ins Gefängnis gewandert.

Sie sind selbst mit Starkey, Harris und Griffin ins An-Lao-Tal gegangen. Sie waren dort. Sie sind für alles verantwortlich, was sich dort abspielte. Ja, Sie waren dabei, und damit waren es *vier* blinde Mäuse.«

Unvermittelt drehte sich Hutchinson in seinem Sessel um. »Walker, Taravela«, sagte er, »Sie können jetzt hereinkommen. Wir haben von diesem Bastard mehr als genug gehört.«

Zwei Männer traten durch eine Seitentür ein. Beide hatten die Waffen gezückt und zielten auf mich.

»Jetzt können Sie nicht mehr weg, Dr. Cross«, erklärte Colonel Walker. »Sie werden nicht mehr nach Hause kommen.«

112

Man fesselte mir die Hände auf dem Rücken. Dann schob man mich nach draußen. Die beiden bewaffneten Männer verstauten mich im Kofferraum eines dunklen großen Wagens. Ich lag da wie ein zusammengerollter Teppich. Für einen Mann meiner Größe gab es wenig Platz.

Ich spürte, wie der Wagen über Hutchinsons Einfahrt rollte, dann über ein Abflussgitter weiter auf die Straße.

Mit normaler Geschwindigkeit, nicht über zwanzig Meilen, fuhr der Wagen durch West Point. Als der Fahrer das Tempo erhöhte, war ich sicher, dass wir das Militärgelände verlassen hatten.

Ich hatte keine Ahnung, wer vorn im Auto saß. War General Hutchinson mitgekommen? Ich hielt es für wahrscheinlich, da ich bald umgebracht werden sollte. Ich sah keine

Chance, aus dieser Klemme herauszukommen. Ich dachte an die Kinder und Nana und fragte mich, weshalb ich erneut mein Leben riskiert hatte. War es ein Zeichen für einen guten Charakter oder doch ein Charakterfehler? Und spielte das überhaupt noch eine Rolle?

Jetzt fuhr der Wagen von der glatten Straße auf eine holprige, wahrscheinlich ungeteerte Landstraße. Meiner Schätzung nach waren wir etwa vierzig Minuten von West Point entfernt. Wie lange hatte ich noch zu leben?

Der Wagen wurde langsamer und blieb schließlich stehen. Ich hörte, wie Türen geöffnet und zugeschlagen wurden. Dann ging der Kofferraumdeckel auf.

Das erste Gesicht, das ich sah, war das von Hutchinson. In seinen Augen lag keine Spur von Gefühl. Nichts Menschliches schaute mich an.

Die beiden anderen standen hinter ihm. Ihre Pistolen waren auf mich gerichtet. Auch ihre Augen waren leer.

»Was wollen Sie jetzt tun?«, fragte ich, obwohl ich die Antwort auf diese Frage bereits kannte.

»Was wir schon in der Nacht hätten tun sollen, als Sie mit Owen Handler zusammen waren. Sie umbringen«, antwortete Colonel Walker.

»Mit extremem Vergnügen«, fügte der General hinzu.

113

Man hob mich aus dem Kofferraum und ließ mich auf den Boden fallen. Ich landete auf der Hüfte, heftiger Schmerz durchzuckte mich. Das war jedoch nur der Anfang. Das wusste ich. Diese Schweine wollten mir wehtun, ehe sie mich umbrachten. Und ich trug Handschellen und konnte mich nicht wehren.

Colonel Walker trat vor und riss mein Hemd auf. Der andere Mann zog mir Schuhe und Hose aus.

Plötzlich lag ich nackt und zitternd da, irgendwo im Staat New York. Die Luft war kalt, höchstens fünf Grad.

»Wissen Sie, was mein wahres Verbrechen ist? Wissen Sie, welchen Fehler ich in Vietnam begangen habe?«, fragte Hutchinson. »Ich habe den Befehl gegeben, zurückzuschießen. Sie haben unsere Männer getötet und verstümmelt. Sie haben sich wie Terroristen und Sadisten aufgeführt und haben sich bemüht, uns auf jede mögliche Art Angst einzujagen, aber ich ließ mich nicht einschüchtern. Ich habe zurückgeschlagen, Cross. Genauso, wie ich mich jetzt wehre.«

»Sie haben auch Zivilisten abgeschlachtet und Ihrem Kommando Schande gebracht«, rief ich.

Der General beugte sich zu mir runter. »Sie waren nicht dort. Also sagen Sie mir nicht, was ich getan oder nicht getan habe. In An Lao haben wir *gewonnen*. Damals pflegten wir zu sagen, es gäbe nur zwei Sorten Menschen in der Welt: Diejenigen, die andere ficken, und diejenigen, die gefickt werden. Ich bin ein Ficker, Cross. Raten Sie mal, zu was Sie das macht?«

Colonel Walker und der andere Mann hatten Farbdosen und Pinsel in der Hand und klatschten kalte Farbe auf meinen Körper. »Ich dachte, Sie würden diese persönliche Note schätzen«, sagte Walker. »Ich war auch im An-Lao-Tal. Werden Sie der *Washington Post* auch von mir erzählen?«

Es gab *nichts*, was ich tun konnte, um sie zu stoppen. Mir

konnte auch niemand helfen. Ich war nackt und allein – und jetzt wurde ich auch noch angemalt. Ihre Visitenkarte, ehe sie mich umbrachten.

Ich zitterte vor Kälte. In ihren Augen sah ich, dass es ihnen überhaupt nichts ausmachte, mich umzubringen, denn sie hatten auch früher schon gemordet.

Wie lange würde ich noch leben? Ein paar Minuten? Vielleicht einige Stunden Folter? Mehr nicht.

Ein Schuss ertönte in der Dunkelheit. Der Schütze schien hinter den Scheinwerfern des blauen Wagens zu sein, mit dem wir hergekommen waren. *Was, zum Teufel, war los?*

In Colonel Walkers Gesicht öffnete sich direkt unter dem linken Auge ein dunkles Loch. Blut spritzte. Er fiel nach hinten und schlug auf dem Waldboden auf. Sein Hinterkopf war verschwunden, einfach weggeblasen.

Der zweite Soldat wollte in Deckung gehen, aber eine Kugel traf ihn in die Wirbelsäule. Er schrie, fiel und rollte über mich.

Ich sah Männer aus dem Wald hervorstürmen – mindestens ein halbes Dutzend. Ich zählte. Neun, zehn. Aber in der Dunkelheit konnte ich nicht erkennen, wer sie waren. Wer, zum Teufel, rettete mich?

Als sie näher kamen, schien der Mond auf ihre Gesichter. Mein Gott! Ich kannte sie nicht, aber ich wusste, woher sie gekommen waren und wer sie geschickt hatte – entweder, um mir zu folgen, oder, um Hutchinson umzubringen.

Die Ghost Shadows waren hier.

Tran Van Luus Leute hatten mich beschattet – oder Hutchinson.

Sie sprachen vietnamesisch. Ich verstand kein Wort. Zwei packten den General und warfen ihn zu Boden. Dann traten sie ihm gegen den Kopf, die Brust, in den Bauch und in die Genitalien. Er schrie vor Schmerzen, aber sie traten und prügelten weiter auf ihn ein, als hörten sie ihn nicht.

Mich ließen sie in Ruhe. Aber ich machte mir keine Illusionen – ich war Augenzeuge von alledem. Ich lag da, das Gesicht gegen den Boden gepresst. Ich beobachtete den Angriff von dem am tiefsten liegenden Punkt aus. Die Misshandlung des Generals schien irreal und unmenschlich zu sein. Jetzt traten sie auch Colonel Walker und den anderen Soldaten. *Tote treten*! Einer zückte ein gezahntes Messer und schnitt Hutchinson ein Stück Haut ab. Sein Schrei drang gellend durch die Nacht. Es war klar, dass sie den General verletzen, aber nicht töten wollten. Sie wollten foltern und terrorisieren, um ihm Todesangst einzujagen.

Einer von Luus Männern holte eine Strohpuppe hervor, und warf sie auf Hutchinson. Dann stach er den General in den Unterbauch. Wieder schrie Hutchinson. Die Bauchwunde war tödlich. Aber die Folter würde weitergehen, und am Schluss würden sie unsere Leichen bemalen.

Ich glaube an Rituale und Symbolismus und an Rache.

Das hatte mir Tran Van Luu im Gefängnis gesagt.

Schließlich kam einer seiner Männer zu mir. Um mich zu schützen, rollte ich mich zusammen. Jetzt konnte mich niemand mehr retten. Ich kannte den Plan der Ghost Shadows – alles vernichten, Rache für die Ahnen, die ermordet, aber nie bestattet worden waren.

»Wollen Sie zusehen oder weggehen?«, fragte der Mann. Seine Stimme klang verblüffend ruhig. »Sie sind frei, Detective. Sie können gehen.«

Ich schaute ihm in die Augen. »Ich möchte gehen.«

Der Ghost Shadow half mir auf die Beine, nahm mir die Handschellen ab und führte mich fort. Er warf mir einen Lappen zu, damit ich mich sauber machen konnte. Ein zweiter Mann brachte meine Kleidung und Schuhe. Beide behandelten mich mit großem Respekt.

Dann brachte man mich zum Tor von West Point bei der 9W, wo man mich freiließ. Ich hatte keinen Zweifel, dass Tran Van Luu das ausdrücklich befohlen hatte.

Ich rannte los, um für General Hutchinson und seine Männer Hilfe zu holen, wusste aber, dass ich zu spät kam.

Fußsoldat hatte sie getötet.

114

Ron Burns erreichte mich schließlich am nächsten Nachmittag zu Hause. Ich war oben in meinem Arbeitszimmer und betrachtete durchs Erkerfenster die Fifth Street und die Nachbarschaft.

Jannie versuchte unten auf dem Rasen Klein-Alex Fangen beizubringen und ließ sogar den kleinen Bruder gewinnen. Das würde nicht lange gut gehen.

»Alex, ich habe gerade mit Spezialagent Mel Goodes telefoniert«, sagte Ron Burns. »Er hat mich aus einem kleinen Ort in New York State angerufen, aus Ellenville. Haben Sie je von Ellenville gehört?«

»Nein, aber ich glaube, ich war vor kurzem dort«, antwortete ich. »Stimmt das?«

»Ja, das stimmt«, sagte Burns. »Dorthin hat man sie von West Point aus verschleppt.«

»Was hat denn Agent Goodes in Ellenville gemacht?«, wollte ich wissen.

»Die örtliche Polizei hat uns gerufen. Sie stand vor einem Rätsel und war entsetzt über die Schweinerei, die Jäger aus der Gegend dort in den Bergen heute Morgen gefunden haben.«

»Das kann ich mir gut vorstellen. Drei Mordopfer. Ein grotesker Tatort. Wie bei einem Ritualmord.«

»Drei unidentifizierte männliche Leichen. Die Einheimischen sind völlig schockiert. Sie haben den halben Berg abgesperrt. Die Opfer hatten am ganzen Körper Schnittwunden und Spuren von Verbrennungen durch Stromstöße. Im ersten Polizeibericht steht, sie seien ›missbraucht Schrägstrich verbrannt‹ worden. Die Gesichter waren bemalt.«

»Rot, weiß und blau.«

Ich hörte jetzt nur noch halb zu. Jannie brachte Klein-Alex bei, wie man beim Fangen *verliert*. Er fing an zu weinen. Sie nahm ihn auf den Arm und drückte ihn an sich. Dann schaute sie zu meinem Fenster herauf und winkte. Sie hatte alles unter Kontrolle. Das war Jannie.

Inzwischen dachte ich an Folter, Terrorismus und Dinge, die im Namen des Krieges geschehen. Dschihad. Was auch immer. Wann würde das alles aufhören? Wahrscheinlich nie oder so lange nicht, bis jemand unseren geliebten Planeten in die Luft jagte. Völlig wahnwitzig.

»Ich würde gern wissen, ob Sie nicht etwas mehr Licht in diese drei Morde bringen können, Alex«, sagte Burns. »Können Sie?«

Ich winkte den Kindern zu, ging zurück zu meinem Schreibtisch und setzte mich. Vor mir stand ein Foto mit Maria und Damon und Jannie, als diese noch klein waren. Ich fragte mich, was Maria wohl über all das dachte. Über die Kinder? Mich? Jamilla? Mordopfer, mit den Farben der amerikanischen Fahne bemalt?

»Zwei Opfer sind wahrscheinlich General Mark Hutchinson und Colonel Walker. Der dritte Mann ist ein Gefreiter aus West Point. Seinen Namen kenne ich nicht. Hutchinson war für Gräueltaten verantwortlich, die vor über dreißig Jahren in Vietnam begangen worden waren. Die Vergangenheit hat ihn eingeholt.«

Ich berichtete Burns fast alles, was ich über die gestrige Nacht wusste. Wie gewöhnlich war er ein guter Zuhörer, und das schätzte ich immer mehr. Und ich begann, ihm zu vertrauen.

»Wissen Sie, wer die drei West Pointler getötet hat?«, fragte er.

Ich dachte kurz nach, dann verneinte ich. Technisch gesehen, stimmte das. Burns stellte mir noch ein paar Fragen, gab sich aber mit dem zufrieden, was ich ihm erzählte. Das gefiel mir auch. Das bedeutete, er akzeptierte mein Urteil. Ich fällte jetzt auch ein Urteil über den FBI-Direktor.

»Ich möchte für Sie arbeiten«, teilte ich ihm mit. »Ich komme zum FBI. Wie Sie sagten, das wird mir Spaß machen.«

»Wer sagt, dass das Angebot noch gilt?«, erwiderte Burns und lachte. Auch das gefiel mir.

Epilog

Das Strumpfband

115

Nie und nimmer hätte ich in diesem Jahr mit einer großen fröhlichen Hochzeit gerechnet. Ich stand da, hielt Jamillas Hand und betrachtete die wunderschönen Anlagen in Falls Church, Virginia.

Wir standen auf einer großen Wiese hinter einem kleinen Restaurant mit Hotel. Gelbe und weiße Lichter hingen zwischen Ulmen und entlang des Verandageländers. Wohin ich schaute – überall Rosen, Ringelblumen und einfache, aber wunderhübsche englische Gänseblümchen.

Die Braut sah in dem schlichten weißen Satinkleid, ohne Schleppe oder Schleier, hinreißend aus. Das Kleid war im Empirestil gearbeitet und brachte Billies zierliche Figur hervorragend zur Geltung. Sie trug eine Kette und Ohrringe aus bunten Kaurimuscheln, um ihr afroamerikanisches Erbe zu feiern. Sie hatte die Haare in einem Knoten zusammengefasst, in dem einige Zweige Schleierkraut steckten. Billie konnte nicht glücklicher aussehen. Ihr Lächeln strahlte den ganzen Tag.

Auch Sampson hörte nicht auf zu lächeln. Er trug einen taubengrauen Anzug, und ich schwöre, er sah wie ein Prinz aus. Ein Freund von uns, Reverend Jeffrey Campbell, vollzog die Trauung vor ungefähr hundert Menschen, die Billie und John aus ganzem Herzen liebten.

Reverend Campbell fragte uns, ob wir alles in unserer Macht Stehende tun würden, um diese neue Familie in der Gemeinde zu unterstützen. »Wir wollen«, antworteten alle Gäste mit großer Begeisterung und Wärme.

Anschließend gab es einen Empfang. Ich hatte Gelegenheit, bei einem Toast mit Sekt ein paar Worte zu sagen.

»Ich kenne diesen Hünen, seit wir beide kleine Jungs waren. Zumindest war *ich* ein kleiner Junge. Er war immer Teil unserer Familie und wird es immer bleiben. John ist seinen Freunden gegenüber loyal, sein Wort gilt, er ist ehrenwert, freundlich, großzügig und lieb – das könnt ihr mir glauben. Deshalb ist er auch mein bester Freund. Ich kenne Billie noch nicht so lang, aber ich mag sie jetzt schon lieber als John.

Auf ein langes glückliches gemeinsames Leben. Ich liebe euch, John und Billie. Und jetzt wollen wir Musik hören und bis morgen früh tanzen.«

John und seine Frau tanzten zu »Let's Stay Together«. Dann tanzten auch Jamilla und ich und mehrere andere Paare. »Eine schöne Hochzeit«, sagte sie. »Ich mag John und Billie. Die beiden sind ein gutes Paar und prächtige Menschen.«

Die Leute häuften Essen auf die Teller – Hühnchen mit Kokosflocken, Maisbrot, Klöße, Reis und Gemüse. Alle machten mit den Einwegkameras, die auf den Tischen lagen, Fotos. Billies beste Freundin aus dem Kindergarten sang wunderschön »Our Love Is Here to Stay«. Dann kamen John und ich. Wir boten »Sexual Healing«, was ziemlich übel klang, und deshalb hatten wir auch viel Erfolg. Die Kinder schwirrten überall herum. Und Sampson hatte immer noch nicht aufgehört zu lächeln.

Am späten Nachmittag nahmen mich Damon und Jannie am Arm und gingen mit mir in den Garten. »Ich bin gleich wieder da«, rief ich Jamilla zu. »Zumindest hoffe ich das.«

Billie saß auf einem Holzschuh, den Rücken einem halben Dutzend ängstlich dreinschauender Männer zugewandt.

»Du musst das Strumpfband nicht wirklich fangen«, erklärte sie. »Der Erste, der es *berührt*, ist der glückliche Gewinner.«

Ich stand neben diesem Junggesellenverein und schnitt

Grimassen in Richtung Damon, Jannie und natürlich Jamilla. Plötzlich zeigten alle zum Himmel hinauf.

Ich schaute nach oben – das purpurfarbene Strumpfband drehte sich in Spiralen und flog direkt auf mich zu. Ich hätte nicht ausweichen können, auch wenn ich es versucht hätte.

Ich fing das Strumpfband auf und wirbelte es um den Zeigefinger. »Mir macht das keine Angst«, erklärte ich.

Ich blickte nach links. Da standen Jamilla und Nana. Jamilla lachte und klatschte in die Hände, und ihr Lächeln bedeutete: Ich habe auch keine Angst.

Ich schaute weg. Bei Gott, da stand Dr. Kayla Coles. Sie klatschte nicht, lächelte nur scheu. Dann zwinkerte sie mir zu. Was sollte das nun wieder bedeuten?

Ich schüttelte den Kopf, lachte aber immer noch. Doch dann sah ich noch ein Gesicht. Direktor Ron Burns vom FBI.

Mein neuer Boss winkte mich zu sich. Er hatte eine dicke Akte unter dem Arm, die ich an diesem Samstag bestimmt nicht lesen würde.

Aber ich tat es dann doch.